Delia Mitroi

IUBITO, TE-AM JUCAT LA POKER!

DELIA MITROI

IUBITO, TE-AM JUCAT LA POKER!

Editura
Petale Scrise
Nojorid, 2021

Descrierea CIP a Bibliotecii Naţionale a României
MITROI, DELIA
Iubito, te-am jucat la poker! / Delia Mitroi. -
Nojorid : Petale scrise, 2021
ISBN 978-606-95090-6-7

821.135.1

Editare: Marius Andrei
Eva Ancuța Hamza

Tehnoredactare: Adrian Buzaș

Contact și comandă: editurapetalescrise.ro
contact@editurapetalescrise.ro

Părinților mei,
Daniela și Marian

DESPRE AUTOARE

Delia-Grațiela Mitroi s-a născut la data de 18 iunie 1991, în orașul Craiova. Este unica fiică a Danielei și a lui Marin Mitroi, părinți care i-au încurajat mereu pasiunea pentru scris.

Delia s-a dovedit a fi încă de la început un copil talentat, care mânuia „condeiul" cu plăcere și cu o deosebită creativitate. La doar 10 ani, scria poezii și compuneri care se evidențiau prin originalitate și stil. Desigur, anii au trecut și copilul care înregistrase adevărate performanțe de studiu în școala primară și în liceu a devenit un adult mai pragmatic, continuând pentru câțiva ani buni să scrie doar lucrări științifice.

În 2010, după ce a absolvit prestigiosul colegiu craiovean „Elena Cuza", a intrat la Facultatea de Litere, Secția Studii Europene din cadrul Universității București. A urmat imediat cursurile Masteratului Cultură și Politică în Context European și Internațional, din cadrul aceleiași facultăți, iar în anul 2015, a fost admisă la Școala Doctorală a Facultății de Litere a Universității București.

În 2019, a dobândit titlul de doctor în filologie cu teza intitulată „Identitatea virtuală: De la pericolul multiplicării la beneficiile culturale. Promovarea literaturii prin rețele de socializare". În timpul doctoratului, a publicat un articol pentru Revista Bibliotecii Naționale și un studiu în cartea „Identități fictionale și practici discursive" apărută în 2017 la Editura Universitaria din Craiova. De asemenea, a participat la conferințe naționale și internaționale unde și-a susținut părți din teza de cercetare.

În studenție, a cochetat cu scrisul și în afara proiectelor științifice la care lucra pentru facultate, creându-și un blog și scriind articole pe subiecte culturale, sportive și de politică externă pentru câteva reviste online de la acea vreme.

De curând, Delia Mitroi și-a redescoperit dragostea pentru propria creație literară, lasându-se purtată pe aripile inspirației într-un mod în care nu o mai făcuse anterior. Rezultatul a venit rapid și i-a schimbat viața. La începutul anului 2021, Delia a făcut un pas important într-o viitoare carieră literară, publicând primul său roman la editura Coresi Publishing House. Este vorba despre cartea „Rivali în fotbal și în dragoste", opera de debut a autoarei.

„Iubito, te-am jucat la Poker!" este al doilea roman al Deliei Mitroi și totodată cartea în care aceasta a lucrat să-și perfecționeze propriul stil literar, caracterizat de elemente autentice, specifice autoarei noastre. Dincolo de toate, „Iubito, te-am jucat la Poker!" reprezintă o impresionantă plăsmuire a unei scriitoare dintotdeauna atrasă, ca spectatoare, de poveștile cu gangsteri și de relațiile de dragoste complicate din anturajul Mafiei.

Capitolul 1

Se plimbă neliniștită. Din living în dormitor, din dormitor în bucătărie și apoi pornește țintă către terasă. Nu mai are stare. Cu mâna tremurândă, scoate ultima țigară din pachet. Pune mâna pe telefon să-l sune iar. Fără speranțe că îi va răspunde. Și totuși, după trei încercări, vocea lui se aude în sfârșit de la capătul firului. Precipitat și vizibil iritat, Gabriel încearcă să o expedieze rapid.

– Clara, mai am puțin. Am pierdut și încerc să recuperez. Mi-am jucat ceasul și sacoul. Sunt gata să câștig mâna asta. De ce nu mă lași în pace?

– Dacă nu vii în clipa asta, mâine nu mă vei mai găsi aici! Și să știi că nu glumesc! M-am săturat de tine până peste cap! țipă Clara furioasă.

– Nu ai decât! Dar dacă pleci pe ușa aia, nu te mai întoarce niciodată! M-ai auzit?!

Revine în dormitor și trântește ușa. Închide mobilul și îl aruncă neglijent pe pat. Privește în jurul ei deznădăjduită. Totul e ostil în acel spațiu lipsit de căldură. În camera slab luminată, i se pare că toate obiectele au aceeași culoare, pală, insipidă. Pereții sunt vopsiți într-un galben de șofran violent, obositor. Tavanul e de un alb fără speranță și parcă stă să se prăbușească deasupra-i. Mobila voluminoasă i se pune în cale ca o stavilă. Acul ceasului din perete i se înfige agil în inimă. Timpul e dușmanul căsniciei ei. Viteza secundelor îi sfâșie sentimentele. Încăperea, care altădată o văzuse fericită în rochia albă de mireasă, devenise infernul tinereții ei, fortăreață a abandonului.

În vaza de pe birou plânge aproape ofilit un trandafir roșu, cu petalele căzute. Soțul ei se întrecuse pe sine de Valentine's Day. Dintre cei 101 de trandafiri promiși, îi mai rămăseseră bani doar pentru unul singur, după o altă partidă de Poker cu ghinion. Doar cărțile de pe rafturi se uită la ea rugătoare. Deși sunt ale lui, ea este cea care le citește curios, mângâindu-le fiecare filă de poveste. Veioza, în schimb, era o trădătoare. Cumpărată de Clara, îl prefera pe Gabriel, în nopțile în care, sub complicitatea degetelor lui lungi, jucăușe, o deranja cu lumina ei gălbuie, răpindu-i somnul odihnitor.

Se uită cu privirea fixă, pierdută, la fotografia înrămată de pe noptieră. Apoi, o apucă în mâini și o azvârle cu putere pe parchet. Rezistentă, rama nu se sparge. Ochii verzi ai lui Gabriel o privesc sfidători dincolo de geamul zgâriat. Clara scoate poza din ramă și o rupe în zeci de bucăți. Le așază pe noptieră împreună cu verigheta ei pe care este inscripționată cochet litera *G*. Își adună hainele din dressing cu determinarea unei tenismene pe care o mai desparte doar un *game* de trofeul de la Wimbledon. Nu vrea să mai lase nicio urmă a existenței sale în locul pe care-l împărțea cu el. Nici măcar un fir de păr, niciun șurub de la vreunul dintre cerceii ei micuți, colorați în toate nuanțele. O să dispară ca ceața sub razele soarelui din diminețile reci de noiembrie. O să-l uite și o să-și trăiască viața departe de el, departe de viciul lui blestemat.

Se calmează puțin. Se întoarce cu fața spre oglindă și se privește întristată. Deși a trecut demult de miezul nopții, machiajul îi rezistă încă bine, cu excepția umbrelor fine de rimel de sub gene. Ba parcă este și mai frumoasă la acea oră haotică din noapte. Își piaptănă părul negru, lung, ondulat, cu mișcări lente, precise. Șterge petele de rimel care-i înconjoară ochii mari, căprui, strălucitori, apoi se demachiază total, lăsând în urmă o piele albă, imaculată, un ten perfect, luminos și proaspăt ca o primăvară. Își aplică doar o pudră de culoarea porțelanului, un strat nou de rimel și un ruj în nuanță naturală pe buzele roz, voluptuoase, frumos conturate. Se schimbă de rochia vernil, simplă, cu bretele, pe care și-o asortează cu un pulover de aceeași culoare, într-o pereche de jeanși negri și o bluză albă pufoasă și decoltată. Se încalță cu ghetuțe negre cu toc, îmblănite. Ținuta o avantajează, îi pune în valoare silueta, dar și formele armonioase. E gata să iasă în gerul cumplit al iernii, fugară, pornită împotriva destinului, cu unul dintre bagajele pregătite, când cineva apasă pe clanță și încearcă ușa încuiată. Insistă. Din nou. Bate cu pumnii în ușă. Clara tremură, înghite în sec. Se aprinde la față, răsuflă adânc și descuie.

Un bărbat brunet, înalt, cu constituție atletică, cu o figură blândă, cu trăsături frumoase, intră agitat în locuință. E îmbrăcat mult prea subțire pentru vremea de afară. Pesemne că și-a pierdut pe undeva geaca de iarnă și sacoul de la costum. Lacrimile din colțul ochilor verzi au rămas blocate în gheața care i-a cuprins sufletul. Fața îi este palidă, iar mâinile lui reci sunt aproape amorțite. Când îi vede bagajul din hol, o privește disperat, ca un animal rănit. Întinde mâinile spre ea, dar îl respinge categoric, trăgându-se într-o parte.

– De ce durează atât?! Aveai de gând să nu-mi dai drumul? Unde te duci cu bagajele astea?

– Plec. Nu vreau să te mai văd niciodată. S-a terminat.

– Clara... Nu pleca! Am nevoie de tine! Am făcut o greșeală, iubito!

– Doar o greșeală? Mă faci să râd, Gabi! Ce ai mai făcut de data asta? Ți-ai rotunjit datoriile? Ai amanetat-o pe maică-ta?

– Nu-mi vorbi așa! Las-o în pace pe biata mea mamă!

– Dacă s-ar fi ocupat mai mult de tine în copilărie, nu ai fi ajuns așa! Deci poate nu vreau să o las în pace! Zi, acum! Ce ai făcut?

– Pierdusem tot. Nu mai aveam nimic. Mi-am jucat tot salariul, apoi ceasul, apoi sacoul și geaca. Am câștigat, am recuperat o parte dintre lucruri. Ar fi trebuit să plec, să mă ridic de la masa aia nenorocită! Dar am continuat. Au jucat pe bani mulți. Mulți de tot. Miza era uriașă. Un milion de lei. Surescitat, am acceptat să continui. Acum, sunt aproape convins că oamenii lui Tony Salamandra trișează. Te fac să te implici cu totul, să mărești miza, te îmbată, te droghează, te hipnotizează. Am căzut în capcană. Și... am pus pe masa de joc cheile de la apartament.

– Poftim??? Ce ai făcut? Ai pierdut la poker casa noastră? țipă Clara, înșfăcându-l cu ambele mâini de guler.

– Lasă-mă să termin! Trebuia să scap cumva din asta... Am realizat că eram terminat, nu v-aș fi lăsat niciodată în stradă. Pe tine și pe fetița noastră. Atunci m-am oferit să lucrez pentru Salamandra și pentru armata lui de interlopi. L-am asigurat că fac orice îmi cere, numai să-mi lase apartamentul. L-am implorat să mă ajute.

– Dumnezeule! Nu-mi vine să cred! Aici am ajuns? Să joci la poker și casa pentru care am făcut atâtea sacrificii de când ne-am căsătorit? Așadar, am ajuns în stradă toți trei. Oricum, voiam să plec cât mai departe de tine. Te-aș fi forțat să vinzi și să-mi dai partea. Doar nu am muncit ca o sclavă toată viața ca tu să pierzi totul într-o noapte la cazinou!

– Încetează, Clara! Nu am pierdut casa. Am reușit să o răscumpăr. Am ajuns la un acord cu Tony. Cumva te cunoaște. Știe că ai fost fotomodel. Oamenii lui i-au vorbit despre tine. Mi-a făcut o propunere. La început, m-am ridicat de la masă furios, am vrut să-i scot ochii, să-l zdrobesc. Dar nu aveam alternative. Nu aveam de ales, iubito!

– Ce ai făcut? Vorbește odată! Nu mă mai lua pe ocolite! De ce ai vorbit despre mine cu mafiotul ăla? Ce legătură am eu?

Cuprins de remușcări, Gabriel își pune mâinile în cap și se așază direct pe podea. Lacrimile, care mai devreme stăteau paralizate în ochii lui de culoarea frunzelor de orhidee, încep să picure ca stropii de ploaie pe parbrize. Își privește palmele îngrozit, atingându-și verigheta ca pe cel mai de preț lucru al său. Prinsă în jugul compasiunii conjugale, Clara se lasă în jos și îl cuprinde după umeri. Începe să plângă ca o prizonieră de război fără speranță și fără noroc. Când reușește să se oprească, își șterge lacrimile de pe obraz, trage aer în piept, și îl întreabă cu o voce sfârșită, gata să izbucnească:

– Eu sunt alternativa, nu? M-ai jucat la poker? M-ai oferit mafioților în schimbul apartamentului?

– Nu... E doar pentru o noapte, îi șoptește el. Tony Salamandra te vrea o noapte. Ca să mă scutească de toate datoriile, te invită la el mâine. Duminică dimineața te poți întoarce acasă și se va termina totul. Îmi pare rău, iubito! De-aș fi știut că aici o să se ajungă, îți jur că nu aș mai fi intrat niciodată într-un cazinou!

Soția lui se ridică de pe parchet răvășită și începe să-l lovească cu pumnii cu toată forța ei. El încasează loviturile fără să încerce să se apere, ca pe o penitență binemeritată. La apogeul mâniei, Clara ia câteva pachete cu cărți de poker și i le răstoarnă în față, îngropându-l la propriu în valeți, popi, ași și dame de pică. Ieșită din minți, îi strigă:

– Jigodie ordinară! M-ai dat la schimb ca pe o marfă! Ca pe o cârpă! Voi ajunge o târfă din cauza ta! O scursură pe care interlopii o vor pasa de la unii la alții și o vor folosi până se vor sătura de ea! Și apoi ce se va întâmpla? Mă vor vinde ca sclavă sexuală în străinătate? Pe câteva sute de euro? Atât valorez eu pentru tine? De asta te-ai însurat cu mine? Ca să ai ce juca la cazinou? Răspunde-mi, nemernicule! Și dacă refuz? Dacă nu vreau să mă culc cu dubiosul ăla? Trebuie să fie vreun burtos pocit și libidinos!

– Liniștește-te, Clara! Îți promit că nu va fi așa! E vorba doar de o noapte. Voi avea grijă să te recuperez în zori. Dacă nu vrei, nu o face! Le dau casa și s-a terminat. Putem pleca în altă parte. O luăm de la zero. Mă voi angaja în alt oraș. Vom sta cu chirie. Oamenii ăștia nu ne vor găsi acolo. Sau putem părăsi țara la nevoie.

– Ușor de zis, nu? Pentru tine e totul foarte simplu! Tu ești un escroc, un bandit mai mare decât cei cu care pierzi nopțile prin cazinouri! Ce-ți pasă ție de onoarea și de reputația mea? Nici nu m-ai iubit vreodată!

– Iubito, știu că ești nervoasă acum! Dar ești nedreaptă cu mine. Te iubesc enorm. Știi ce e în sufletul meu? Nu ai cum! Nu poți să te pui în locul meu. Tu nu m-ai înțeles niciodată. Nu m-ai ajutat să scap de dependență. Nu te-a interesat nicio clipă. M-am luptat de unul singur cu viciul. Ți-a plăcut să cheltui banii pe care i-am câștigat. Au fost zeci de mii de euro! Atunci nu aveai nimic de reproșat. La început îți plăcea. Mai știi?

– Acum dai vina pe mine?! Ești un laș! Știi ceva? Aș da orice să mă îndrăgostesc de altul și să te uit pentru totdeauna! Sper să arzi în flăcările iadului pentru ce mi-ai făcut, Gabi! După ce încheiem cu tot circul ăsta, vreau să-mi iau jumătatea mea din casă și să divorțez! Mi-a ajuns tot!

– Și cu fetița noastră ce o să faci? Nu ți-o voi lăsa ție!

– Serios? Și ce propui? Să o crești tu? Și ce exemplu o să-i dai? Din fericire, acum e la părinții mei. Nu asistă din nou la toate discuțiile astea care distrug psihicul unui copilaș de 6 ani!

În acea noapte zbuciumată, Clara și Gabriel adorm separați, în camere diferite. Nu înainte ca femeia să-i dea un mesaj surorii ei, Nora, de la Timișoara, prin care să o anunțe că nu avea să mai vină la ea, pentru că s-a împăcat cu Gabi. Trebuie să camufleze adevăratele probleme din relația ei pentru scurt timp. Plănuiește cu acuratețe cum să se îmbete înainte ca acel infractor care o câștigase la poker să o atingă. Niciodată nu fusese a altui bărbat în afară de soțul ei. Se căsătorise cu el la doar 18 ani. Și îl iubea cu patimă, în ciuda tuturor necazurilor pe care i le pricinuise. Fuseseră o familie atât de frumoasă! El, ea și fiica lor, Sonia.

Ia telefonul să caute pe Internet imagini cu Salamandra. Auzise tot mai des lucruri despre el. Cum că era periculos, lider al unui clan mafiot care domina capitala, implicat în sute de scandaluri violente, fiu al unei italience și al unui român. Totuși, nu are curajul să mai caute. Îi este teamă să nu i se facă greață și să-și ia tălpășița înainte ca limuzina cu geamuri fumurii să vină să o ia de acasă. Știe că toți oamenii aceia arată aproape la fel. Fioroși, primejdioși, malaci, cu cicatrici, cu fețe de monștri, criminali cu sânge rece. Mare noroc ar avea dacă Salamandra nu ar ucide-o și pe ea înainte sau după partida de amor minuțios programată de ticălosul ei soț!

Gabriel nici nu poate să adoarmă. De fiecare dată când încearcă să închidă ochii, și-o imaginează pe nevasta lui în brațele acelui bărbat. Demonul geloziei îl posedă până în zori. Nu are cum să se compare el, un simplu barman, cu Tony Salamandra. După ce că are o avere impresionantă, faima și puterea să facă ce voia el în România, bărbatul acela este, la 30 de ani, extrem de provocator. Soțul Clarei își amintește de privirea lui arogantă, de acei ochi de un albastru închis, intens, care făceau orice femeie să-i cadă la picioare. Cu un farmec tipic bărbaților din sudul Italiei, Tony este iute la mânie și pasional. Exact prototipul de bărbat care, în viziunea lui, o atrage pe Clara. Trupul îi îngheață instantaneu când se gândește că soția lui, deja supărată pe el, ar putea să rămână definitiv cu Tony. Nu, nu poate să o lase să plece la el! Să piardă totul, nu-i mai pasă de nimic! Dar Clara e numai a lui și nu intenționează să o împartă cu alt bărbat! Cu atât mai puțin cu unul ca Salamandra! Pleacă din camera fiicei sale și se mută în dormitorul matrimonial. Clara doarme arcuită ca un copil care are nevoie de o îmbrățișare. O ia în brațe și o strânge tare. De parcă ar fi ultima dată.

Capitolul 2

În sala de așteptare, sunt câțiva oameni de diferite tipuri și categorii sociale. Într-o liniște mormântală, se privesc unii pe alții fără să spună un cuvânt. O femeie de vreo 30 de ani, blondă, tatuată, cu cercel în nas, așteaptă să-și viziteze soțul condamnat pentru tâlhărie. Are o expresie încordată, iar poziția și mișcările necontrolate ale corpului ei trădează o oarecare tensiune.

Un puști slăbuț, pistruiat și cu părul creț, vine a doua oară în acea lună la tatăl lui, închis de 4 ani pentru fraudă fiscală. A împlinit de curând 18 ani, fără prea mult fast. Mama lui nu a avut posibilități să-i organizeze o petrecere de majorat. Acum are un aer entuziast, vizibil optimist.

Bătrânul de vreo 70 de ani din colț, îmbrăcat sărăcăcios și subțire, care dârdâie din toate încheieturile, este bunicul unui tânăr ucigaș care i-a luat viața celui mai bun prieten, sub influența alcoolului. Vine de departe, dintr-un sat din Moldova și ține în mână o plasă de rafie. Poartă pe cap o căciulă groasă, decolorată, iar una dintre mănușile menite să-i încălzească mâinile e deja găurită. Între acești oameni, el este cel care face notă discordantă. O prezență interesantă, autoritară, impozantă, periculos de atractivă. Femeia blondă încearcă să flirteze cu el de câteva minute bune, dar atitudinea lui nu o încurajează. Rămâne indiferent la zâmbetele ei, se preface că nu observă atenția pe care ea i-o acordă. Stă cu ochii ațintiți asupra bătrânului sărman care ține privirea în jos, gata să izbucnească în lacrimi. Imaginea dezolantă îl impresionează. Se ridică și îl întreabă dacă are nevoie de ajutor. Scoate din portofel o sumă de bani pe care i-o înmânează generos pentru ca omul să-și cumpere haine noi de care are atâta nevoie în toiul iernii. Mulți afirmă sus și tare că el este lipsit de suflet. Dar sufletul lui e acolo, vibrând intens doar pentru aceia care merită. Oropsiții, femeile frumoase și fratele lui.

– Antonio Toma! Puteți intra! răsună în toată sala vocea hotărâtă a gardianului.

Se apropie agale de tânărul brunet, frumos în simplitatea lui, care-l așteaptă la masă. E legat cu cătușe și se ridică de pe scaun ca să-l salute. Cu greutate, reușește să-l îmbrățișeze. Se privesc îndelung, de parcă ochii lor colorați în aceeași nuanță de albastru s-ar fi luptat pentru supremație, iar deținutul îi zâmbește nervos, lăsându-și la vedere dinții perfecți și gropițele din obraji. Are 25 de ani și șase luni de când a fost încarcerat.

– Tony, frate, cât ți-a luat să vii să mă vezi? Parcă ai fi venit din Argentina! De ce dracu' întârzii? Știi că am nevoie de bani?

– Știu, frate! Am avut și eu multe de rezolvat. Am dus un transport la Napoli. Clanul Castaldo s-a băgat pe teritoriul nostru din Scampia. A trebuit să-i scutur puțin să le arăt că eu sunt șeful. I-am mierlit pe Caetano și pe Girolamo. În stilul meu favorit. I-am aruncat la Rottweileri.

– Super! Ai scăpat de doi trădători. Mai ai încă o armată. E greu când nu ești acolo mereu, ăștia profită. Și prin țară ce mai e? Ai dat de Alina? Îi tot scriu, am și sunat-o, da' nimic.

– Manu... Știi că sunt direct, orice ar fi. O să te doară, dar nu am ce face. Alina și-a găsit pe altul. Au văzut-o băieții noștri cu el săptămâna trecută la un restaurant. Se pupau înconjurați de baloane roșii în formă de inimă la o petrecere de Valentine's. Ce poate fi mai penibil? Uit-o! O să te scot de aici curând și o să-ți găsești zece ca ea. Minimum zece.

– Nevastă-mea era cu un tip la restaurant în urmă cu o săptămână și tu îmi spui abia acum? Îmi vine să-ți trag un pumn în meclă! Idiot nepăsător ce ești! Eu stau aici închis și ea se distrează afară! Iar mahării tăi trec pe lângă ea și nici nu se sinchisesc? De ce să le întrerupă momentul de romantism? Doar e ceva perfect normal. Prostul la pușcărie și femeia la chermeză de Ziua Nenorociților de Îndrăgostiți!

– Manu, ce vină am eu? Vrei să-i omor pentru atât? De parcă nu ai ști ce părere am eu despre cupluri și infidelitate. Sunt ultimele metehne din lume pentru care aș ucide. Stai calm, e plină lumea de femei. Dragostea e ca Moș Crăciun – o poveste mult prea gogonată ca să poată exista în realitate.

– Dragostea există, Antonio! Eu o iubesc pe Alina! Chiar și în situația dată... Și cum e... individul? Ce au zis băieții tăi? E blond, nu? Înalt, solid? Nu-mi zice că e și motociclist! Așa îi plac ei!

– Emanuel Toma! Dacă mai continui, plec! Nu am venit aici să vorbesc despre Alina. Ți-am zis de la început să n-o iei. În schimb, tu mi-ai râs în față și m-ai trimis la plimbare. Ai ajuns să-mi dai dreptate acum. Te-a părăsit când ți-a fost mai greu. Și ăsta e doar începutul. De ce ai luat totul asupra ta? Trafic de arme, spălare de bani, crimă organizată? Tu nu ai făcut nici a zecea parte! Ai primit zece ani cu executare!

– Ba am făcut tot! Nu mai insista! Sunt conștient că mă închid ani buni, mai bine să fiu eu aici decât să fii tu. Tu ești special, Tony. Ești alesul clanului Salamandra. Ești Regele Balcanilor. Eu sunt slab. Îmi pasă prea mult de reguli. Nu aș fi putut face față confruntărilor dure dintre grupări. M-ar fi exterminat în câteva luni în lipsa ta.

– Poți să taci odată? Ești cel mai curajos om pe care l-am cunoscut vreodată! Ești unicul meu frate! Bine că mama nu mai e în viață să te vadă aici. Tu ești speranța familiei noastre. Tu ești cel care va duce numele și prestigiul nostru mai departe. Știi că nu-mi doresc plozi, dar tu îi adori. Noi nu suntem interlopi de duzină. Nu suntem borfași mărunți. Suntem elita mafiei din Est și din Vest. Suntem descendenții a două dinastii: Arizzi din Napoli și Toma din București. Ia banii ăștia, îi spune el, îndesându-i un pachet pe sub masă. Fii generos cu luptătorii de aici! Dacă cineva se bagă în seamă cu tine mai mult decât trebuie, ei te vor proteja! Pentru orice, sună-l pe Danky. Se ocupă el.

– Altceva ce ai mai făcut? În afară de Napoli și de Castaldo? Ce fete ai mai agățat?

– Îți amintești de Clara Pavel? Fotomodelul care a pozat pe iahtul familiei din Ibiza pentru reclama la agenția noastră de turism?

– Da, îmi amintesc că ți-a dat cu flit. Ai vrut să o seduci și ți-a zis că e măritată și că are un copil. Ți-a picat rău de tot cu tronc femeia aia. Și acum comentezi că dragostea nu există... Mă rog! Care-i faza cu ea? V-ați mai întâlnit pe undeva?

– Nu, doar că bărbat-su a jucat-o la cărți azi-noapte! Am câștigat jocul și urmează să o văd în seara asta.

– Împușcă-mă! Nu pot să cred! Intenționat ai făcut-o, nu? Cine e bărbatul ei? Adică... la masa ta de joc nu stă oricine. Oameni din trupele de elită ale clanurilor, mafioți italieni sau magnați ai României.

– Sau campioni la poker. Ca Gabriel Pavel. Tipul ăla are un noroc chior. Atrage chinta royală ca un magnet. Poate să reziste în cazinou și 48 de ore, fără să mănânce, să bea apă sau să doarmă. Bine că l-am prins într-o zi proastă. El e convins că am trișat. Dar am câștigat pe bune. Până și într-o zi proastă a format o chintă de culoare. Eu am avut royală. Și l-am învins.

Disperat, a continuat să pluseze ca să-și recupereze bunurile. Oricum, e înglodat în datorii la oamenii mei. La Danky are 5000 de euro, la Roldan 8000. Nu mai zic de interlopii din alte orașe. După ce i-am luat apartamentul, mi-a venit ideea. Era la ananghie și avea fața unuia care s-ar fi aruncat chiar atunci în fața trenului. Practic, propunerea mea l-a salvat. O noapte în pat cu nevastă-sa și îi șterg toate datoriile, primește înapoi inclusiv cheile de la casă.

– Tony, ai un talent inegalabil de a face rău autoconvingându-te că faci bine! Le-ai spart casa bieților oameni!

– Hai, lasă! Încă nu am spart nimic. A fost ambiția mea să o am pe Clara. După ce îmi ating țelul, o bifez în carnet și-i dau drumul să se întoarcă la Gabriel. Toată lumea o să fie fericită. Crezi că am timp să-mi bat capul cu dramele lor? Sexul e sex, afacerile sunt afaceri.

Întors în celula lui, Manu își atinge cu milă încheieturile mâinilor strânse mult prea tare de cătușe. Nu e un criminal. Nu luase niciodată viața cuiva. Fratele lui îl cruțase de o asemenea faptă. Atunci când cineva întrecea măsura față de el, Tony era cel care ordona execuția sau rezolva el însuși problema. Totul depindea de gravitatea greșelilor și de cine anume le comitea. Emanuel era doar mesagerul, vânzătorul, negociatorul, intermediarul, dar puterea de decizie nu îi aparținuse nicicând. Singura decizie pe care o luase în deplină independență de fratele său mai mare fusese aceea de a se căsători cu Alina, o fată sărmană pe care o salvase la ieșirea dintr-un club bucureștean de un viol în grup. Drept recunoștință, se culcase numai cu el în acea noapte, iar șapte luni mai târziu, se cununaseră în impozantul Dom din Napoli.

La numai 23 de ani, cel mai tânăr vlăstar al temutei familii Arizzi se îndrăgostise incurabil, lăsându-se manipulat și înșelat constant de o fată frumoasă și vicleană din Pantelimon. „Ești cel mai frumos bărbat din lume, dragul meu", îi spunea ea în nopțile din luna lor de miere petrecută în Toscana. Dar el simțea că ea nu era sinceră și chiar dacă, în cel mai bun caz, ar fi crezut în acele cuvinte, știa că la baza lor stătea mereu o comparație. Alina se gândea deseori la frumusețea altor masculi. Așa cum făcuse și de Valentine's Day, sărbătoarea comercială și împopoțonată, de care amândoi râdeau în zilele lor de iarnă târzie. Să fi fost atât de diferită Alina de care el se îndrăgostise de cea adevărată? Cât de mult putea să-l înjosească iubirea pentru o femeie frivolă pe unul ca el, căruia îi curgea prin vene sângele clanului Salamandra? Pune mâna pe telefonul ascuns bine într-o crăpătură a peretelui din celulă și-l sună pe Danky.

– Omule, te rog să vezi cine este amantul Alinei! Vreau poze cu el, CNP-ul, adresa, și ce lapte a supt de la mă-sa! Apoi, începem să-l hărțuim ca niște adevărate Salamandre. Implică-te tu! Pe Tony îl doare-n cot! Nu vreau să stau după el!

Capitolul 3

Seara se transformă în noapte pe străzile înzăpezite ale capitalei. La ora 21:00, tot mai puțină lume mișună în jurul clădirilor din zona Piața Victoriei. Forfota din urmă cu două ore a fost înghițită de betonul metropolei peste care s-a așternut gheața transparentă. O liniște suspectă, apăsătoare, surdă și oarbă precum zilele întunecate de la Polul Nord plutește în aerul tare care-ți taie pielea, înroșind-o și amorțind-o până ce nu mai simți nimic. Stelele de pe cer arată ca fulgii înghețați de pe geamul de la dormitor, lipiți de sticla căreia i-au jurat iubire eternă, până la primele raze nemiloase ale soarelui care îi va topi.

Cu fereastra deschisă, Fabian fumează dintr-o țigară, căutându-și inspirația pentru următorul capitol din teza lui de disertație. După terminarea Facultății de Educație Fizică și Sport, alesese programul de Master *Fitness și Estetică Corporală* și visul lui era să devină antrenorul personal al vedetelor. Deocamdată, însă, era instructor la o sală de sport de cartier. Acolo o cunoscuse pe femeia care-i răpea somnul în fiecare noapte. Se îndrăgostise de ea fără să știe mai nimic din viața pe care o ducea. Era blondă cu ochii albaștri, micuță de statură, sportivă și extrem de misterioasă. Venea la el și pleca atunci când avea chef, fără să-l anunțe, sau îi propunea întâlniri în locuri retrase, ferite de privirile curioase. Se gândește când la ea, când la teoriile despre care scrie la disertație, încercând să le deslușească în paralel. Fiindcă ambele sunt mult mai complicate decât s-ar fi crezut la o primă vedere. Brusc, cineva îl întrerupe. Sună la ușă. Cine să fie la acea oră? Probabil tot ea.

Se repede către intrare să-i deschidă după ce se privește câteva clipe în oglindă. Arată bine. Chiar foarte bine. E sigur pe el ca un leu care se plimbă țanțoș prin junglă.

– Fabi, ajută-mă, te rog! Sunt disperat! Tony Salamandra mi-a răpit soția! O caut de când m-am trezit după un somn suspect de lung. Cred că e la el.

– Stai, Gabi! Cum adică ți-a răpit soția? De unde și până unde? S-au cunoscut când ea a filmat reclama aia pentru Viaggio Blu, nu?

– Da... De fapt, e vina mea, frate! Am jucat-o la Poker. Trebuia să petreacă noaptea asta cu el. Eu i-am permis. Doar că, între timp, m-am răzgândit. Și nu reușesc să o mai găsesc nicăieri. Nici la telefon nu-mi mai răspunde. Poți tu să o suni? Aveți o relație bună. Sigur reacționează cumva dacă o contactezi.

– Iar ai jucat poker, Gabriel? Mi-ai promis, frate! Ne-ai promis și mie și Clarei că renunți! Pentru Sonia! Ce fel de bărbat ești tu? Cum ai ajuns în halul ăsta? Te-ai înhăitat cu oameni periculoși, pentru un viciu! Cum să te ajut? Vrei să mă războiesc cu clanul Salamandra pentru tine? Pentru că ți-ai împrumutat nevasta ca pe o marfă? Îmi pare rău, dar aleg să-mi văd de treabă. Viața e mult prea frumoasă ca să o risc dintr-o prostie. Pentru un frate mai mare care nu dă doi lei pe sfaturile mele!

– Bine! Am priceput! Ești un egoist fără suflet! Mă duc singur să o recuperez pe Clara. Din momentul ăsta, și tu ești pe cont propriu! Noi doi nu mai suntem frați! Ai auzit? Să-ți intre bine în capul ăla sec!

Enervat și decepționat de reacția fratelui său, Gabriel iese din locuința sa în grabă, alergând pe scări de la etajul 6. Nu știe ce să facă. Ajuns la parter, se oprește o secundă pentru că simte că amețește. Se așază pe scara blocului. Se gândește cu inima frântă că viața lui fusese un lanț neîntrerupt de greșeli.

Frumoasa lui soție îi suportase, de-a lungul celor nouă ani de căsnicie, fapte dintre cele mai josnice. Minciunile, falimentul, sărăcia, sevrajul prin care trecea de fiecare dată când stătea departe de Poker câteva zile, indiferența cu care o trata săptămâni întregi în care se concentra la maximum să câștige partidele de cărți. Suferința ei atinsese de multe ori apogeul. Atunci, făcea adevărate crize și îl jignea teribil. Încercase inclusiv să-l abandoneze de câteva ori, mutându-se în Timișoara la sora ei, dar nu rezista fără el mai mult de o săptămână. Când se întorcea, îl iubea cu atâta pasiune, încât iubirea ei îl consuma, îl istovea de-a dreptul, într-un mod brutal, paradoxal plăcut. În centrul relației lor toxice, ca un ghiocel crescut printre buruieni, stătea, gingașă și inofensivă, micuța lor Sonia. Când se certau, îi privea pe amândoi cu ochii ei verzi, umezi ca de cățeluș, și tindea să-l îmbrățișeze cu afecțiune mai degrabă pe el, decât pe Clara.

– Tati, de ce țipă iar mami la tine? Tu ești frumos și blând. Ea e rea și cu mine. Mă ceartă că nu colorez. Nu-mi place să colorez. Îmi place să mă joc cu tine. Îmi citești o poveste?

– Mami nu e rea, fluturaș, e doar supărată. Dar o să-i treacă. Îți citesc câte povești vrei tu. Stai să iau cartea, îi spunea el duios, ținând-o pe genunchi și sărutându-i părul neted și mătăsos, care era la fel ca al mamei lui, Malvina.

Acum, pe scara blocului în care locuia Fabian, Gabriel privește în gol minute bune, uitând de foame și de frig, de Poker și de bani, de slujba lui pe care era pe cale să o piardă din cauza absențelor repetate, de cheia apartamentului care e la Tony. Are în minte și în suflet doar două ființe. Cele mai dragi – Clara și Sonia. E conștient că în noaptea asta blestemată le poate pierde pe amândouă. Se ridică hotărât și se îndreaptă țintă către vila lui Antonio Toma din Corbeanca.

Capitolul 4

Limuzina cu geamuri fumurii o lasă într-o curte imensă, în fața unei vile somptuoase, cu o terasă impresionantă. La poartă așteaptă câțiva bodyguarzi, o adevărată armată de bărbați solizi, înarmați până în dinți. Clara are senzația că tocmai a pătruns pe un teren minat, apărat mai ceva ca fâșia Gaza de trupele palestiniene. Oare câți dușmani să fi avut acest Tony Salamandra de era păzit mai strașnic decât președintele Statelor Unite? Pe mâinile cui o dăduse nesăbuitul cu care se măritase în săptămâna oarbă a vieții ei de adolescentă naivă care de abia împlinise 18 ani?

Temătoare, pășește ușor pe gheață, să nu o spargă. Poartă cizme lungi, negre, de piele, cu toc înalt, o rochie elegantă, roșie, scurtă și mulată, palton de culoare identică, puțin mai lung decât rochița, iar pe mână ține o geantă neagră din piele de șarpe. Unul dintre puținele accesorii scumpe care-i mai rămăseseră după ce Gabriel devastase bugetul familiei de nenumărate ori. Părul ondulat îi coboară în valuri pe spatele frumos, iar paltonul îi evidențiază talia de viespe. Picioarele lungi îi tremură de frig și de frică, acoperite doar de un dress transparent. Se simte ca o escortă novice plasată pentru prima dată unui client, ca și când ar fi fost o pizza fierbinte, abia scoasă din cuptor.

Deschide timid ușa impozantei case. Toate luminile sunt stinse. Trece pragul în obscuritate, atentă să nu se împiedice. Caută un întrerupător, când o mână caldă o cuprinde după gât. Scoate un țipăt de spaimă, când un bărbat o trage către el, apropiindu-și corpul de al ei. Se smucește încercând să scape de el, până când realizează în câteva clipe care este scopul pentru care a venit acolo. Deja se întâmplă. Și e mai bine că nu îl vede. Pesemne că e o pocitanie care nici nu are curajul să i se dezvăluie. Normal că soțul ei, gelos din fire și pe umbra lui, nu ar fi trimis-o unuia care să arate a om.

Bărbatul o atinge lasciv și începe să o sărute. Surprinzător, simțurile Clarei sunt din ce în ce mai relaxate și mai delectate. Îi place mirosul lui, îl pipăie în întuneric. I se pare cunoscut, aproape familiar. Are corpul ca al unei sculpturi antice. Abdomen tare, bicepși curbați, puternici, e înalt, dar nu foarte robust. Sărutul lui e senzual, incitant, iar răsuflarea lui îi face tot corpul să tresalte. La început e tandru, delicat în mișcări. Apoi, cu un gest rapid, o lipește de perete și o ridică în brațe. Nu se obosește să o dezbrace de rochie. Rămâne încălțată cu cizmele, iar tocurile lor îi înțeapă provocator spatele. Virilitatea lui transcende feminitatea ei și inimile lor pulsează simultan. Sângele lor clocotește în vene ca smoala din cazanele iadului. Femeia i se predă asemeni unei redute și îi aparține ca un teritoriu încă neexplorat de Camorra. Însă acea femeie nu este de drept a lui. Împrumutată pentru o noapte, îl costase vreo 20 000 de mii de euro, un sacou foarte scump și un apartament cu trei camere din centrul Bucureștiului. Gândind la rece, după ce își revine din euforia sexului de calitate, Tony realizează într-un moment de luciditate că el fusese cel păcălit. De a doua zi, Gabriel și Clara Pavel o să-și reia liniștiți și fericiți traiul în casa lor recent recuperată, fără nicio datorie, în timp ce el o să rămână singur în ditamai vila, cu toate poftele agățate în cui de efemera lui amantă. Aprinde lumina și o privește direct în ochi. Pare naturală și inocentă ca o fecioară învelită în rochie de mireasă. Dar când sesizează că îl cunoștea dinainte, sare ca arsă.

– Ce?! Tu ești… Tony Salamandra?

– Da, Clara! Eu sunt. De ce ești atât de uimită? Cum de nu ți-ai amintit? Am petrecut împreună aproape o zi întreagă pe vasul meu de la Ibiza când ai filmat pentru reclama aceea.

– Da... Dar mi-ai zis ca te cheamă Antonio și vorbeai numai în italiană și în engleză. Ce înseamnă asta? Acum ești și român și interlop?

– Măsoară-ți cuvintele, drăguță! Antonio e într-adevăr prenumele meu. Dar te înșeli. Eu nu sunt interlop. Sunt Regele Balcanilor, lider al Mafiei din România și moștenitor al dinastiei Arizzi din Napoli. Sunt pe jumătate italian. Și tu? Cum de ai ajuns dintr-un model internațional o târfă autohtonă?

– Nu-ți permit să-mi vorbești așa! Cât de mafiot ai fi tu, pot să-mi înfig foarte adânc ghearele ascuțite în gâtul tău! Știi foarte bine de ce sunt aici și pentru cine. Așa îmi trebuie dacă iubesc prea mult.

– Ah, deja mă iubești! Formidabil! Știam eu că am *sex-appeal,* nu glumă!

– Nu pe tine, idiotule! Îl iubesc pe soțul meu. Am venit aici ca să-l salvez.

– Am văzut cât de mult îl iubești. Te-ai topit în brațele mele. Te-am făcut fericită și pe întuneric. Imaginează-ți ce s-ar fi întâmplat dacă mai aprindeam și lumina...

– Hai, gata! Nu te mai lăuda atât! Nu vreau să-ți repet că sunt aici din obligație.

– Am înțeles, Clara. Tot din obligație vreau să vii cu mine în jacuzzi. Pot să-ți ofer mai multă satisfacție. Mai înainte ți-am arătat doar o mostră. Ne așteaptă acolo și o sticlă de șampanie. Profită de noaptea asta. Va fi cea mai intensă din viața ta.

– Sigur că da! îi strigă Clara pe un ton ironic.

Afară se stârnește un vânt tăios ca vârful ascuțit al unei lănci. Urgia invadează toată întinderea, mascând cu praful ei solid luna și stelele. Albastrul cerului devine un negru fantomatic, iar animalele oropsite își caută degrabă adăposturi fugind în toate părțile ca și când un mare cutremur ar urma să zguduie pământul. Pe vremea asta înfiorătoare, o singură ființă rătăcește deznădăjduită în pustiul de zăpadă, sfidând viforul și legile naturii. Gabriel. O caută pe Clara.

Se prăbușește în genunchi aproape înghețat în fața porții celui supranumit „Regele Balcanilor". Urlă în neștire numele ei. O vrea înapoi acum mai mult decât oricând. Danky îl vede și se îndreaptă spre el cu arma la purtător.

– Gabi? Gabi Pavel? Ce dracu' faci aici pe vremea asta?

– Vreau să vină cu mine! Vreau să mi-o dea înapoi! O iubesc! E soția mea, e mama fetiței mele!

– Vivian! Vino repede! Ăsta a tras ceva pe nas, sigur. Treaz nu e. Uită-te la el! Du-l undeva la căldură, că mai are puțin și intră în șoc hipotermic. Și am impresia că Tony nu-l vrea mort.

– Dar de ce nu ne ducem să-l anunțăm? Să nu comitem vreo gafă. Știi cum face Tony când se enervează. Data trecută mi-a spart toți dinții. Am mers două luni la stomatolog să-mi pun alții.

– Hai, nu te mai văicări atât! Tot el ți-a dat bani să-i repari. Ai uitat ce i-ai făcut? Flavia l-a prins cu mulatra aia sexy numai pentru că tu ai lăsat-o să treacă.

– Danky, ești prost? Gagica aia nebună m-a amenințat cu arma.

– Ia-l de mână, hai mai repede! Grăbește-te! Pune-l lângă sobă! E bine în cabina mea, Gabi? Ți-o cauți cu lumânarea? Ce credeai? Că la mine aici e Luxe Casino Royal? îl întreabă Danky cu un aer sarcastic.

– Clara...Unde e Clara? întreabă Gabi, agonizând ca un bolnav în fază terminală.

– Clara e cu stăpânul nostru, adaugă Vivian cu gura până la urechi. Nu i-ai dat-o tu în schimbul apartamentului? Credeam că v-ați înțeles ca niște cavaleri. De află că ești aici, te omoară.

– Ba ne omoară pe noi că l-am primit în curte, întărește Geo, cel mai mare dintre bodyguarzii familiei Toma. Hai să-i tăiem beregata și să-l aruncăm la câini! Tony i-a cam înfometat în ultima vreme.

– Hai că ești bâtă! declară Danky enervat. Ai primit vreun ordin de sus ca să faci așa ceva? Stai la locul tău! Îl ținem aici până dimineață. Tony trebuie să afle de venirea lui, dar nu acum. Nu are rost să-l perturbăm.

În timpul în care bodyguarzii se ciondănesc, o femeie blondă cu ochii albaștri scânteietori, elegantă, firavă la trup, arogantă și zeflemitoare, se dă jos din mașina parcată în fața curții și deschide porțile cu cartela.

– Sărut-mâna, doamnă Alina! Ne cerem scuze pentru că nu v-am deschis noi.

– Stai liniștit, Geo! Mă mir cum nu ai căzut în vreo groapă de prost ce ești! M-am descurcat și singură. Voi ce faceți toți aici? Păziți pe cineva?

– Ah, nu! Încercam să ne găsim un serial. Dar nu reușim să ne punem de acord. Evident, nu vom privi în timpul programului.

– Haideți că m-ați plictisit destul! Bine că am ajuns teafără acasă. Pe urgia asta...

– Doamne ferește de vreun accident, doamnă Alina! sare Vivian total neinspirat.

– Accident să nu faci tu, râiosule! Eu sunt soția lui Emanuel Salamandra. Tu ești doar o slugă insignifiantă, un hamal amărât. Cum îți permiți să mă ameninți?

– Dar doamnă, nu v-am amenințat. A fost un mod de vă spune să aveți grijă de dumneavoastră. Noi suntem la dispoziția dumneavoastră când aveți nevoie.

– Într-o zi, când Tony nu o să mai fie aici ca să vă țină spatele, o să vă extermin pe rând. Pe toți, în afară de Danky. El e singurul care merită încrederea clanului Salamandra.

– Vă mulțumesc frumos, răspunde Danky mândru, privindu-i cu superioritate pe ceilalți.

– Claraaaa!!! Unde ești, iubito? Clara!!!!!!!!!

– Doamne! Cine țipă în halul ăsta? De la voi din cabină se aude. Avem un intrus?

– Doamnă, stați puțin! Nu vă duceți singură. Doamnă Alina! strigă Vivian în urma ei.

– Vaaai! Cine e ăsta și ce caută aici? întreabă apropiindu-și buzele țuguiate de fața lui albă. Ce chipeș este! Frumosul din Pădurea Adormită! Măi băieți, cine mai e și Clara asta?

– Una dintre amantele domnului Tony, răspunde Geo instantaneu, fără să se gândească.

– Pe bune? Adică băiatul ăsta a venit după una dintre femeile cumnatului meu? Așa de curajos este?

– Nu, e nevastă-sa, continuă Geo să se dea de gol.

– Geo, mai taci odată! urlă Danky scos din sărite. E o poveste lungă, doamnă. El a jucat-o la poker după ce și-a pierdut casa și a făcut o tonă de datorii. Don Antonio a câștigat partida și a revendicat-o. Între timp, soțul a luat ceva pastile și a plecat pe vremea asta s-o aducă înapoi. A ajuns aici, noroc că nu mai e în stare de vreun scandal. Îl ținem la noi până dimineață să nu facă vreo prostie. Nu știm ce intenții are stăpânul nostru cu el.

– Incredibil! Cât de hain poate să fie Antonio Toma pe care toată lumea îl laudă! A profitat de situația sărmanului băiat ca să-i fure nevasta! Nu i-a fost îndeajuns că și-a băgat fratele la închisoare ca să-și salveze el pielea? Oare ce ar spune socrul meu auzind asta? Se acceptă așa ceva în codul onoarei clanurilor Mafiei?

Exaltată de veștile aflate, Alina intră în casă și dă nas în nas cu Tony care se pregătea să vadă de unde provenea gălăgia de afară.

– Bună, Tony! Vezi că afară e un tip mai mult mort decât viu, care a venit să te bată că i-ai răpit soția!

– Poftim?! Ce glume sunt astea, Alina? După ce că apari și dispari când vrei tu în casa asta și îți bați joc de fratele meu, mă mai iei și la mișto?

– Nu, tâmpitule! Vorbesc foarte serios. Cred că se numește Gabriel. Brunet cu ochii verzi, sexy. Mai apetisant decât tine.

– Ești penibilă! Dă-te! Mă duc să văd ce s-a întâmplat.

Buimăcit, Tony iese din casă și parcă un zid de întuneric înghețat îl lovește în față. Se uită în urmă pentru a se asigura că femeia cu care își petrece noaptea nu îl zărește. E încruntat și are mâinile goale. Ezită o clipă. Vrea să se întoarcă să-și ia o armă. Brusc, își schimbă intenția. De ce să se înarmeze, fiind vorba despre Gabriel Pavel? Făcuseră un pact. Dacă într-adevăr are tupeul să apară în casa lui, atunci trebuie să aibă un motiv întemeiat. Dar dacă are un pistol? Dacă l-a cuprins gelozia și vrea să-i zboare creierii? E imposibil. Oamenii lui sunt la poartă și îl supraveghează ca niște câini de pază. Nu l-ar lăsa niciodată să intre pe teritoriul clanului Salamandra înarmat.

Se apropie de cabina bodyguarzilor și le face semn să se îndepărteze. Deschide ușa încet. Din reflex, se uită iar în spate. Învățase să se asigure mereu că nimeni nu-l urmărea, că nimeni nu se pregătea din umbră să-l atace cu vreun cuțit sau pistol. Tony nu alesese acea viață, ea îi fusese impusă, moștenită de la părinții săi. Instinctul lui de conservare este o enigmă pentru mulți. Ba se aruncă cu pieptul înainte în cele mai crunte bătălii, fără să-i pese că ar putea fi rănit, lăsându-se pur și simplu în voia sorții, ba se evaporă ca apa clocotită înainte ca pericolul să se propage în jurul lui, fentându-l cu eleganța caracteristică bărbaților cu sânge latin.

Acum, pătruns în micuța încăpere tenebroasă, strâmtă, neprietenoasă, așteaptă să-l privească în ochi pe bărbatul care-i făgăduise ceva și care, după spusele Alinei, era gata să-și ia cuvântul înapoi. Face un pas înainte și-l zărește în pat, la bustul gol, în ciuda frigului pe care precis că nu-l mai simte. Luându-i seama obiectiv, își dă seama de ce Clara îl alesese în urmă cu nouă ani pe el în detrimentul cohortelor de bărbați bogați și influenți care o curtau. Gabriel deține o combinație imbatabilă de calități apreciate de femei. Isteț și tenace, blând, dar cu control asupra situației, delicat în gesturi și în comportament, rămâne totodată masculin și impunător, fiind în continuare ispititor de frumos, cu un chip fără cusur și cu un trup de sportiv. La vederea lui, Tony este încercat de un sentiment ciudat, genul de sentiment pe care-l avusese cel mai des înainte ca mama lui să se prăpădească. Era zbuciumul lui sufletesc atunci când observa dezamăgit că Patrizia Arizzi îl privea cu mai multă iubire pe Manu decât pe el. Continuă să-i ia seama partenerului său de poker transformat în rival peste noapte. Îl bate pe umăr. Vrea să-l trezească, să-l întrebe ce caută acolo. Dar cel întins pe pat nu are nicio reacție. Pare că nu mai respiră. Salamandra amuțește, apoi șoptește:

– Gabriel, trezește-te odată! Ce dracu' ți-au făcut ăștia? Doar nu ai murit?!

Tony se întoarce cu spatele și încearcă să smulgă din perete o oglindă mică pentru a verifica dacă bărbatul din fața lui mai respiră. În acest timp, Pavel, maestru experimentat al disimulării, o caracteristică a marilor jucători de Poker, intenționat se preface mort ca să-l poată surprinde pe rivalul său. Îl atacă din spate, lovindu-l cu pumnul în gât. Când Antonio se înclină într-o parte, dezechilibrat și cu răsuflarea tăiată, Gabriel îl lovește în spate cu o bâtă de baseball pe care Geo o lăsase la vedere sub masa din cabină. Succesorul dinastiei Arizzi cade la pământ. Agresorul ridică bâta din nou pentru a-i da lovitura de grație, când Danky intră pe neașteptate în scena luptei. Scoate pistolul și apasă pe trăgaci. Se aude un geamăt scurt, ca de animal rănit. Soțul Clarei se prăbușește peste masă. Aparent, glonțul i-a străpuns inima.

Bodyguardul îl sprijină pe șeful lui, care nu se simte deloc bine. E amețit și speriat, deși nu lasă pe nimeni să o observe. Simte că se sufocă, iar omoplații îl dor de parcă s-ar fi dislocat la apogeul unei confruntări incorecte, care nu-i dăduse nicio șansă. Nimeni nu-l mai atacase vreodată atât de sălbatic. Gelozia unui bărbat aparent inofensiv întrecuse încercările clanului Castaldo de a-l anihila de atâtea ori la Napoli.

– Cartofor nenorocit! M-a atacat pe la spate ca un laș! Mersi, Danky! Oricum l-aș fi ucis cu mâinile goale, chiar dacă n-ai fi ajuns la timp!

– Dar Tony... Tipul ăsta e al naibii de periculos! Se pregătea să te lovească puternic cu bâta de baseball în cap.

– Gata, s-a zis cu Gabriel Pavel! Ascultă-mă bine! Nimeni nu trebuie să afle ce s-a întâmplat aici. Nevastă-sa e în dormitorul meu. Când va vedea ca el a dispărut, nu o să-și facă griji. După tot ce s-a petrecut între ei, Clara va bănui că bărbatul ei a părăsit-o. Cheamă-i pe Vivi și pe Geo și aruncați-l în Lacul Morii! În tăcere deplină. Plecați imediat. Ceilalți băieți să vă supravegheze. Nu am chef de martori nedoriți.

– Așa vom face. Însă, avem o mică mare problemă. Soția fratelui tău l-a văzut pe Gabi aici. Dacă vorbește, dăm de bucluc.

– Nu o să vorbească, stai calm. Am eu grijă de ea.

Se întoarce în casă. Închide ușa lent, ca și când i-ar fi fost teamă să nu o spargă. Urcă scările cu o strângere de inimă. Iar privește în spate. Nu este nimeni, doar umbra lui. Umbra omului care provocase încă o moarte în noaptea aceea fatidică. Moartea unui bărbat de 29 de ani, care era, mai înainte de toate, tatăl unui copilaș nevinovat. Lui Antonio nu-i plăceau copiii. Cunoștea, însă, prea bine durerea unui fiu orfan. La 17 ani, își pierduse mama.

Patrizia Arizzi căzuse victima unui război devastator între clanuri. În acea confruntare, ținta fusese fratele lui, Emanuel. Avea numai 12 ani, iar Patrizia se interpusese între el și Davide Castaldo, încasând în piept glonțul care ar fi trebuit să-i trimită în mormânt mezinul. Își dăduse sufletul zâmbind. Era încredințată că băiatul ei respira în siguranță, după ce angajații soțului ei îl salvaseră din încăierarea sângeroasă. În ultimele ei momente, Tony o privise îndurerat, așteptând din partea ei o binecuvântare, un surâs, măcar o lacrimă. Dar toate acestea se îndreptaseră către Manu. Lui nu-i mai rămăsese nimic. Mama sa murise fără să-i mai ofere cea din urmă consolare.

Un an mai târziu, în ziua în care cea care l-a născut ar fi trebui să celebreze cea de-a patruzecea aniversare, fiul său cel mare, de curând ajuns la majorat, îl capturase pe bătrânul Castaldo. Apoi, după ce-l torturase timp de trei zile în cele mai cumplite moduri, îl dăduse drept hrană Rotweillerilor înfometați pe care tatăl său îi crescuse în Scampia. Ucigașul mamei sale fusese prima victimă a lui Tony Salamandra și cea mai detestată.

Înainte să intre nerăbdător în camera în care îl aștepta proaspăta văduvă, merge într-un alt dormitor pentru a-și schimba hainele. Sângele lui Gabriel îi sărise pe camașa albă și pe mâinile sale puternice. Intră la duș. Apa fierbinte îi mângâie trupul ca nisipul deșertului ars de soarele dogoritor. Brusc, are o revelație. Glonțul din inima lui Gabriel este glonțul care oprise pentru veșnicie inima mamei sale. El și Sonia împărtășeau același destin... Avea să-i fie el tată, avea să-și răscumpere odiosul păcat. Se afundă în apă ca într-o entitate eliberatoare, experimentând o senzație de catharsis. În continuare gol, cu splendidul său corp la vedere, se întoarce la Clara. Concentrat exclusiv asupra ei, buzele lui se răsfață pe pielea ei ispititoare ca mărul cu care Eva a adus păcatul într-o lume neprihănită. O iubește cu patos. Trupurile lor sunt ca două măsline mediteraneene lipite, presate adânc, până când produc cel mai fin ulei. De acum, femeia aceea albă cu părul negru cu reflexe albastre este numai a lui... Chiar dacă, printr-un sadic hazard al vieții, încă mai are sub unghii sângele bărbatului căruia ea îi aparținuse în urmă cu câteva ore. Îngândurată, femeia îi strânge mâna între mâinile sale și îi spune:

– Mai e puțin și se va lumina de ziuă. Mă voi întoarce acasă și nu ne vom mai întâlni vreodată. Dar am o curiozitate care mă frământă. Unde ai fost o bună parte din noapte?

Capitolul 5

La ivirea zorilor, soarele e un cerc de aramă topit în focul care cuprinde orizontul violet. Culorile blânde ale răsăritului se răsfrâng tandru asupra omătului înghețat peste noapte. Se combină, se estompează și se completează reciproc pe cerul dimineții invernale. Indigoul se retrage în depărtare, lăsând loc violetului, iar violetul, la rândul său, dispare în zare treptat, eclipsat de razele calde ale soarelui, care devine de un portocaliu din ce în ce mai mai aprins.

Câțiva corbi traversează cerul în linie frântă, căutându-și locul într-o lume care nu mai are să le ofere nimic. Iarna e dură cu păsările. Le torturează până ce le schimbă sângele în arterele lor mici, subțiri ca de sticlă. Umiliți și izgoniți de colții ascuțiți ai iernii, corbii nu renunță la supraviețuire, sfidând anotimpul rece până la istovire, cu aripile lor negre care taie gerul în țipete asurzitoare. Unii dintre ei trăiesc sute de ani, înfruntând și cel mai aspru sezon, de fiecare dată cu mai multă viclenie.

Clara privește peisajul sublim, totodată trist în perfecțiunea lui, înainte să părăsească reședința clanului Salamandra. Nu mai așteaptă trezirea* lui Tony, căci a-și intersecta din nou privirea cu a lui înseamnă să-și trădeze soțul pentru a nu știu câta oară, în mai puțin de douăsprezece ore. Bărbatul acela afurisit o tentează ca o prăjitură de ciocolată interzisă în orice dietă. Și nu se știa atât de slabă, încât să cadă în capcana unui infractor sexy cu sufletul otrăvit ca pielea unei salamandre. Să treacă de la un cartofor iresponsabil și infantil la un criminal neînfricat care-și sătura câinii de luptă cu carnea inamicilor lui nu era scopul pe care o femeie cu capul pe umeri, asemeni Clarei, să și-l seteze pentru viitorul ei. Dacă ar fi la mijloc doar acești doi bărbați imperfecți, obscen de provocatori și lipsiți de sentimente, s-ar descurca ea cumva și i-ar pune la punct pe rând, fără să clipească. Dar comoara ei cea mai de preț, fetița cu ochii precum fruzele de orhidee pe care i-o dăruise bezmeticul de Gabriel, putea fi prinsă în acel triunghi al orgoliilor nemărginite. Ar putea fi strivită cu tot cu inocența ei de copil. Nu, Clara nu ar permite așa ceva nici în ruptul capului! Se grăbește să ia un taxi și se întoarce acasă hotărâtă să-și șteargă din memorie noaptea trecută și să-și salveze mariajul.

Ajunsă acasă, nu-l găsește nicăieri. Își verifică mobilul uitat pe masa de la bucătărie cu o zi înainte. Are șapte apeluri pierdute de la Gabriel și două de la Fabian. Primul nu poate fi contactat, telefonul său se află în afara ariei de acoperire. Cumnatul ei, în schimb, este cel care-i răspunde imediat.

– Alo! Spune-mi, Clara! Te-ai întors acasă? Totul e bine?

– Da, sigur că m-am întors. Dar tu cum de știi...?

– Gabi a fost pe la mine aseară. Era extrem de agitat. Inițial, spunea că ai fost răpită de clanul Salamandra. Ca să-mi mărturisească ulterior că te-a jucat la poker. Îmi pare atât de rău, Clara...

– Nu vreau să mai vorbesc despre asta. Datoria a fost plătită. Văd că m-a sunat de multe ori aseară, în jurul orei 1:00 a încetat. Și nu reușesc să-l găsesc. Pare că nu are semnal.

– Nu știu ce e cu el. S-a supărat și pe mine. Intenționa să dea buzna în casa lui Tony. A insistat să vin cu el și l-am refuzat. Nu am idee ce a făcut apoi.

– Dumnezeule! Dacă i s-a întâmplat ceva? Ieri l-am lăsat dormind. Am fost la serviciu și nu m-a sunat. Am vrut să-l trezesc înainte să plec la reședința familiei Toma, însă nu am mai avut nici curaj, nici răgaz.

– Nu-ți face griji! Se va întoarce. E fratele meu, dar nu pot fi de partea lui în situația asta. El e cel care te-a împins în brațele altui bărbat, și tot el e revoltat acum. Ca de obicei, îi place să fie în centrul atenției.

Clara închide telefonul și începe să-i sune pe prietenii lui Gabriel. Nimeni nu mai vorbise cu el din ziua precedentă. Apoi, pleacă în căutarea lui prin toate cazinourile din oraș. Până la lăsarea serii, nu află nicio veste despre bărbatul ei. De parcă l-ar fi înghițit pământul. Aleargă prin zăpadă, simțind izul iernii până-n măduva oaselor. Dezorientată, nu știe încotro s-o apuce. Alunecă și cade. Se ridică repede și o ia de la capăt. Se luptă cu vremea, cu gerul, cu întunericul și cu energia ei pe terminate, pentru tatăl fiicei sale. Simte că ceva îi scapă, ceva nu e în regulă. Gabriel Pavel nu este tipul de bărbat care să dea bir cu fugiții. Indiferent cât de rănit ar fi în orgoliu, indiferent câți dușmani ar avea sau câte grupări mafiote ar fi pe urmele sale. Dacă bodyguarzii lui Tony Salamandra l-au sechestrat?

Pune mâna pe telefon și-l sună pe bărbatul cu care și-a petrecut noaptea. Tremură iar. De emoție, de frig, măcinată de fiorii așteptării. Tonul apelului care sună în gol o seacă de putere. Inima îi tresaltă la fiecare pauză de fracțiune de secundă. Poate acum! Poate acum îi răspunde!

– Da, Clara! Ce este? Așa repede ți s-a făcut dor de mine?

– Tony, te rog, ajută-mă! Sunt disperată! Gabriel a dispărut!

– Și ce legătură am eu cu asta, frumoaso? Știi... eu nu sunt prieten cu soțul tău. Am jucat de câteva ori poker împreună. Habar nu am unde ar putea fi.

– Fratele lui mi-a spus că venea spre tine ultima dată când au vorbit. Voia să renunțe la pact. Dar s-a întâmplat ceva și nu a mai ajuns. Sau a ajuns și oamenii tăi știu ceva. Poți să-i întrebi?

– Uite ce e, Clara. Oamenii mei nu știu absolut nimic. Te asigur că Gabi nu a fost aici. Însă e ceva ce nu ți-am spus. Nu am vrut să mă implic. De regulă, bărbații își acoperă chestiile astea. Sunt solidari unii cu alții.

– Ce tot îndrugi acolo, Antonio? Nu te înțeleg. Solidari cu ce anume?

– Soțul tău are o idilă. Cu o tipă care frecventează cazinoul Las Vegas Suerte. Se numește Camelia Savin. Este foarte bogată, divorțată. S-a culcat cu ea în repetate rânduri ca să-i achite datoriile. Ultima dată când l-am văzut făceau planuri să plece într-o vacanță. Spunea că tu îl stresezi și că ar dori să se care definitiv cu acea doamnă.

– Poftim??? Cum adică? E o minciună! Poate că Gabriel a făcut multe, dar nu poate să mă înșele. El nu este acel gen de bărbat...

– Pe asta s-o crezi tu! Oare dacă te-ar fi iubit, te-ar fi jucat la cărți? Ești prea naivă! Revino-ți! Gabriel nu mai are sentimente pentru tine. Din ce mi-am putut da seama, este foarte îndrăgostit de Camelia. Îți dau adresa ei. Ai putea să o interoghezi personal.

Clara amețește pe dată. Se lasă ușor pe o bancă înghețată din fața unui bloc, înainte să leșine la propriu. Este prea mult... Nu se simte capabilă să îndure atât de multă furie, atât de multă frustrare. Izbucnește în lacrimi. Telefonul îi sună. E Nora. La capătul celălalt, aude chicotitul zburdalnic și drăgălaș al Soniei. Micuța îi spune că îi este dor de ea și de tatăl ei. Îi spune că va veni la București a doua zi, după-amiază. Își reține lacrimile pentru ca fetița să nu-și dea seama în ce stare se află mama ei. Îi declară că o iubește și că abia așteaptă să o vadă și să meargă toți trei în Orășelul Copiilor. Ea, Sonia și Gabriel. Se întoarce acasă și dă drumul izvorului rece de lacrimi abundente, izolată, nevăzută de nimeni. Disperarea îi cuprinde întreaga ființă, obiectele din dormitor parcă se apropie de ea ca să o strivească. Se prăbușește peste perdeaua neagră de fum a abandonului...

A doua zi, se trezește resemnată, decisă să o cunoască pe femeia care, după afirmațiile lui Tony, îi furase bărbatul. Se aranjează ca pentru un concurs de Miss. Îmbrăcată într-o rochie albastră, vaporoasă, decoltată, cu mâneci lungi, care-i evidențiază silueta perfectă, vrea să fie cea mai frumoasă. A crezut mereu că frumusețea ei este o armă împotriva infidelității conjugale. Acum, nu mai e atât de sigură pe acea teorie, poate prea superficială să poată fi dovedită. Chiar și când Gabriel o să o aleagă pe cealaltă „damă de pică", ea o să pună pe umerii celor doi amanți o presiune insuportabilă, iar el o să-și regrete în scurt timp decizia.

Față în față cu Camelia Savin, Clara începe să-și piardă încrederea în sine. Presupusa iubită a soțului său este înaltă, silfidă, roșcată, cu ochii verzi și extrem de senzuală. O femeie fatală care duce o viață de huzur într-un *penthouse* primit la divorț de la fostul ei partener, un conte englez bogat și mai în vârstă decât ea cu vreo 20 de ani.

– Bună ziua! Sunt Clara Pavel, soția lui Gabriel. Vreau să discutăm despre relația voastră.

– Ah, Clara? Tu ești vestita Clara Pavel? Cred că te-am mai văzut pe câteva coperte de reviste. Dar asta era demult, pe vremea când arătai cu adevărat bine.

– Se vede că ești o vampă împopoțonată și operată până peste urechi, Camelia! Dar să mai fii și atât de insensibilă, nu m-aș fi gândit. În fine, nu vreau să lungim discuția asta dezagreabilă. Vreau să știu doar unde se află soțul meu.

– O să fiu sinceră cu tine. Eu și Gabi avem o relație de ceva timp. Iată și câteva fotografii cu noi doi, spune ea, scoțând un album din sertar. Acum nu este acasă, deși locuim împreună de două zile. Mi-a mărturisit că i-ai fost infidelă. A fost foarte dezamăgit. Oricum, nu mai simțea nimic pentru tine. Acum, în urma gestului tău, i-a dispărut și minimul respect pe care ți-l purta pentru că ai născut-o pe Sonia și vrea divorțul.

– Ce? Cum îți permiți să-mi vorbești așa? De unde știi despre fiica mea? Ești o ușuratică!

– Serios? Tu vorbești? Ai venit la mine din patul lui Tony Salamandra? Știu eu ce ascunzi, Clara! Nu suntem cu toții atât de proști...

Camelia nu apucă să mai termine fraza. Clara o lovește cu palma peste față, apoi o trage violent de păr și o trântește la podea, unde continuă s-o pălmuiască. Sângele îi țâșnește puternic din nas. Se ridică cu greu, când agresoarea e deja plecată. Cineva o apelează insistent.

– Ce faci, Cami? De ce nu-mi răspunzi? Stau ca pe ghimpi. A venit Clara?

– Da, acum a și plecat idioata. I-am arătat pozele alea trucate de Sandu. I-am spus că Gabriel a părăsit-o pentru mine. A înghițit gălușca și s-a mâniat cumplit. M-a lovit și mi-a spart nasul. Sper că acum o să mă lași în pace. Mi-am plătit cu vârf și îndesat datoria la voi făcând pe târfa care desparte familii.

– Îmi place mai mult femeia asta! E sexy și rea, exclamă Tony entuziasmat. E perfect. Ți-ai jucat bine rolul. Te-ai achitat de datorie. De acum, fii cu băgare de seamă! În caz că cineva te mai întreabă ceva despre subiectul ăsta, trebuie să minți în continuare! Îți trimit bani să pleci în Brazilia. Spune-le tuturor că l-ai luat și pe Gabi Pavel cu tine!

– OK. Sunt curioasă într-o privință, Tony. De ce faci asta? I-ai făcut felu' partenerului tău de poker? Sau vrei să rămâi cu nebuna de nevastă-sa folosindu-te de un șiretlic?

– A doua variantă. Gabriel e viu, dar îl țin prizonier pentru că m-am îndrăgostit de brunetă. Și vreau să fie numai a mea. Dacă spui o vorbă cuiva, s-ar putea să te alegi cu mai mult de un nas spart. Știi de ce sunt capabil.

– Nu este nevoie să mă ameninți, știu cine ești. Vai de cei ce ți se pun împotrivă!

Cu hainele răsucite pe corp, fierbând de furie ca un vulcan gata să erupă, Clara se îndreaptă către gară ca să o recupereze pe Sonia. În tumultul confruntării cu Camelia, era cât pe ce să uite că trenul copilei sale se apropia de București. Micuța fusese adusă de o prietenă a Norei care-și vizita iubitul în capitală. Zărind-o pe peron, își schimbă pe loc atitudinea. Simte o pace interioară care-i alungă din suflet furtuna de adineaori. Fetița este colacul ei de salvare, unica sursă a fericirii ei atât de greu încercate. O strânge în brațe și îi sărută mânuțele gingașe, învelite într-o pereche de mănuși mititele, roz și pufoase.

Capitolul 6

Fabian o privește îndelung cum se dichisește în oglindă. E frumoasă ca un înger, în ciuda malițiozității de care dă dovadă adesea. Surâsul ei ar face orice bărbat să-și piardă mințile. Avuseseră o noapte de poveste. Dar ca de obicei, în momentele de repaus ale iubirii lor hedoniste, între ei se strecura șarpele perfid al neîncrederii. Când își termină de încheiat nasturii bluzei albe, ușor transparente, pe care o asortase cu o fustă neagră în carouri, adoptând un look și o coafură de școlăriță rebelă, aruncă o privire în jur, apoi, direct spre el.

– Câte cărți ai, iubitule! Ești atât de studios! Ești sigur că asta-i calea?

– Calea pentru ce, draga mea?

– Calea pentru a ajunge foarte bogat. Știi că poți face mulți bani și fără să citești toate astea, nu?

– Da, însă pe mine nu mă interesează doar banii. Vreau să lupt pentru o meserie care-mi place, să mă fac util și să ajut oamenii să ducă o viață sănătoasă prin sport și dietă.

– Dacă unii sunt atât de grași, poți să te dai oricât peste cap. Nu-i vei determina să slăbească. De regulă, sunt gurmanzi. Se gândesc doar la mâncare și chiar dacă reușesc să scadă în greutate pentru un timp...

– Ajunge! Nu vreau să te mai aud rostind numai prostii! Oricine poate să reușească orice își propune. Trebuie doar să se înarmeze cu multă ambiție și motivație. Nu există nu pot, ci doar nu vreau. Ai priceput?

– Ești atât de naiv, Fabi! Nu știu de ce îmi petrec atâta timp în compania ta. Nu suntem deloc potriviți. Totuși, ai ceva care mă înnebunește. Ești pasional, seducător, ești antidotul meu.

– Uneori, ești superficială. Eu te iubesc așa cum ești, nu-ți cer să te schimbi. Vreau doar să îți dai silința pentru a fi un om mai bun. Știu că poți, așa ești în fond.

– Ești mult prea idealist. Nu ai văzut nici pe sfert cât de crudă este viața. Știi... Câteodată e suficient să faci un pas greșit să pierzi totul. În fine... Nu mai pot sta. Ar cam trebui să plec.

– Dacă mi-ai povesti mai multe despre tine, poate aș reuși să te înțeleg mai bine. Ce-mi ascunzi, blonduțo?

– Nu e cazul acum, nu-ți bate tu căpșorul frumos cu problemele mele. Te sărut dulce. Mă conduci la taxi?

– Nu, te duc eu cu mașina mea. Să mergem!

De la etajul șase coboară pe scări, refuzând liftul. Amândoi au o condiție fizică de invidiat. Pe durata coborârii, între ei se simte o tensiune, o nemulțumire care mocnește din ambele părți ale unui cuplu clădit pe un noian de secrete. În câteva minute, cel mai important dintre acestea avea să iasă la iveală precum un foc de artificii. Ajuns în parcare, Fabian are un adevărat șoc. I se pare că nu vede bine, privirea i se încețoșează ca și când creierul său ar fi fost invadat de aburii alcoolului. De-a lungul autoturismului său sport, alb, este scris cu sânge „Lasă-mi nevasta în pace!" și semnat simplu, jos, deasupra roții din spate, „M". Însoțitoarea lui nu mai poate schița niciun gest. Rămâne consternată, înspăimântată de parcă ar fi dat nas în nas cu o stafie.

– Nu poate fi real! Ce înseamnă asta, Alina? Ești căsătorită?

– Eu?! Nu! Acum dai vina pe mine? Se pare că nu ești atât de cuminte precum pari, Fabian. Cui i-ai sedus soția? Cine este acest MDe peste stradă?

– Habar nu am! Poate e o greșeală sau ceva. Singura mea iubită ești tu. Dacă cineva are soț, atunci tu ești aceea. Și e posibil. La cum te comporți... *Fuck!* Ăsta e sânge? Chiar a scris cu sânge?! Cu cine te-ai încurcat, Alina?

– Trebuie să plec. Ar fi bine să nu ne mai vedem.

– Stai! Unde te duci? Doar nu ai de gând să mă lași cu ochii în soare? Care e secretul tău, iubito? De ce te ascunzi? Sau mai bine zis de cine?

– Îți voi spune adevărul. Te iubesc, Fabi! De ți-aș fi mărturisit de la început, nu m-ai mai fi dorit. Sunt măritată cu Emanuel Toma, cunoscut în lumea interlopă drept Manu Salamandra. Poate ai auzit despre el... Mai celebru este fratele său mai mare, Tony.

– Tony Salamandra? Ești măritată cu fratele lui? Adică eu... eu sunt amantul tău? Iubitul unei membre a clanului Salamandra?

– Dragule, te rog să nu te enervezi! Nu e așa cum crezi tu. Manu e în pușcărie de șase luni. Sunt singură. Adică... Nu mai am niciun fel de relație cu el. Îl vizitez foarte rar.

– Și unde locuiești, iubito? Mi-ai zis că stai cu părinții și că nu mă poți prezenta lor deocamdată, pentru că sunt de modă veche și nu te lasă cu un bărbat care nu are gânduri de căsătorie. De dragul tău, aș fi făcut orice. M-aș fi cununat cu dragă inimă. Iar tu aveai deja un bărbat în viața ta. M-ai tras pe sfoară. De asta îmi tot spuneai că sunt naiv și idealist? Fiindcă am avut încredere în tine?

– Fabian! Nu te mai victimiza! Ești la fel de vinovat pe cât sunt eu în relația asta. Nu mai poți da înapoi acum. Mă iubești la fel cum te iubesc și eu.

– Serios? Și pe Emanuel l-ai uitat? Știu cine e, i-am văzut arestarea în direct la TV. Cine mi-a făcut asta dacă el e la închisoare?

– Trebuie să fi fost unul dintre oamenii lui. Vor să te sperie. Însă nu au curajul să te atingă. Am puterea să pun capăt vieților lor blestemate.

– Despre ce vorbești? Ești în stare de crimă?

– Ca să te apăr, da. Doar din dragoste pentru tine, iubitule!

– Cred că ar fi cazul să ne despărțim. Provenim din lumi foarte diferite. Îți comand un taxi. Îți voi trimite lucrurile care ți-au rămas la mine.

– Gata? Așa de repede te lași intimidat și dai bir cu fugiții? Credeam că ești mai tare decât Manu! Da' de unde! Nu te poți compara cu el! Ce ar mai râde să vadă cu ce pămpălău l-am înșelat! Degeaba ai corpul ăsta, căci nu știi să-l folosești pentru nimic.

– Ești incredibilă, Alina! În urmă cu câteva minute îmi declarai iubirea, iar acum mă ataci pentru că ți-am descoperit minciuna și nu mai vreau să fim împreună. Ești infantilă și vindicativă!

– Știi ceva, Fabian Pavel? Nu s-a născut bărbatul care să-mi dea mie papucii! Un simplu mesaj te-a făcut să renunți la povestea noastră. Ai demonstrat că nu ești bărbat! Și acum eu sunt cea care nu vrea să mai știe nimic de tine!

– Întotdeauna vrei să ai tu ultimul cuvânt. Și nu, nu mi-e frică de oamenii ăștia dubioși! Sunt curajos și sunt în stare să răstorn lumea cu susul în jos ca să obțin ceea ce-mi doresc. Dar tu m-ai înșelat în tot timpul ăsta. M-ai prostit ca pe un băiețandru de liceu, strigă el nervos, apucându-i talia subțire și încercând să o sărute. Alina se trage înapoi și îi dă o palmă peste față.

De peste stradă, Clara și fiica ei, care mergeau să-l viziteze pe Fabian, asistă la întreaga scenă.

Nevasta lui Manu Salamandra aleargă să prindă un taxi. Fabian rămâne cu sufletul ars de un foc invizibil, pustiit ca un sat de păstori după trecerea brutală a vandalilor. Nu-i vine să creadă cine era femeia pe care o iubea cu adevărat de peste trei luni. O femeie care, în fața legii și a lui Dumnezeu, era a altui bărbat. Așadar, cea pe care și-o imagina îmbrăcată în rochie de mireasă la altar împreună cu el, era, de fapt, mireasa Mafiei, intriganta de bază a clanului Salamandra. *Volens nolens*, Fabian fusese amantul ei. Intrase fără să vrea într-un joc mai mult decât periculos. Era pentru Emanuel Toma ceea ce fratele său, Antonio, era pentru Gabriel. Un rival în dragoste. Și dacă de fratele său nu mai știa nimic de trei zile, atacul recent asupra mașinii lui era clar simbolul unei rivalități care începea să capete proporții cosmice. Brusc, își dă seama că dispariția lui Gabriel ar putea fi legată de aventura pe care Clara o avusese cu Antonio Toma.

– Fabi, Fabi, strigă Sonia și îi sare în brațe! De ce te-a bătut doamna aceea? E rea, nu-i așa?

– Nu, fluturaș, a vrut doar să mă mângâie! Nu ai văzut bine. Ce faci? Ai venit pe la unchiul? Hai să te iau în spate! Vrei să ne jucăm de-a măgărușul?

– Daaa! Uraaa! Fabi, tati este la tine?

– Nu... A plecat într-o deplasare de serviciu, dar se va întoarce curând. Hai să mergem în casă! E frig de îngheață pietrele. Cred că ți-au început desenele preferate de la 11:00.

Se întoarce în apartament împreună cu Clara și cu Sonia. Pregătește un ceai pentru cumnata lui, care-și freacă palmele mâinilor străvezii pentru a le mai încălzi puțin. Când micuța se îndepărtează de ei, ea izbucnește.

– E plecat pe dracu' într-o deplasare de serviciu! A fugit cu amanta! Da, chiar așa! Știai că frate-tu umbă cu alta? Și tu m-ai luat de proastă, Fabian?

– Poftim? De unde ai auzit asemenea inepție? Fratele meu nu te înșală. De asta poți fi sigură. O avea el multe păcate, dar cu siguranță nu te-ar părăsi pentru altă femeie. Și nu și-ar părăsi copilul nici în ruptul capului!

– Uite că m-a înșelat și și-a abandonat fetița! Ne-a lăsat singure. E cu o femeie cunoscută la cazinou, Camelia Savin. Acum două zile am înfruntat-o. Mi-a arătat poze cu ei doi. Nu-i mai poți lua apărarea. Mai nou, circulă un zvon că au plecat într-o călătorie în Brazilia, destinația lui favorită. Știi cât visa la Copacabana... Totul e logic.

– Nu, nimic nu e logic. Sunt convins că faza cu amanta e o făcătură. Știi cine e femeia cu care mă certam în stradă?

– N-am idee. Iubita secretă pe care nu voiai să ne-o prezinți?

– Exact. La insistențele ei, am ținut relația ascunsă. Azi am aflat că e măritată după ce am primit un avertisment de la soțul ei, nimeni altul decât fratele lui Tony Salamandra. Mi-au mâzgălit mașina cu sânge real. Se poate să urmeze ceva mai rău.

– Nu se poate! Și tu te-ai încurcat cu membrii acestei grupări mafiote? Te știu un băiat serios, Fabian! O să vorbesc cu Tony. Tu nu le-ai făcut niciun rău. Știind că este căsătorită, nu ai fi intervenit... Poți să ai grijă de Sonia câteva zile? Să mă suni dacă te simți în pericol. Vin să o iau și anunț poliția. Vreau să investighez mai mult. Totul este bizar. În același timp, totul îl acuză pe Gabriel. Cred că a plănuit să mă ofere pe tavă altuia ca să-și poată clădi o nouă viață cu altcineva, departe de mine. Ce îi spun eu acum fetiței?

Clara începe să plângă înfundat. Simte că situația îi scapă de sub control. E derutată și răvășită. Cumnatul ei o îmbrățișează și o îmbărbătează. Îi va fi alături orice ar fi și îl vor găsi împreună pe fratele lui.

Capitolul 7

– Nu înțeleg de ce nu-l descoperă mai repede. Au trecut trei zile. Ești sigur că l-ai aruncat în Lacul Morii?

– Da, Tony, sunt mai sigur decât de porecla mea, Danky. Ce voiai? Să filmez momentul?

– Nu mă lua la mișto că îți trag un glonț direct în țeasta aia goală! Ești sigur că era mort?

– Păi... da! De ce să nu fie? L-au văzut și băieții. Și chiar dacă ar mai fi trăit, crezi că nu și-ar fi dat duhul când l-am aruncat în apa înghețată?

– Nu știu, Danky. Așa ar trebui. Însă, e prea multă liniște în jurul lui, o liniște apăsătoare. Morții provoacă multă agitație în jur, panică, întrebări. În plus, scafandrul pe care l-am plătit să-i găsească trupul a scotocit peste tot, fără sorți de izbândă.

– L-or fi mâncat peștii, mai știi? Eu nu am nicio vină. Au fost cu mine Vivian și Geo. Poate cineva ne-a văzut când l-am aruncat și i-a sărit în ajutor după ce ne-am cărat de acolo.

– A, da? Atât de idioți ați fost, urlă Tony furios și îi trage un pumn în figură bodyguardului său șef. Solidul bărbat se clatină serios, ținându-se încă pe picioare.

Moștenitorul clanului Salamandra îi cheamă la el și pe ceilalți doi oameni care participaseră la crima de sâmbătă noapte. Nemulțumit de atitudinea și de răspunsurile lor, bărbatul începe să-i pocnească pe rând și să-i insulte până când obosește. Cu pistolul în mână, țintește către una dintre menajerele care lucrau în vila din Corbeanca, fără ca ea să-l poată vedea de după un perete de sticlă. Era Tina, iubita lui Danky.

– Dacă în clipa asta nu răscolești pământul ca să-l găsești pe Gabriel Pavel viu sau mort, îi zbor creierii! Și așa nu mai suport să văd cum vă tăvăliți prin paturile mele!

– Dar Tony... Ea e nevinovată. Te rog, te implor... Las-o în pace! Fă ce vrei cu mine!

– Nu, nu merge așa, Danky. Știi și tu prea bine. Mafia nu se joacă cu indivizi. Mafia se joacă cu familiile indivizilor, cu iubitele, cu nevestele, cu cei dragi. Ai 24 de ore la dispoziție. Ori îi dai de urmă, ori o trimit pe lumea cealaltă pe blondina ta nimfomană.

– Acum pornesc în căutarea lui. Ai să te enervezi iar. Am uitat să-ți dau telefonul mortului. Rămăsese pe podeaua din cabina noastră de la poartă, mormăie Danky cu sfială în glas.

– Ești mai prost decât prevede legea! Dacă îl localiza poliția, cretinule? Cum ai fi ieșit din situație? Dând vina pe mine, nu? Nici nu știu de ce mă zbat atât. Tu ești cel care l-a împușcat pe bărbatul Clarei. Dă-mi mai repede mobilul și du-te! Tic-tac, tic-tac!

După un timp, o mașină roșie oprește în fața casei lui Tony Salamandra. Recunoaște acel autoturism, pentru că era al lui Gabriel Pavel. Stăpânul vilei fumează o țigară pe terasa închisă, cu un pahar de vin fiert în față. De sus, o observă tacticos, îi urmărește toate mișcările cu ochii lui albaștri, arzători de dorință. Înaltă, suplă, poartă o geacă de fâș albastră, până în talie, o pereche de blugi mulați negri și ghetuțele ei îmblănite. Părul lung îi stă diferit de data asta. E drept și parcă mai strălucitor. Poartă rujul cel mai roșu, iar fardul de pleoape e lila precum puloverul subțirel care-i lasă la vedere umerii delicați. O prezență diafană ce luminează cu chipul ei casa întunecată în care pășește. Salamandra coboară de la etaj după ce Tina o poftise deja înăuntru.

– Clara! Ce surpriză! Am crezut că este Gabriel când am văzut mașina. Știu că el o conduce de obicei. Apropo, m-a sunat acum o oră. Ai reușit să-l vezi înainte să fugă cu amanta?

– Cum adică te-a sunat? Nu, nu am mai vorbit cu el de sâmbătă. Mă îngrijorează situația. Nici cu fratele lui nu a luat legătura. Mai mult, soțul meu nu poate trăi fără fiica lui. Indiferent unde s-ar afla și cu cine, ar fi sunat-o pe Sonia. Aș vrea să mă duc la poliție să-i reclam dispariția.

– Clara, mă faci să râd. Ai de gând să te transformi într-o Vitoria Lipan în variantă postmodernă? Te asigur că nu ai de ce să te îngrijorezi. Uite, îți arăt telefonul meu să vezi că am vorbit cu el patru minute și un pic. Mi-a spus că e fericit cu Camelia și m-a rugat să am grijă de tine în lipsa lui. Nu e acesta numărul lui? Verifică, te rog!

– Ba da, este numărul lui! Nu știu ce să mai cred, Tony... Cum poate să-mi facă asta? De aș fi numai eu în viața lui, l-aș putea ierta. Dar să nu se gândească deloc la Sonia? Ce a devenit bărbatul ăsta?

Deodată, telefonul Clarei se aprinde într-un sunet scurt, care seamănă cu un ciocănit în ușă. Îl privește nedumerită și la câteva secunde după ce parcurge un mesaj destul de lung, fața ei capătă o paloare cadaverică.

– Te simți bine, frumoaso? Vrei să iei loc? Arăți de parcă ai leșina dintr-un moment în altul.

– „Îmi cer scuze pentru întârziere. Mi-a luat ceva timp să procesez tot ce s-a întâmplat între noi. Nu mai pot fi soțul tău după ce alt bărbat te-a atins. Puteai să te împotrivești, dar nu ai făcut-o. Știu că ți-a plăcut de el și știu că relația noastră era demult încheiată. Bine că m-ai ajutat să-mi achit toate datoriile, pentru asta îți mulțumesc. Am auzit că m-ai căutat la Cami. Ea e femeia pe care o iubesc și când mă voi întoarce în țară, îți voi cere divorțul. Îți voi ceda custodia fetiței. Eu o voi vizita în weekenduri și în vacanțe.", citește ea enervată. Dobitoc ingrat și mincinos! Secătură! Sper să ardă de viu! Asta merită! Și eu îmi făceam atâtea griji, ca o proastă! După toate sacrificiile pe care le-am făcut pentru el... Cu asta m-am ales? Și-a părăsit familia pentru o târfă? Și eu sunt vinovată fiindcă m-am dăruit ție pentru pariul lui josnic?

– Calmează-te, draga mea! Ești atât de frumoasă! Ești o femeie minunată. Eu cred că m-am îndrăgostit de tine. Dacă Gabi te-a abandonat, nu am de gând să te las singură. Vreau să te încrezi în mine. Pot să te apăr, să te sprijin cu orice ai nevoie. El a profitat de tine. L-ai salvat și apoi s-a făcut nevăzut. Te-a înșelat și te-a înjosit.

– Tony, vrei să ieșim puțin la aer? Simt că mă sufoc...

– Desigur, stai să-mi iau geaca pe mine.

Se plimbă braț la braț pe domeniul din spatele vilei. El o cuprinde după umeri tandru și îi mângâie părul prins pe jumătate sub gluga gecii. Femeia are lacrimi în colțul ochilor și își simte buzele amorțite.

– Vino în brațele mele! Nu voi permite nimănui să-ți mai facă rău! Toți spun că Tony Salamandra e un monstru, dar adevărații monștri sunt bărbații ca Gabriel Pavel. În comparație cu el, eu sunt doar un copil îmbufnat.

– Tu nu ești un om rău! Despre tine circulă multe legende. În schimb, comportamentul tău spune totul. Ești un bărbat galant, atent, iubitor, ocrotitor. Apropo de asta... Oricât de supărată aș fi, nu pot lăsa deoparte motivul pentru care am venit la tine. Este un subiect sensibil.

– Te ascult, Clara. Poți să-mi zici tot ce ai pe suflet.

– De data asta nu-i vorba despre mine, ci despre cumnatul meu, Fabian Pavel. Probabil ai auzit și tu vestea. Are o relație cu

Alina, soția fratelui tău. Cineva l-a amenințat cu moartea în dimineața asta.

– Pe bune? Nu mă miră să aflu că Alina are un amant. Fratele lui Gabriel? E chiar mică lumea în care trăim! Normal că pe Manu l-a apucat mânia văzându-se trădat și părăsit în pușcărie. Cine l-o fi amenințat pe cumnatul tău? Eu habar nu aveam de întâmplarea asta.

– I-au scris pe mașină cu sânge un mesaj în legătură cu iubita lui. Fabian nu se intimidează ușor, e curajos și foarte isteț. Te rog să nu-l rănești! El nu este precum Gabi! În plus, nu a știut nicio clipă că Alina era căsătorită.

– Înțeleg. Voi vorbi cu băieții. Cei care lucrau pentru Emanuel sunt acum în serviciul meu. Le voi ordona să-l lase în pace pe băiat și, să punem capăt tentativelor de răzbunare ale frățiorului meu gelos, îi voi spune că l-am prins pe amant și l-am torturat, forțându-l să se despartă de Alina.

– Ești formidabil, Tony! Ți-ai minți fratele de dragul meu?

– Aș face mult mai multe lucruri de dragul tău. Acceptă-mă în viața ta, Clara! Îți promit să te fac cea mai fericită femeie din Univers!

Capitolul 8

Simte că nu mai are stare. Bate din picior. Tălpile ei mici se încordează și se îndoaie înăuntrul pantofilor roșii, cu toc înalt, lăcuiți, care nu apucaseră să-i chinuie prea mult picioarele în acea zi, în care șoferul o condusese peste tot. Rochia scurtă, în aceeași nuanță ca pantofii, preia rolul unei mingi anti-stres care-i lipsea în acel moment tensionat. Trage de mânecile bufante, își atinge frecvent modelele imprimate pe talie și netezește partea de jos a rochiei din două în două minute. Realizează că era îmbrăcată cam sumar pentru o zi friguroasă de la sfârșitul iernii abia când simte un curent de aer rece care-i străbate întregul corp. Se uită la ceas răstignită de speranță. Soțul ei întârzie la vizita conjugală. Se afundă în gânduri complicate. Ce îi va spune când îl va vedea? Acum este convinsă că el a aflat de aventura ei cu Fabian. Ar putea nega tot. Ar fi cuvântul ei împotriva cuvântului bodyguarzilor lui care o observaseră într-o seară în compania altui bărbat. Stăteau așezați la o masă. Putea fi colegul, verișorul sau amicul ei. Nimeni nu o prinsese în patul lui și nici cu mâinile înlănțuite după gâtul lui, așa cum îi plăcea să adoarmă adesea în nopțile înghețate în care adevărata ei iubire era încarcerată între zidurile de piatră ale unui penitenciar de maximă securitate.

Sau ar putea în sfârșit să fie sinceră și să admită că l-a înșelat de nenumărate ori în ultimele trei luni. Cu un student atrăgător, de aceeași vârstă cu el, mai blând și mai iubitor. Nu, varianta asta se exclude din prima. Manu ar ucide-o pe loc la auzul unei asemenea declarații. Și nici lui Fabi nu i-ar fi mai bine, în mod cert. Își schimbă poziția picioarelor, dar le ține în continuare încrucișate. Părul blond i se revarsă mai jos de umeri, atingându-i subtil sânii fermi, rotunzi, de mărime medie, bine acoperiți de rochia totuși decentă pe care o poartă azi ca pe un afront la stilul său vestimentar uzual.

Ochii ei albaștri sunt triști, împovărați de greutatea vinei care o apasă ca o menghină ruginită. Dar mai presus de toate, îi e teamă. Teamă de reacția lui Emanuel Salamandra, reprezentant emblematic al zodiei gemenilor, un exemplar masculin atât de complex, exponent de seamă al celor mai neobișnuite paradoxuri. Tolerant de nenumărate ori, este nemilos atunci când are senzația că i-a ajuns cuțitul la os. Aerian în fața lucrurilor pe care nu pune preț, dar perspicace față de tot ceea ce îl interesează cu adevărat. Subiectiv și incorect cel mai adesea, judecând oamenii în funcție de simpatii, se trezește câteodată înflăcărat de un simț justițiar căruia cu greu îi poți rezista. Superficial cu aparențele, gândește profund și analizează substratul fiecărei întâmplări doar dacă-l afectează în mod direct. Dulce și copilăros în dragoste, ușor de dus în ispită, lăsându-se voit manipulat de persoana iubită căreia îi acordă deplină libertate, acționează ca un psihopat, ticluind planuri de răzbunare, dacă se vede trădat. Impulsiv cu cei dragi, între care nu ține neapărat să-și înfrâneze pornirile, este controlat și abil în prezența celorlalți, deseori maleabil. Îi înțelege bine pe ceilalți, înzestrat cu o inteligență emoțională peste medie, fiind cu greu înțeles la rândul său de cei din jur. Din acest cocktail savuros de trăsături, Alina nu știe care o să primeze când el o va privi în ochi prima dată după dezvăluirea secretului ei catastrofal.

După 30 de minute de așteptare înăbușitoare, se ridică să plece din camera în care dorul lui neostoit ar fi trebuit să o îngroape în sărutări posesive. Însă, când pune mâna pe clanță, ușa i se deschide subit în față, aproape să o lovească în stomac. Tresare ca și când ar fi fost curentată și dă un pas înapoi. Îl privește de jos în sus, măsurându-l cu ochii. Pare că e puțin mai slab, tras la față, cu buzele roșii, senzuale, cu o expresie adolescentină pe chip, ușor ironică, având o mică vânătaie sub ochiul stâng. De parcă ar fi primit un croșeu în față în urmă cu aproximativ o săptămână. Când privirea ei urcă spre brațele lui musculoase, tatuate discret pe ambele părți, vede cum pumnu-i drept e bandajat ca și când ar fi pocnit un obiect dur sau o persoană care i-a parat agresiv lovitura.

– În sfârșit ai ajuns, Manu! M-ai ținut ceva în suspans, nu glumă, se tânguie ea și îi sare în brațe, sărutându-l fără ca el să-i răspundă.

– Bună, Alina! o salută el rece, ca și când ar fi fost o străină.

– Ce ai pățit la ochișor? Te-ai bătut? Cine a îndrăznit să te atingă? Tony știe?

– Nu te impacienta, nu am nimic. M-am bătut organizat, într-un ring, cu trei bărbați. Am vrut ceva acțiune. Mi s-a urât aici. Nu trebuie să știe Tony tot. Nu mai am 8 ani ca fratele mai mare să-mi sară mereu în apărare!

– Dar, iubitule, poți fi rănit. Și aici nu e ca afară. Clanul Salamandra nu poate să-ți ofere maximă protecție.

– Nu am nevoie de protecția nimănui! Mă descurc și singur. De asta ai venit? Să mă judeci?

– Nu... Am venit pentru că îmi era dor de tine.

– Ți s-a făcut dor de mine după cât timp? După o lună? Poate cinci săptămâni? Am crezut că ai plecat de tot, Alina. Și am luat o decizie, zice el, întinzându-i în față un document.

– Ce e asta? O cerere de divorț? E o glumă? Te-ai țicnit?

– Nu, nu e o glumă și nici nu m-am țicnit. Așa este mai bine. Când planurile tale nu mă mai includ, nu mai are niciun rost. Sau te deranjează să fii exclusă din casa și din conturile mele?

– Asta crezi tu, Manu? Că ți-am rămas alături din interes?

– Nu, nu mi-ai rămas alături. Tocmai asta e chestia. Dar nu vreau să intru în detalii și să mă enervez. Viața mea aici e destul de grea. Nu am de gând să o transform într-un veritabil iad.

– De ce reacționezi așa? Pentru că slugile tale te-au mințit că am un amant? I-ai trimis un avertisment unui tip cu care nu am nicio treabă! Omul e antrenorul meu de la sală!

– Chiar nu mă interesează! Vreau să iei actul și să pleci. Dintotdeauna ți-am oferit libertate, nu ți-am cerut explicații niciodată, chiar dacă veneai acasă la două noaptea.

– Ah, da? Dar de câte ori am venit eu la două și de câte ori ai venit tu la patru? Îți amintești? Petreceri cu femei până dimineața, orgii organizate de idiotul de frate-tu, de la care nu absentai niciodată! Nu fi ipocrit, Emanuel! Nu am făcut mai multe greșeli decât tine!

– Nu-mi pasă cine, cum, și unde a dat-o de gard. Vreau doar liniște. Nu te mai iubesc! M-am săturat de tine până peste cap! Toată lumea ne bârfește, mai avem puțin și ajungem pe primele pagini ale tabloidelor. S-a terminat.

– Ascultă-mă bine, iubitule! Nu îți dau niciun divorț pentru că e limpede că ești dus cu pluta. Ți-ai pierdut mințile în pușcăria asta, te-ai lăsat agresat și umilit de cine știe ce borfaș de mâna a doua. Tu, succesorul clanului bucureștean Salamandra și al prestigioasei familii napolitane Arizzi! Iar acum vrei să mă părăsești. Nici gând! Voi rămâne lângă tine, așteptându-te ca până acum acasă la noi.

– Bine, atunci poate va fi mai receptiv la cererea mea iubitul tău, Fabian. Ce zici de asta?

– Se poate să fie. Nu ai decât să-l ucizi, dacă asta vrei, vei comite o nedreptate. Alta, precum cea pe care ai comis-o în ziua în care ți-ai luat asupra ta delictele altcuiva.

– Te-am pupat, Alina. Merci că ai venit să mă vezi. Văd că îți place să mă provoci și vei mai auzi de mine, îi spune el pe un ton amenințător, implacabil, făcându-i cu ochiul și ridicându-se hotărât să plece.

Femeia rămâne singură, cugetând un minut la toată conversația cu soțul ei, până la venirea gardianului care o invită să părăsească încăperea. Bulversată, are impresia că în confruntarea de la distanță a orgoliilor celor doi bărbați din viața ei, ea fusese cea strivită fără milă, ignorată, și uitată cu tot cu sentimentele pe care le nutrea și față de unul și față de celălalt. Cum era posibil să alerge după doi iepuri, să-i prindă pe amândoi simultan și să-i scape tot simultan din cuștile în care-i ținea captivi, prizonieri ai iubirii ei nestatornice?

Capitolul 9

Soarele era blând într-o după-amiază de început de toamnă. La malul Dunării, fiica ei se juca în iarbă cu păpușile, în timp ce ea stătea întinsă pe un șezlong. Costumul de baie portocaliu îi dezgolea trupul perfect, strălucitor de la uleiul de măsline cu care se unsese avidă după un ultim bronz natural din acel an. Câțiva oameni pescuiau în depărtare, alții făceau grătare pe celălalt mal al Dunării, râzând în hohote. Probabil erau deja în Serbia, dar ea îi auzea bine din România, fără să înțeleagă o iotă din graiul lor. Nu mai conta. Se simțea atât de relaxată, de parcă se eliberase de toate grijile, de toate suferințele, de iubire, de ură, de amintirile ei dureroase. Când își ridică privirea către fluviul mai devreme liniștit, are senzația că acum este învolburat și negru. Fetița ei, care ajunsese și mai aproape de Dunăre, cu piciorușele albe și ude, începe să plângă pe nerăsuflate, strigând înspăimântată:

– E tati! Tati e mort! Apa l-a adus la mal! Mami, vino repede!!!

Clara se trezește când alarma telefonului începe să sune ca o sirenă de ambulanță. Experimentase un coșmar care avea să-i marcheze întreaga zi. De parcă subconștientul se aliase cu inima ei și se hotărâseră, indignați, să-i tulbure toate visele, introducându-l în fiecare peisaj sublim pe soțul ei, pe care nu-l putea uita cu niciun chip. În interpretarea sa proprie, semnificația acelui vis era evidentă. Pentru ea, Gabriel trebuia să moară, cu riscul ca Sonia să resimtă consecințele dramatice ale despărțirii părinților săi.

După zile întregi de la dispariția partenerului ei, în sfârșit reușise să doarmă mai bine. Și tot somnul acela lin, odihnitor, nu putea să se încheie apoteotic decât cu un coșmar, în care nesuferitul de Gabriel ajunsese inert, ghidat de luntrașul Charon, la malul Dunării. De ce în acel loc? Pentru că ei doi mergeau acolo cel mai des înainte de nașterea Soniei. Cazanele Dunării împădurite, santinele stâncoase păzind fluviul cu unde albastre, străbătut uneori de vapoare ce lasă în urmă dâre albe de spumă, ca și când ar scrie cu litere pe apă un mesaj de dragoste pentru cerul care sărută lacom crestele Carpaților. În centrul defileului ce separă două țări, romanitatea de lumea slavă, dar și maluri din preistorie, bucăți ale aceluiași pământ, veghează solemn și triumfal chipul regelui dac Decebal. Înveșmântat în mantia pădurii de smarald, pare că se cufundă în apa fluviului sacru ca în ultima sa zi pe Pământ. Se spune că Danubius i-a fost început și sfârșit, alfa și omega, celui care avea să piardă eritajul de veacuri al tracilor în negura latinității atotcuceritoare. În acel loc, Clara și Gabriel deveniseră pentru prima dată un trup, într-o noapte caldă de mai, cu peste zece ani în urmă. Ea avea 17 ani, iar el 19.

Deodată, imaginea infamului ei soț este eclipsată în mintea ei de aceea a bărbatului care și-o adjudecase la un joc de poker. În noaptea în care își îndeplinise datoria pe care o avea față de acesta, Clara trăise clipe realmente unice, deși o recunoștea cu greu în adâncul sufletului său. Simțise cum spinii trandafirului căzuseră pe rând, lăsând-o să-l țină la pieptul ei fără să o rănească. Trandafirul pe care nimeni nu-l putea atinge fără să se înțepe până la sânge, se lăsase mângâiat, adulat și posedat de o dragoste ingenuă cu chip de regină egipteană.

Intrus invitat, apoi izgonit de Clara din fantasmagoriile sale, la parterul vilei sale din Corbeanca, Tony încarcă pe masă câteva pistoale cu cartușe noi. Le ridică pe rând, le ia seama minuțios, asigurându-se că nu au vreun defect, căci în situația lui orice mic detaliu ar putea face diferența dintre viață și moarte. Pseudonimul de „Rege al Balcanilor" îl dobândise în ultimii cinci ani, după ce făcuse comerț ilegal cu arme care ajungeau în mâinile mafioților din țările balcanice, dar și ale rebelilor sirieni care luptau împotriva Statului Islamic sau împotriva armatei președintelui Bashar al-Assad. Le exporta mai întâi pe ruta Napoli-Albania pe Marea Mediterană, apoi spre Macedonia, Grecia, Bulgaria și Turcia până în Siria, mituind sute de polițiști de frontieră și creând în jurul transporturilor de milioane de euro adevărate rețele de traficanți. Din fiecare țară traversată până la destinația finală, cumpăra arme la prețuri foarte mici de pe piața neagră, asta dacă nu le fura direct din depozitele naționale de armament, unde își infiltrase oamenii lui experți în jafuri mai inteligent regizate decât cele din filmele americane de la Hollywood.

Tony Salamandra nu era un mit urban, aidoma altor șefi de clanuri tineri, abia la început de drum, contestați la orice pas de diferiți pretendenți la titlu, ci era un lider veritabil, recunoscut și respectat de toate grupările mafiote, cu conexiuni, din Europa de Vest până în Asia și Africa de Nord. Când transporturile lui ilegale se opreau aproape de portul de la Napoli, debarca și mergea să o viziteze pe Rebecca Di Maio, o fostă iubită în care avea încredere totală și căreia îi delega atribuțiile lui de fiecare dată când era plecat. Succesoare a unui reputat clan mafiot din Calabria, de statură medie și cu forme generoase, Rebecca era șatenă cu ochii verzi, cu tenul măsliniu, și purta pe chip eterna bucurie de a trăi a femeilor din sudul Italiei, acea pasiune cu care își înfruntă destinul, indiferent cât de tragic ar fi el.

După povestea lor romantică de doi ani și jumătate din anii studenției, cei doi se despărțiseră fără prea mult tam-tam, rămânând prieteni de nădejde ce se mai întâlneau din când în când sub cearșafuri, în amintirea acelor zile toride, în care se iubeau goi și fericiți pe plajele izolate din Amalfi, Salento sau Sardinia, explorând cu iahtul frumusețile naturale ale Italiei, pe urmele celebrilor împărați ai Romei Antice.

Despre Rebecca circulau multe zvonuri în Italia, însă nimeni nu putuse vreodată să găsească vreo probă împotriva ei. Se spunea că l-ar fi ucis pe bărbatul cu care se măritase la doi ani după despărțirea de Antonio. Modelul brazilian Joao o cucerise în doar șase luni, iar în cea de-a șaptea, o și dusese la altar. În cei trei ani în care fuseseră căsătoriți, Rebecca simțise că soțul ei nu era întocmai sincer cu ea, ascunzându-i bunuri extrem de valoroase și conturi în care pompa sume mari din banii temutei familii calabreze. După ce fusese dat în vileag, frumosul brazilian dispăruse fără urmă, zice-s-ar că în apele cristaline ale Mării Tireniene. Măcinat de curiozitate, nici chiar Tony nu putuse afla adevărul despre soarta sărmanului Joao, cu care fosta lui parteneră îl comparase involuntar atâta amar de vreme.

Cu gândul la Rebecca, cu care discutase la telefon în acea dimineață pentru a face câteva planuri de afaceri, Tony de abia o observă pe cumnata lui care năvălește în living ca un uragan.

– Ce faci, Tony? Îți ștergi jucăriile de praf? Ești fericit, nu? Așa e când altul stă închis să-ți ispășească ție pedeapsa!

– Știi ceva, Alina? Azi chiar nu am chef de tine! Vrei să mă lași în pace?

– Nici eu nu am chef de tine! Dar tu stai aici făcând pe mafiotul fatal, în timp ce Manu e bătut în închisoare! Știai asta? Sau pur și simplu ți-ai luat mâinile de pe el?

– Lasă tonul mai jos! Asta dacă vrei să vorbești cu mine. Eu nu sunt nici bărbatul, nici amantul tău, ca să-ți suport țipetele și scandalurile. În absența fratelui meu, tu ești doar tolerată în casa asta. Și nu, nu l-am abandonat pe Manu. El mi-a cerut să-l las singur. O să infiltrez un om puternic înăuntru ca să-l ajute și să mă informeze. Oricum, în acel loc se află deținuți loiali clanului nostru. Are cine să-l protejeze.

– Ba vezi să nu! Tot acolo, sunt și mahării lui Iustin Brichetă, adversarul de moarte al clanului Salamandra. I-ar putea face mult rău. Cum e posibil să fii atât de indiferent? Tu ți-ai rezolvat problema cu soțul amantei și restul nu mai contează, nu?

– Taci! strigă el ridicându-se violent de pe scaun și îndreptându-se țintă către ea. Dacă spui cuiva despre noaptea în care Gabi Pavel a venit aici, te omor cu mâna mea. Și voi face în așa fel încât să pară că te-ai sinucis din dragoste pentru amant. Mă cunoști și știi că eu nu ameninț niciodată de două ori aceeași persoană.

– Ești un gunoi! Un ticălos fără suflet! Eu nu voi spune nimic despre asta, dar va veni ziua când vei plăti pentru tot. Pe acel bărbat l-ai băgat în pământ nevinovat ca să rămâi cu soția lui cu care te vei distra doar câteva luni.

– Te înșeli, Alina! Nu eu l-am omorât. Oricum, nu mă interesează părerea ta. Nu ești în măsură să mă judeci.

În mijlocul conversației aprinse dintre Tony Salamandra și soția fratelui său, Vivian dă buzna în încăpere cu părul vâlvoi, cu lacrimi în ochi și cu vocea tremurândă.

– Iartă-mă, Tony, dar... S-a întâmplat ceva groaznic... O catastrofă! Danky... nu mai e. I-au găsit trupul la marginea autostrăzii București - Pitești. Se pare că a fost lovit în plin de o mașină. Nu se știe de care, în zona accidentului nu există camere.

– Cum?! Ce tot îndrugi acolo, Vivi? Danky nu poate fi mort! L-am trimis într-o misiune... Cine să-i facă asta? Are mulți dușmani, dar de ce tocmai acum? De ce așa?

La puțin timp după aflarea teribilei vești, Tony își deschide e-mail-ul pentru a verifica niște tranzacții ale firmelor sale. Nu mică îi este mirarea să vadă un e-mail chiar de la Danky. Dan Chiruț, cum se numea în acte șeful gărzii sale personale, îi scrisese un mesaj sfâșietor înainte să se arunce din propria voință în fața unei mașini.

„Au trecut 23 de ore de când îl caut pe Gabriel Pavel fără să fi luat vreo pauză de masă sau de somn. De abia am putut să beau puțină apă. Sunt la capătul răbdărilor și al puterilor, Tony. Și te cunosc prea bine ca să fiu sigur că, dacă într-o oră nu ți-l voi aduce pe Pavel viu sau mort, te vei ține de cuvânt și-mi vei ucide iubita. Așa că, am luat o decizie radicală. Și te rog, de dragul clipelor petrecute împreună și al anilor în care te-am apărat ca un leu cu o loialitate de nestrămutat, să te înduri de mine și să accepți viața mea în schimbul vieții ei. De ți-a mai rămas o fărâmă de respect pentru mine, te implor, Tony, nu-i face niciun rău Tinei!

P.S: Când vei citi mesajul ăsta, eu voi fi deja istorie. Dar îți promit că, dacă o lași în viață, îți voi pune o pilă acolo sus!

Cu regret nespus,
Danky"

Moștenitorul familiei Arizzi încremenește instantaneu. Rămâne șocat câteva momente, nevenindu-i să creadă că ceea ce tocmai citise era real. Apoi, când realizează că Danky într-adevăr își pusese capăt zilelor din cauza amenințărilor lui la adresa singurei femei pe care o iubise vreodată, începe să urle necontrolat, lovind cu pumnii și cu picioarele mobila din biroul său și pereții. Durerea lui era furie izvorâtă din neputință. Ținea la Danky ca la un frate, deși nu apucase niciodată să i-o spună. Îl enerva relația lui cu Tina, dar probabil că nu ar fi ajuns atât de departe, încât să o asasineze. În fapt, bodyguardul lui șef fusese cel care-l împușcase pe soțul Clarei pentru a-l salva pe el. Cumplita ironie a sorții este că fără intervenția lui Danky, Antonio Toma ar fi fost acum mort, în timp ce Gabriel ar fi trăit liniștit cu Clara lui. Într-o lume a haosului, unde banii, pasiunile și puterea dictează, spărgând inimi de sticlă pe asfaltul însângerat, salvatorul lui Tony Salamandra își semnase sentința la moarte chiar în noaptea dispariției lui Gabi Pavel.

Capitolul 10

La o cafenea de lux din Dorobanți, Alina își așteaptă cea mai bună prietenă cu privirea lăsată în pământ. Umilită de cinicul ei cumnat în orice conversație, amenințată la tot pasul și lipsită de o minimă protecție de când Emanuel fusese încarcerat, femeia frumoasă și puternică din casa familiei Toma fusese deposedată de aroganța ei obișnuită, ce i se potrivea ca o mănușă. O vede coborând dintr-un bolid de ultimă generație pe Eva, o cântăreață roșcată, pistruiată, elegantă, filiformă, înaltă și zâmbitoare.

– Bună, Eva! Ce bine îți stă părul! Ce faci? o întreabă ea după ce o sărută pe ambii obraji.

– Bună, scumpa mea! Ce bine îmi pare să te văd! Eu sunt bine. Încerc să mă văd cu toți cei apropiați până ce pornesc în noul turneu. Am programate concerte în toată Europa.

– Bravo, șmechero! Vei câștiga o grămadă de bani. Ce bine e să fii independentă! Te apreciez.

– E bine, dar independența costă, Alina. Costă timp și momente de fericire ratate. Uneori, dusă la extreme, aceeași independență te face să te trezești singură la 40 de ani, cu o carieră strălucită, fără familie sau prieteni dragi.

– Hai, nu mai dramatiza atât! Deocamdată ai 30 de ani! Și dacă nu ți-ar sta gândul la pramatia de Iustin, ai găsi un bărbat mișto care să te ia de nevastă și mâine!

– Nu mă certa! Iustin e plăcerea mea vinovată... E atât de sexy, încât toate angajatele drăguțe ale închisorii Alcatraz s-au culcat cu el, apoi, l-au ajutat să evadeze.

– Unde naiba e acum? Niște cretini îl hărțuiesc pe Manu în pușcărie la comanda lui.

– E dat în urmărire internațională. Dar e pe aici prin țară, pândind din umbră. Ținta lui nu este Emanuel. Ținta lui este cumnatul tău. Și-a jurat că îl va ucide în chinuri, chiar de-ar fi ultimul lucru pe care l-ar face.

– Ce bine ar fi! Pot să-i dau o mână de ajutor? Cu condiția să nu se atingă de soțul meu.

– Va fi o confruntare a titanilor din care numai unul va scăpa viu. Apropo... Ce îți fac băieții? o interoghează Eva făcând cu ochiul și scoțând ștrengărește limba.

– Rău, Eva. Foarte rău. M-au părăsit amândoi. Fabi s-a speriat de clanul Salamandra, iar Manu a aflat de idila mea și mi-a cerut divorțul. Am rămas singură și neconsolată.

– Eu ți-am spus că te joci cu focul. Zi mersi că nu a ieșit mai rău decât atât! Cum să-l trădezi pe fiul lui Laurențiu Salamandra? Apropo, mai știi ceva de socrul tău? Tot așa de bine arată la 53 de ani?

– Nu l-am mai văzut de la Paștele trecut. E plecat prin Europa. Face ravagii mai nou prin țările scandinave. Acolo îi duce pe amărâții care cerșeau înainte sub Podul Grant. Și de când cu criza refugiaților, i-a scos la cerșit și pe sirieni. După cearta cu Tony, nu mai vine decât rar în România.

– Doamne, e de pomină bărbatul ăsta! Cu toate astea, fiul lui mai mare i-a răpit șefia clanului Salamandra! E adevărat că s-au certat pe o femeie?

– Da, anul trecut, Tony s-a culcat cu prostituata aia pe care Laurențiu era gata să o ia de soție. A făcut-o expres pentru a-i despărți. Când a aflat de aventura lor, fostul lider al clanului i-a pus cuțitul la gât propriului fiu, iar cel din urmă l-a lovit cu pumnul în încercarea de a se apăra. Dacă Emanuel nu s-ar fi interpus între ei, s-ar fi anihilat reciproc. Mai departe, Tony i-a atras de partea lui pe toți membrii grupării, veri, prieteni și angajați, iar tatăl lui a fost forțat să plece înfrânt, cu zeci de arme îndreptate împotriva sa, din vila pe care a construit-o chiar el.

– Ce ți-e și cu familia asta în care ai intrat, Alina! Ai grijă cu Antonio! E în stare să-l scoată și pe Satana de la șefia Infernului ca să-i ia locul. Nu-l provoca mai mult decât e cazul!

A doua zi în zori, Fabian se trezește fără să fi dormit suficient. Mai obosit decât noaptea precedentă, se aranjează resemnat pentru o nouă zi în care aspectul lui fizic nu trebuie să fie neglijat. Când e gata, o trezește pe Sonia, îi pregătește micul dejun și o îmbracă cu atenție și responsabilitate. Grija lui pentru copilă este naturală, de vreme ce o iubește enorm. Acum, de la dispariția suspectă a lui Gabriel, dragostea lui pentru nepoțică e încă și mai mare, combinată cu un devotament care l-a caracterizat dintotdeauna pe Fabian. O îmbrățișează duios și e pe cale să o conducă spre grădiniță, când Clara îi telefonează să-l anunțe că în acea zi doamna educatoare o să întârzie și i-a rugat pe părinți să-i aducă pe cei mici mai târziu la clasă.

Decide să o ia pe Sonia cu el la sala de sport unde lucrează în prima parte a zilei. Nici bine nu apucă să tragă frâna de mână, că telefonul lui se pune din nou pe sunat.

– Alo, ce faci Fabi? Te pupă mama.

– Sărut-mâna, mamă. Sunt bine. Mă pregătesc de serviciu. Sunt aici cu Sonia, o îngrijesc de câteva zile.

– De ce? Mama ei unde este? A început o relație cu Tony Salamandra?

– Mamă, nu mă deranjează să mă ocup de Sonia. Din contră, îmi place. Și ea se simte bine la mine. Cât despre Clara... Prefer să nu comentez. A spus că face o investigație. Deși i s-a inoculat ideea că Gabi a fugit cu altă femeie, ea nu este prea convinsă.

– Da, sigur că investighează. Oare l-a mai vizitat pe acel mafiot? Ce știi despre asta?

– De asta m-ai sunat la prima oră? Să mă descoși despre nora ta? Ai putea s-o întrebi direct pe ea de lucrurile astea. În loc să te intereseze soarta fratelui meu, ești setată pe aspecte de cancan. Cum poți dormi noaptea când știi că Gabi ar putea fi mort, mamă? Atât de indolentă ești? întreabă el revoltat, profitând de faptul că Sonia are căștile în urechi, vizionând desenele ei favorite pe tabletă.

– Gabi nu e mort, Fabian. În momentul în care fratelui tău i s-ar fi întâmplat ceva, aș fi simțit cu siguranță.

– Dar atunci unde se ascunde? Oare încă e supărat pe mine? Regret enorm că nu l-am însoțit în noaptea aia blestemată!

– Nu te preocupa pentru fratele tău! Ai grijă de tine! Și mai ales ai grijă pe cine și în ce fel provoci!

– Nu mă speria, mamă. E prea devreme și nu am nervii necesari. Ți-o dau la telefon și pe asta mică. Vrea să-ți trimită pupici.

Ajuns la lucru, Fabian aprinde toate luminile, căci afară este înnorat, iar sala de sport e întunecoasă și extrem de rece. Niciun client nu ajunsese de la prima oră. Cu toate acestea, observă că fereastra este deschisă. Așa se explică și frigul exagerat. Sonia începe să tremure, iar unchiul ei o înfofolește cu căciuliță și cu mănuși. Un zgomot ciudat, ca de târâtoare, se aude de undeva, dar tânărul nu-și dă seama din ce direcție. Scăpată câteva secunde de sub supravegherea lui atentă, micuța începe să deschidă toate dulăpioarele neîncuiate din partea de jos a vestiarelor. Dintr-odată, vreo trei salamandre africane, cu cozi uriașe, se năpustesc asupra Soniei, în tentativa lor disperată de a scăpa dintr-unul dintre dulapuri.

– Fabiiii!!!! Auuuu! țipă fetița speriată, când amfibienii cu aspect de șopârle, negri cu buline galbene, înfricoșători și total ieșiți din peisaj într-o sală de sport din București, alunecă peste gecuța ei roșie, atingându-i cu pielea lor otrăvită mănușile îmblănite.

Panicat și siderat de cele întâmplate, unchiul copilei reacționează rapid, trăgând-o înspre el. Urâtele animale se dau jos de pe hăinuța ei, târându-se nestingherite prin încăpere. Apoi, își pune și el mănușile pentru a o dezbrăca de hainele atinse de amfibienii otrăviți. Sonia plânge cu lacrimi mari ca boabele de mărgăritar, atât de tare, încât ar fi impresionat până și o inimă împietrită.

Între timp, colega lui, Felicia, ajunge la sală și îl ajută să evacueze lighioanele nepoftite. Tânăra de 23 de ani, care este în secret îndrăgostită de Fabian Pavel, se oferă să-i aducă fetiței o geacă nouă și să o ducă la grădiniță. Rămas singur, bărbatul simte că se sufocă de furie. Este evident că salamandrele fuseseră plantate acolo de oamenii lui Emanuel Toma să-l sperie din nou și poate chiar să-l otrăvească. Fusese cât pe ce ca răzbunarea prostească a rivalului său să-i rănească nepoțica, pe care oricum o traumatizase cumplit. Nu, lucrurile nu vor rămâne așa. Dacă Manu Salamandra vrea război, război o să aibă! Clienții încep să vină la sală, îndreptându-se către vestiarele abia curățate. Cu nervii în piuneze, Fabian lasă tot și se duce la mașină. Încă prins sub efectul adrenalinei, se privește în oglinda retrovizoare, simțindu-se mai puternic ca niciodată. Pornește în trombă cu destinația Rahova.

Capitolul 11

Penitenciarul Rahova. O clădire greoaie, care încă mai păstrează ceva din aerul comunist al epocii ceaușiste, în pofida faptului că a fost reconstruită din temelii între 1991 și 1997. Pereții exteriori sunt vopsiți într-un crem fad, artificial, culoare a suferinței și a decadenței umane. Un mastodont al vieților ratate, risipite pentru ani și ani între zidurile iadului pământesc. O creație contractualistă până la urmă, căci fiecare dintre noi este obligat să respecte un contract invizibil cu statul și cu ceilalți oameni, în virtutea căruia cedăm libertățile noastre în schimbul protecției și al siguranței proprii. Când cineva încalcă, în orice fel posibil, acest contract nescris, reflectat sub o altă formă în Constituția unei țări, este judecat și întemnițat într-un astfel de loc. Ursuz, gri sau crem, îndepărtat și arid. Bineînțeles că nu J.J. Rousseau a inventat conceptul de închisoare, care exista cu milenii înainte de cugetările sale, dar teoriile sale contractualiste se pliază astăzi foarte bine pe actualele norme sociale.

Ajuns în fața închisorii, Fabian încearcă să se abțină, să nu se arate extrem de indignat, așa cum este în această clipă. Are nevoie de stăpânire de sine măcar până ce obține vizita și stă față în față cu cel care-l hărțuise fără milă în ultimele săptămâni. Chiar și așa, funcționarul de la poartă îi explică de ce nu poate să vadă un condamnat chiar atunci.

– Trebuia să vă înregistrați vizita de acum câteva zile. Nimeni nu poate intra în regim de urgență. Cu excepția medicilor, a poliției sau a pompierilor.

– Sunt în vizită la Emanuel Toma, îi șoptește el. Nu ar fi bine să mă întoarceți din drum. Sau vreți să se înfurie clanul Salamandra și pe mine și pe dumneavoastră?

– Aaaa... Ziceți așa. Sunteți de la poliție. Bine, domnule, intrați, improvizează funcționarul speriat, cu ochii aproape ieșiti din orbite.

Vetuța Ghiță era, la 42 de ani, singura femeie gardian din penitenciarul pentru bărbați Rahova. Fusese angajată în instituția inițial interzisă pentru ea după ce intentase un proces de discriminare sexuală. Intrată în drepturi, se dezlănțuise. Era cunoscută de toată lumea sub numele de „Vetuța Șpăgara", doarece lua mită de la deținuți pentru tot felul de favoruri. Luându-i seama, nu ai fi zis că ai de-a face cu o femeie, până când începea să vorbească. Doar vocea ei era feminină, în rest, întreaga înfățișare o confunda cu un bărbat imens, adesea pus pe harță. Foarte înaltă și corpolentă, avea un mers greoi, trăsături masculine și era tunsă scurt. Palmele sale semănau cu o pereche de cazmale, motiv pentru care și cei mai răi criminali evitau să o enerveze. Cu cei tineri și frumoși, Vetuța se comporta diferit. Era glumeață și nu cerea prea multă șpagă, găsind mereu pretexte să se învârtă în jurul lor toată ziua, precum un satelit. Unul dintre favoriții ei era Manu.

– Emanuel Toma, ai o vizită! Pregătește-te și vino în sală!

– Ce? Dar nu am nicio vizită înregistrată. Poți să-mi spui cine este?

– E un bărbat foarte sexy. Nu-i știu numele, nu eu i-am verificat buletinul.

– Trebuie să fie frate-meu.

– Nu, nu e Tony Salamandra. Ce n-aș da eu să-l văd pe aici mai des!

– Dă-ți peste gură, Vetuțo! Fratele meu are multă treabă afară și nu are ce căuta aici. Auzi, eram curios. Ție chiar îți plac bărbații?

– Da! Se mai pune problema? Cum să nu-mi placă? Crezi că lucrând aici, între bărbați, mi-am pierdut feminitatea, sau cum? Nu-mi spune că ești misogin! Eu m-am luptat cu sistemul! Sunt o femeie adevărată. O doamnă dorită de mulți bărbați. Însă am pretenții, nu merge așa. Uite, tu ai fi perfect. Deși nu mă vrei pentru că sunt mai în vârstă decât tine.

– Da, ai dreptate. Dacă am fi fost mai apropiați de vârstă... Fir-ar să fie, se încruntă el pentru ca doamna gardian să nu sesizeze că o ironiza profund. Hai să nu-l lăsăm pe vizitator să mă aștepte. Ce zici, Vetuța?

– Sigur, mergi, frumosule!

Când îl zărește de la distanță, Manu simte că i se încețoșează privirea. Îl recunoaște pe loc și i se face rău. Bărbatul e mai chipeș decât în poze, mai bine făcut. E mult mai înalt decât el, iar ochii lui scânteietori îl privesc cu dispreț. Toma se întristează, dar se redresează rapid. Ultimul lucru care i-ar lipsi acum ar fi să pară slab în fața dușmanului său. Dar oare de ce venise? Primul lui gând e înfiorător. Tony o omorâse pe Alina, iar iubitul ei secret venise ca să-l anunțe și să o jelească împreună. Al doilea gând e ceva mai realist. Uitase de ordinul pe care i-l dăduse lui Danky în urmă cu două săptămâni când încă nu se gândea la divorț. Cel mai sigur, cu câteva ore înainte să se sinucidă, Danky îi plasase câteva salamandre lui Fabian în sala de sport unde acesta lucra. După vreo reacție alergică pe care o avusese la pielea lighioanelor atât de iubite de Tony, Fabian o fi stat câteva zile în spital și acum era foc și pară. Dumnezeule! Uitase să-și anuleze ordinul dat într-un moment de impulsivitate și de gelozie. Se comportase ca un veritabil mafiot, deși nu se dădea în vânt după acel rol ce-i venea mănușă fratelui său mai mare.

– Salut, Emanuel! Tare mult îți plac arătările astea hidoase, nu? îi strigă Fabi pe un ton de reproș, apăsându-i cu pumnul tatuajul micuț de pe încheietura mâinii stângi ce reprezenta o salamandră.

– Vă rog să nu atingeți deținutul, se rățoiește Vetuța indignată, de la postul ei de supraveghere a vizitelor.

– Scuze, nu știu de unde să te iau. Ne cunoaștem cumva? Nu te-am mai văzut niciodată. Ah, gata! Ești actorul ăla din filme pentru adulți...

– Mă iei peste picior? Știi foarte bine cine sunt, nemernicule! Jocul tău de-a soțul gelos care-i face viața amantului imposibilă mi-a pus în pericol nepoțica. Azi, șopârlele tale scârboase au sărit dintr-un dulap direct pe fetița de șase ani a lui Gabriel. Noroc că am avut prezență de spirit și am scăpat-o la timp de otrava lor.

– Îmi pare rău, Fabian. Mesajul îți era dedicat numai ție. Nu e vina mea că ai băgat la înaintare o copilă de șase ani.

Mâniat la culme, vizitatorul se ridică de pe scaun și ridică pumnul, dar Vetuța îi atrage din nou atenția asupra faptului că nu-l poate atinge pe cel care purta cătușe.

– Ce vrei să faci? Să te dai în spectacol?

– Mie nu mi-e frică de tine și nici de clanul tău odios, Manu! Dacă am fi fost afară, discutam altfel. Meriți să fii călcat în picioare pentru spaima Soniei de azi. Nu pentru ce am simțit eu. Să zicem că eu nu contez.

– Exagerezi, folosindu-te de un copil! Cine o să mă calce în picioare? Tu? Sau fratele tău? Apropo, pe unde mai e?

– Întreabă-l pe ticălosul de frate-tu! Pesemne că i-a făcut ceva. Știa că dacă Gabi ar fi fost lângă Clara, nu ar fi avut nicio șansă la iubirea ei.

– Nimeni nu trebuie să se pună împotriva clanului Salamandra. Ar trebui să înveți din greșelile fratelui tău mai mare! Și nu te mai tângui atât, Fabian! La fel ca Antonio, și tu ai încălcat porunca a șaptea. Ai profitat că eram închis să-mi furi dragostea Alinei!

– Eu nu am știut că Alina era căsătorită și cu atât mai puțin că era soția ta. Am aflat după cealaltă inițiativă a ta demnă de filme *horror*.

– Serios? Trăiești cumva în pădure? Nu ai Facebook? Cum să umbli cu o femeie măritată fără să știi? Faza asta e „fumată" din anii '90, Fabian. Zi mai bine că te-ai amorezat de ea și te excită că este o membră a familiei Toma.

– Crezi ce vrei. Tu ai început războiul ăsta. Când am auzit că are un soț, am părăsit-o. Nu de teamă, așa cum crezi tu, ci din respect pentru tine. Dată fiind situația, m-am răzgândit. Vreau ca Alina să fie a mea. Sunt decis să o despart de tine și să te atac cu toate armele.

– Ca să vezi! Și eu îi cerusem divorțul. Dar nu am de gând să ți-o las ție! Se vede că ești un sărăntoc care își umflă mușchii în fața unui bărbat legat cu cătușe. Afară, îți garantez că n-ai fi îndrăznit să-mi apari în față. Tu, pentru Alina, ești doar o aventură pasageră.

– Mă faci să râd, Emanuel! Te credeam mai deștept. Dar ești doar un infractor prost. De mai bine de trei luni, Alina a locuit mai mult la mine decât în casa ta. Și, crede-mă, din mintea ei erai total zburat!

– Ce coincidență! Tu vorbești de ultimele trei luni în care nu a pierdut nicio vizită conjugală? Afară s-o fi plictisind fără mine, așa că mi-a găsit un înlocuitor. Femeile nu sunt grozave la găsit de înlocuitori. Atunci când sunt dezamăgite, se aruncă în brațele primului venit. Iar eu am dezamăgit-o când am intrat aici. Nu te autoiluziona în zadar! Eu și soția mea suntem făcuți unul pentru celălalt și vom muri împreună! Ai grijă să nu te alegi și cu inima frântă și cu botul spart!

– Bună observație! Fix la asta mă gândeam și eu. Asta ai să pățești când vei ieși, în eventualitatea că vei mai ieși din locul ăsta vreodată. Inima ruptă și botul spart.

– Ești total lipsit de originalitate. Îți place să iubești ce este al altora, să-i imiți și să te dai mare cu replicile lor! Ești o copie eșuată, Fabian!

– Gata, *time-out*! A expirat timpul vizitei, strigă Vetuța cu gura până la urechi.

Pe culoarul dintre sala de vizite și celula sa, Manu simte că explodează. Circul regizat de rivalul său pe care-l crezuse un studențel timid și neajutorat, așa cum i-l descriseseră total eronat Danky și colegii săi, îl făcuse să-i scadă tensiunea. Oare chiar fusese atât de înjosit de acea arestare publică de la sfârșitul verii trecute, încât oamenii nu se mai temeau de el? Sau Fabian Pavel făcuse paradă de un curaj fals pentru a profita de situația lui sentimentală și a pune cruce mariajului dintre el și Alina? Ori poate chiar avea un curaj nebun impulsionat de iubirea cu care soția lui infidelă îl alimentase în tot acel timp? Fratele lui Gabriel Pavel ar fi râs în hohote dacă ar fi știut că din cauza relației cu el, Alina nu mai ajunsese la vizita conjugală timp de cinci săptămâni. Ecuația în acest caz era simplă pentru oricine. O cerere de divorț pe motiv de adulter ar fi pus capăt torturii lui emoționale și oprobriului public. Dar pentru Emanuel, efectul acestei ciocniri a egourilor masculine rănite și de o parte și de cealaltă, era tocmai invers. Ambiția sa era să lupte pentru femeia lui și să o recupereze. Când ea va renunța la amant, el se va simți atât de umilit, încât nu va mai avea vreodată tupeul să-și rânjească fața aia de actoraș de mâna a doua către moștenitorul temutelor familii Toma și Arizzi.

Capitolul 12

Într-o zi însorită de la începutul lui martie, bietul Danky fusese condus pe ultimul drum către cimitirul Ghencea. Nu se pretinsese nici pe departe un om bun, comisese multe crime și acte de violență la ordinul clanului Salamandra, conștient că într-o zi karmică toate valurile de lacrimi și de sânge vărsate i se vor întoarce împotrivă ca un bumerang. Și se întâmplase chiar în săptămâna la sfârșitul căreia el ar fi împlinit 34 de ani. Avea prieteni și rude care îl iubeau, iar cea mai afectată de moartea lui neașteptată era, fără doar și poate, Tina, femeia pentru care Chiruț luase decizia disperată de a-și lua adio de la viață.

Din fericire pentru Tony, autorul moral al suicidului, nimeni nu avea habar de adevărul din spatele morții lui Danky. Toată lumea era convinsă că decesul lui fusese cauzat de un accident ghinionist. Scenariul pe care Tony li-l servise tutoror era, deși ridicol, totuși plauzibil. Cu roata din spatele mașinii un pic dezumflată, bodyguardul oprise pe banda de urgență a autostrăzii să se asigure că problema nu era mai gravă decât la prima vedere. Fiind noapte, autostrada prost iluminată, iar asfaltul încă ud de la topirea ultimelor zăpezi, se împiedicase și alunecase către marginea benzii, trecând întins, la 1,90 ai lui, cu capul pe cealaltă bandă, unde mașinile circulau cu viteză. Așa se întâmplase să fie lovit în plin de un șofer care nu mai putuse frâna la 150 km/h. Astfel, se prăpădise „câinele fidel” de pază al clanului Salamandra, omul care și-ar fi asasinat propria mamă dacă unul dintre băieții Toma i-ar fi cerut-o.

Însoțit de Clara, care acceptase să i se alăture în calitate de simplă amică, Antonio Toma avea un aer melancolic, solemn, cu o înfățișare tocmai potrivită pentru o ceremonie funerară. Bine că ochelarii de soare pe care-i purta îi ascundeau ochii de un albastru intens, care păstrau în ei vina și regretul pentru ceea ce-i făcuse răposatului. O privește o clipă pe Tina, încercănată, slabă, înaltă și plată, nefardată, cu rădăcinile părului nevopsite, cu părul strâns într-un coc neglijent, care pare un mop proaspăt stors de apă și gata de pus la uscat. Pentru femeia aceea insipidă, pe a cărei existență Tony nu dădea doi bani, un bărbat strașnic, puternic ca un gladiator și loial ca Penelopa lui Ulisse, își sacrificase viața lui atât de indispensabilă celei mai controversate grupări mafiote din estul Europei. Șeful clanului Salamandra o ura de-a dreptul și ar fi strivit-o fără milă de îndată ce înmormântarea s-ar fi încheiat. În același timp, nu putea încălca ultima dorință a lui Danky. Nu după ce îi salvase viața de atâtea ori. Nu după ce îi pusese la punct pe mulți dintre inamicii săi, arătându-le forța și măreția neamului Toma-Arizzi. Chiar și așa, Antonio plănuia să-i ofere o sumă de bani consistentă și să o trimită departe de casa unde își trăise temătoare iubirea ei secretă cu bărbatul care murise pentru ea. Cu siguranță avea să se descurce, să găsească un alt post de menajeră și să seducă vreun alt amărât gata să renunțe la tot ca să-i fie alături.

În timpul ceremoniei funerare, preotul, care nu știa nimic despre sinuciderea defunctului, tocmai termina slujba, când, dintr-o limuzină neagră, parcată în fața cimitirului, își face apariția un personaj care șochează pe toată lumea. Îmbrăcat într-un costum negru de câteva mii de euro, cu un ceas rafinat, mai scump decât costumul, cu pantofi eleganți de firmă, atitudine de gangster american și un aspect impecabil, un bărbat între două vârste, încă atrăgător și impunător, salută pe toată lumea și prezintă condoleanțe rudelor lui Dan Chiruț.

Când îl zărește, Tony tresare, o privește un moment pe Clara, și își scoate ochelarii fumurii pentru a fi sigur că nu are o iluzie optică. Nu, e chiar el, sursa tuturor relelor, stăpânul întunericului și al dezastrului, așa cum îl numea fiul său cel mare. Laurențiu Toma, *il capo di tutti capi.*

– Tony, te simți bine? Mi se pare că te clatini. Cine este domnul acela? Am impresia că de când l-ai văzut te-ai schimbat la față.

– Nu... nu am nimic. E normal să nu-mi fie bine, Clara. Danky mi-a fost foarte apropiat. Nu-mi vine să cred că l-am pierdut.

– Danky a fost omul nostru de încredere, un bodyguard competent și tare ca un soldat spartan. Eu sunt cel care l-a angajat în casa noastră acum 16 ani, doamnă. Pe vremea când era doar un puști fără experiență, campion la karate, la juniori, zice străinul elegant, care captase atenția tuturor, adresându-i-se Clarei.

– Dumneavoastră...?

– Da, drăguță. Eu sunt Laurențiu Toma. Îmi pare bine să te cunosc. Și tu ești...?

– Clara Pavel, încântată de cunoștință. Ah, deci sunteți tatăl lui Antonio și al lui Emanuel.

– Exact. Ați ghicit. Sunteți o prezență superbă, doamnă. Ce vânt vă aduce în preajma familiei Toma?

– Sunt amica lui Tony. Nu v-a spus? Adică... Mă iertați, poate nu a avut timp să vă povestească. S-au petrecut multe într-un timp foarte scurt. Cert e că fiul dumneavoastră m-a ajutat ca un adevărat cavaler și m-a susținut, după ce soțul meu m-a jucat la poker și m-a lăsat pentru amanta lui.

– Nu am nicio îndoială că fiul meu știe cum să trateze femeile ca dumneavostră, doamnă Clara. Dar noi doi nu ne mai vorbim. Observ că a uitat să mă menționeze.

În timpul discuției dintre Clara și tatăl lui pe care-l detesta, Tony Salamandra se întoarce cu spatele și îl ignoră complet pe cel cu care purtase un adevărat război pentru supremație. Nu-i venea să creadă că Laurențiu avusese tupeul să revină în țară după tot tărăboiul stârnit la plecarea lui!

Alina, bucuroasă de revederea cu socrul ei, îl îmbrățișează cu afecțiune și își arată respectul pentru cel care, în ochii ei, este adevăratul și incontestabilul lider al clanului Salamandra.

– Nu v-ați schimbat deloc. Arătați foarte bine! De abia așteptam să vă văd. Păcat că Manu nu este aici. A fost extrem de afectat de moartea lui Danky. Și eu sufăr că l-am pierdut. Îmi era simpatic. Și știți că nu e simplu ca cineva să-mi intre în grații.

– Știu, draga mea! Și tu ești tare frumoasă! Știu că nu treci tocmai printr-o perioadă bună. Sunt mai mult decât frustrat. Fiul meu este încarcerat, iar eu nu pot face nimic pentru a-l ajuta. Pentru că... mafioții au jurat să mă extermine, adaugă el, privind cu subînțeles către Tony.

– Nu dumneavoastră trebuie să luați măsuri, oricum sunteți urmărit și ați riscat mult venind aici. El, acel ticălos egoist. Dacă nu v-ar semăna fizic atât de bine dumneavoastră și doamnei Patrizia, aș crede că este progenitura Diavolului, afirmă Alina pe un ton răzvrătit.

– Ce faci, cumnățică? o întreabă Tony cu un ton sarcastic pe cea care tocmai îl bârfea, când în fine se decide să-l înfrunte din priviri pe tatăl său. Nu ți-ai luat cu tine și amantul la înmormântare? Săracul Danky îl cunoștea destul de bine...

– Poftim? Care amant? Despre ce vorbește idiotul ăsta?! se miră Laurențiu Toma.

– Dragul meu tată, uitasem că ești foarte ușor de prostit de către femei, în special de cele frumoase. Și mai bag bine de seamă și că ți s-a urât cu viața în nordul Europei, de vreme ce te-ai întors.

– Nu mă amenința, Antonio! Nu mi-e frică de tine! Eu ți-am dat viață. Am înțeles târziu de ce Patrizia nu te-a iubit niciodată. Pentru că ea a știut dintotdeauna că ești sadic și că te vei întoarce împotriva propriului tău sânge.

– Greșit, tăticule! Mama m-a iubit. Dar s-a ocupat mai mult de Manu, pentru că el era mai slab, mai neajutorat. Nu cad în capcana ta! Îmi speculezi toate slăbiciunile ca să mă poți distruge. Uiți că și eu te cunosc la fel de bine cum mă cunoști tu pe mine?

– Alina, vino cu mine! Ai să-mi dai niște explicații. Iar tu să nu-mi mai adresezi niciun cuvânt! Respiri atâta timp cât ți-o permit eu! Ai priceput?

Tony și Clara sunt pe drumul către apartamentul ei din centrul orașului. Se oferise să o conducă acasă pe femeia de care se îndrăgostise pe nerăsuflate. El, nervos, își roade unghiile în pauzele din intersecții sau de la semafoare. Ea, derutată și surprinsă să descopere conflictul dintre Antonio și tatăl lui. Între privirile lor electrizante și cearta avută de Tony cu Alina și cu Laurențiu, Clara auzise printre participanții de la înmormântare șușoteli care mai de care mai picante și mai uluitoare. Că Tony și tatăl său s-ar fi confruntat pentru o femeie de moravuri ușoare pe care amândoi o iubiseră în paralel, că Laurențiu fusese la un pas să-și ucidă propriul copil în urma acelei trădări. Femeia simte în aerul pe care amândoi îl respiră oftând, o presiune apăsătoare. Atent la toate gesturile ei, Tony intuiește ce o frământă pe cea care se află în dreapta sa. Oprește mașina și o atinge ușor pe umăr.

– Vreau să-ți mărturisesc ceva. Despre mine se spun multe. Tatăl meu a murit pentru mine în ziua când a vrut să mă înjunghie. Putea fi oricine, dar nu el. Puteam să-i fac orice, însă nu meritam asta, pentru că niciun părinte în adevăratul sens al cuvântului nu-și varsă propriul sânge. Și știi de ce a atentat la viața mea Laurențiu Toma? Pentru că am avut tupeul să mă culc cu logodnica lui, adică înlocuitoarea Patriziei Arizzi. Acum probabil crezi că acea damă chiar era demnă să o înlocuiască pe nobila mea mamă. Vreo doamnă din înalta societate, eventual de o vârstă cu el. Dar de unde? O târfă de cabaret. Da, exact pe mâna unei astfel de tipe voia tata să lase într-o zi imperiul nostru. Cu ea ne-am fi luptat pentru avere și pentru supremație eu și cu Manu după decesul iminent al lui Laurențiu. Și da, ea îi plănuia asasinarea imediat după viitoarea nuntă. Am auzit-o vorbind la telefon cu prietenii ei, oameni din anturajul lui Iustin Brichetă. Însă, nu am obținut dovezi și logodnicul ei imbecil nu m-a crezut. Atunci, am recurs la acest gest extrem. Am îmbătat-o și m-am folosit de farmecul meu. Mi-a cedat repede, oricum era atrasă de mine dintotdeauna. I-am dat un SMS și el a venit în dormitorul meu. Ne-a prins în flagrant, iar continuarea o știi.

– Nu pot să cred! Deci e adevărat. Tony, toate ca toate, dar cum să te bați cu propriul tată pentru o femeie? Cum de ți se întâmplă numai ție chestii din astea? Toți te blamează pentru câte ceva. Și pricep că nevinovat tot nu ești.

– Nu m-am bătut cu el pentru o femeie! Tocmai ți-am explicat ce am vrut să fac. Și nu pretind că sunt nevinovat. Tony Salamandra nu va fi niciodată fără pată.

– Și cu Alina ce mai ai? Te văd mereu cum o înțepi. Ba chiar o încolțești de câte ori ai ocazia. Așa te comporți cu cei de sub acoperișul tău? Nu vreau să mă înțelegi greșit, nu am niciun drept să îți fac reproșuri. Doar că voi, cei din familia Toma, sunteți un pic ieșiți din tipare.

– Ce am cu Alina? De ce nu-l întrebi pe cumnatul tău? Nu tu mi-ai spus că sunt împreună? Sunt băiat bun pentru că o tolerez, totuși, după tot ce a făcut.

– Îmi pare rău, Fabian a greșit. Sunt sigură că va încheia această aventură. Cât despre toleranță, Emanuel este cel care decide să o ierte sau nu. În niciun caz tu. Mă rog... Am ajuns. Aici locuiesc. Îți mulțumesc că m-ai condus. Îți doresc o viață frumoasă, Antonio!

– Clara, eu te iubesc, îi zice el privind-o în ochi și atingându-i încet obrajii. Te iubesc așa cum nu am mai iubit pe nimeni niciodată. Cred că m-am îndrăgostit de tine din ziua când ai filmat pe iahtul meu din Ibiza. Îmi apăreai în toate visele, căutam femei care îți semănău să mă mai destind în câte o noapte.

– Nici nu vreau să te aud! E o prostie! Noi doi nu am putea avea niciodată o relație. Eu sunt o femeie căsătorită, chiar dacă soțul meu a plecat pe nepusă masă. Va trebui să-mi clarific situația cu el.

– Dar ne-am simțit extraordinar împreună! Trebuie să recunoști că noi doi avem ceva al nostru, că suntem compatibili ca amanți și avem o comunicare excelentă. Putem fi doi amici pe cinste. Aș putea să fiu eu tatăl Soniei dacă Gabriel nu se mai întoarce.

– Încetează, te rog! Nu avem nimic al nostru. Ceea ce s-a întâmplat sâmbătă noaptea între noi doi a fost o tranzacție. Nu se pune problema de sentimente. Și de ce crezi că nu se va mai întoarce Gabriel? I-ai făcut ceva, Tony?

– Nu, evident că nu i-am făcut nimic. Doar că el o iubește pe Camelia Savin. Iar bărbații îndrăgostiți își pierd mai mereu capul. Crede-mă, știu bine despre ce vorbesc!

– Dacă Gabi nu se mai întoarce nicicând, înseamnă că a murit. Numai un Gabriel Pavel mort și-ar părăsi fetița. O iubește enorm. Aș fi zis că mă iubea și pe mine. Să spunem că m-am înșelat. Cu toate astea, Sonia este totul pentru tatăl ei.

– Sună-mă când ai nevoie de ceva! Voi rămâne în fiecare clipă la dispoziția ta! Vrei să poruncesc unuia dintre bodyguarzii mei să rămână la ușa ta ca să te simți protejată?

– Absolut nu! Tony, apreciez grija ta față de mine. Dar aș vrea mult să nu ne mai vedem. Azi a fost o ocazie deosebită. Am vrut să-ți fiu alături, pentru că m-ai încurajat la rândul tău. Însă, e prima și ultima dată. Nu are niciun sens să ne afișăm împreună în public, noi doi nu formăm un cuplu.

– Înțeleg, Clara. Atunci, adio!

Tony întoarce mașina și pornește în viteză. Refuzat de femeia iubită, simte cum mânia îi înăbușă întreaga ființă, străpungându-l precum o lance. Ce are oare atât de special un amărât de barman, pe deasupra viciat și iresponsabil, de nu poate fi ignorat de nevasta lui nici în condițiile în care ea este convinsă că el a trădat-o și a părăsit-o pentru altcineva? Nici în situația în care un mascul provocator din cale-afară așa cum e el, Antonio Toma, îi face curte și e capabil să îi pună lumea întreagă la picioare? Oare să fie fiica lor liantul unei relații atât de solide, de impenetrabile? Într-o asemenea măsură poate un copil să-i unească pe aceia care, prin simpla lor contopire carnală, i-au dat viață, plantându-l într-o lume barbară prin definiție, spre delectarea și mândria lor personală?

Capitolul 13

În biroul său de acasă, Tony fumează dintr-o pipă. S-a îmbrăcat iar cu costumul negru de la înmormântarea lui Danky, din urmă cu o săptămână. Pe un scaun rotativ, în fața mesei de birou, chiar are alura unui mafiot sicilian. Fumul dulceag, aromat, se ridică spre tavan, răspândindu-și izul în toată încăperea. E singur și îngândurat. Îl intrigă imaginea enigmaticului soț al Clarei, dispărut în mod straniu după altercația pe care o avuseseră. Cu toate că îl văzuse cu ochii săi împușcat și se încredea sută la sută în faptul că Danky îi azvârlise corpul în Lacul Morii aproape înghețat, avea intuiția că rivalul lui nu era decedat. Fie fusese salvat de cineva înainte de a pieri, fie purtase vreo vestă anti-glonț menită să verse un sânge fals dacă ar fi fost găurită de un cartuș. În cazul în care ar fi viu, e clar că Pavel țese un plan de răzbunare contra lui, ascuns cine știe pe unde. În pofida ideii că el este infailibil, Tony simte că se confruntă cu un adversar realmente special. Mai mult decât atât, suitei de inamici gata să-l distrugă în orice moment, în frunte cu tatăl său, familia napoletană Castaldo, Iustin Brichetă și versatila sa cumnată, i se putea alătura oricând, cu determinarea unei fantome care-și bântuie ucigașul dincolo de moarte, misteriosul bărbat al Clarei.

Pe de altă parte, amintirea zâmbetului frumos al fostului fotomodel îi luminează chipul așa cum puține alte lucruri reușesc să o facă. Deodată, își dă seama că în calendar este 8 martie. Deci, dispune de ocazia perfectă pentru a-i arăta Clarei cât de mult îi pasă de ea. Se ridică și în câteva minute părăsește somptuoasa vilă cu destinația Piața Victoriei. Pe drum, cumpără 111 trandafiri roșii pe care de abia așteaptă să i-i dăruiască. Ajuns în fața blocului unde locuia familia Pavel, se poticnește o secundă cu florile frumos ambalate la picioarele sale. Dacă se face de râs? Dacă acea scorpie cu chip de prințesă egipteancă îl va refuza din nou, lovindu-l iarăși în orgoliul său masculin?

După o zi grea de muncă în care stătuse cu orele în picioare în magazinul de haine unde era vânzătoare, Clara se întâlnește cu Sonia și cu unchiul ei care o luase personal de la grădiniță în acea zi. Entuziasmată, fetița îi dăruiește mamei sale un mărțișor în formă de floare, confecționat de ea însăși la grădiniță, și un buchețel de zambile roz. Clara se apleacă la nivelul celei mici și o acoperă de sărutări, învârtind-o cu drag într-un joc simpatic pe care ele îl numeau „Mămăliga". Dintr-odată, se aude soneria. La început, Clara e uimită, căci nu invitase pe nimeni la ea acasă în ceea ce avea să fie cel mai sumbru 8 Martie din toată existența ei. Dar imediat, merge emoționată să deschidă ușa. Pentru un moment, crede cu tărie că vizitatorul este chiar Gabriel. Poate că se gândise să-i facă o surpriză de Ziua Mamei și să revină în sânul familiei sale iubitoare.

Apasă pe clanță și abia îl poate zări printre bobocii de trandafiri roșii, deschiși ca niște cupe de șampanie așteptând ca magica licoare să fie turnată înăuntrul lor. Când realizează că el este cel care îi aduce flori de 8 Martie, tânăra femeie rămâne perplexă. Tony Salamandra și trandafirii. Spinii și iubirea. Tony Salamandra și gesturile romantice. Îi vine să râdă. De parcă cineva i-ar fi făcut o farsă bietei vânzătoare, pe vremuri model internațional. Cu un soț dispărut sau fugit de acasă și un mafiot italian care încearcă să o cucerească în stilul clasic, pe ea, mama unei fetițe de șase ani căreia îi revine misiunea dramatică de a o crește singură de acum înainte! Îl poftește înăuntru și îi mulțumește pentru puzderia de flori parfumate, la care visa încă de la *Valentine's Day*. Evident, în visul ei romantic și cu parfum de roze, altul era eroul zilei.

În livingul încărcat de trandafiri roșii, Sonia apare zglobie, cu o păpușă blondă în mâini. Se smiorcăie pentru că nu reușește să o îmbrace cu o rochiță care aparținea altei păpuși. Micuța face cunoștință cu Antonio Toma fără prea mult entuziasm. Își vâră năsucul între florile înmiresmate și îl privește curios pe bărbatul arătos postat în fața mamei sale. Este îmbrăcat precum inspectorii ce veneau neanunțați, de care doamna ei educatoare se temea ca de niște oameni răi. Oare Tony era și el un om rău? Toți bărbații îmbrăcați în costume negre erau răi? Da, așa trebuie să fi fost. Toți, mai puțin tatăl ei. De aceea, el purta mereu câte o cravată colorată fistichiu la un costum negru. Ca să arate că era bun și lipsit de orice fel de răutate. E interesant modul în care copiii asociază vestimentația oamenilor cu caracterul, cu meseriile sau cu defectele lor.

– Bună, fluturaș! Am auzit că așa îți place să ți se spună. Este corect?

– Da, dar nu las pe oricine să-mi spună așa. Pe tati, pe Fabi, și pe mami, doar dacă am chef. Tu nu poți să-mi spui așa. Numele meu este Sonia.

– Sonia, nu fi obraznică! o apostrofează Clara, observându-i atitudinea de fetiță răsfățată care-i privește neîncrezătoare pe cei pe care nu-i simpatizează.

– Las-o, e chiar drăgălașă când face pe autoritara. Și isteață foc.

– Hei! Nu vorbi despre mine ca și când nu aș fi de față! Sunt aici! se încruntă micuța.

– Soniaaaa!!! Tony o să creadă că ești prost crescută. Te rog mult, protestează mama ei.

– Nu-ți face griji, draga mea! Am răbdare cu copiii, declară el prefăcut, deși toți cei care-l cunoșteau bine știau de aversiunea lui față de țânci.

– Doar tati îi spune mamei *draga mea.* Tu de ce o strigi așa?

– OK, Sonia, ne-am lămurit. Te rog frumos să treci în camera ta și să te uiți la desene, se aude vocea hotărâtă a mamei.

– Nuuu! Vreau la Fabi! Vreau să vină Fabi și să ne jucăm!

– Am spus nu! Fabi tocmai a plecat. Trebuie să învețe pentru examen. Gata, nu mai continua cu smiorcăiala! Nu e posibil să mă faci mereu de râs, o ceartă Clara scoasă din sărite.

Chipul micuței se inundă de lacrimi. Fața i se înroșește ca o pătlăgică și începe să țipe cât o țin plămânii.

– Vreau la tati sau la Fabi! Ești o mami rea, strigă ea cu fața morocănoasă, cu gurița roșie scăldată în lacrimi sărate.

Inițial, lui Tony îi vine să o ia violent de mână și să o dea afară din livingul unde ar fi vrut să rămână singur cu mama ei, fiindcă ochii ei verzi ca ai lui Gabriel îl săgetează cu răutate sinceră și vădită. Însă Clara îi urmărește orice mișcare, așa că se hotărăște să disimuleze în continuare pentru a câștiga admirația mamei și bunăvoința micuței puse pe harță.

– Uite, Sonia, tu ești o fetiță tare frumoasă și cuminte. Până ce se va întoarce tăticul tău din deplasare, nu vrei să-ți fiu eu alături? Aș putea să-i țin locul pentru scurt timp și să fac tot ce făcea el pentru tine. Să mă joc, să vorbim, să te conduc uneori la grădi sau să te aduc acasă la mama ta. Totul pentru un fluturaș drăguț și poznaș ca tine. Ce spui? o ademenește el, iar când copila își transformă expresia de revoltă într-un surâs gingaș, o ridică în brațele lui vânjoase și se îndreaptă împreună către dormitor. Apoi rămâne cu ea până ce adoarme.

– Îți mulțumesc pentru gestul tău din seara asta și pentru cuvintele frumoase spuse fiicei mele! Nu îmi vine să cred că tu ești așa. Nu trebuia să te deranjezi, Tony. Mai bine i-ai face o surpriză unei femei disponibile, eu sunt complet indisponibilă.

– Nu contează, sunt foarte fericit că am putut să-ți fac o bucurie. Meriți asta din plin, pentru că muncești toată ziua din greu ca să-ți întreții copilașul, fără niciun ajutor. Și nu am făcut-o cu un interes anume. Vreau să te simți așa cum ești: o femeie frumoasă și prețuită.

– Mă simt măgulită, dar tot o femeie măritată sunt. Între noi nu poate fi mai mult...

– Am fost amanți o singură noapte. Cea mai frumoasă noapte din viața mea. Nu o voi uita niciodată. Dacă vrei să plângi în continuare după un om care te ignoră în favoarea alteia, nu ai decât.

– Te rog să înțelegi! Am fost amanți din obligație. Plăcerea fizică era firească, ești un bărbat extrem de atrăgător. Recunosc asta. Totuși, mai presus de atracție, va rămâne mereu rațiunea și loialitatea mea față de familie. Față de Gabriel, cu toate că nu o merită, și mai ales față de Sonia.

Se privesc intens preț de câteva minute în tăcere deplină. Pentru Tony, schimbul de priviri este un flirt pasional, potențial preludiu al unei viitoare partide de amor înflăcărate. Dar Clara simte altceva. Deși îl apreciază pe bărbatul care o răsfățase cu flori de Ziua Femeii, nu concepe să i se ofere din nou ca o pradă. Pentru că ea nu este prada nimănui. Obținuse ceea ce făgăduise. Își luase înapoi apartamentul. Achitase toate datoriile dependentului ei soț. Iar acum voia doar un trai liniștit. Se desprinde din acea încrucișare tandră de priviri și se îndreaptă către intrare. Apasă pe clanță. El rămâne neclintit, prefăcându-se că nu înțelege insinuarea ei.

– Tony... E aiurea. Nu vreau să te dau afară, nu meriți.

– Atunci nu o face.

– Nu am încotro, nu se cuvine. Fiica mea e aici... Toate amintirile cu Gabriel sunt în casa asta... Nouă ani de căsnicie.

– Nouă ani de căsnicie fără iubire. Nouă ani de chin. Renunță, Clara! Aș putea să te fac cu adevărat fericită! Trebuie doar să te lași iubită.

– Îți mulțumesc pentru înțelegere și răbdare, îi spune ea, deschizând ușa de la intrare până la perete.

Tony Salamandra se conformează și pleacă. Ajuns în parcare, lovește furios cu picioarele roțile bolidului său. Se simte ca un jucător de fotbal care tocmai ratase o lovitură de pedeapsă în finala Campionatului Mondial, nevoit fiind să se uite cum adversarii ridică în mână trofeul suprem. Dacă ar fi fost un dragon, sigur ar fi scos flăcări pe nas. Cum era un simplu om, scoate doar o țigară și o aprinde nervos. Până la urmă, scoate doar fum pe gură. Termină de fumat și revine la reședința clanului Salamandra. Realizează că nu-i oferise niciun cadou cumnatei sale, de care este dezgustat mai ceva decât de supa cu broccoli a Tinei. De mult avea în minte un plan prin care să o elimine din viața familiei sale. Așa că pune mâna pe telefon și îl sună pe amantul ei. Stabilește ca el să îi facă o vizită chiar a doua zi.

Fabian e brav și nu se dă deoparte în fața provocărilor. Nu îi e frică de liderul clanului Salamandra, dar e aproape convins că acesta îl va asalta cu interogații referitoare la idila dintre el și Alina, pentru ca în cele din urmă să-l amenințe sau chiar să-l lovească. Fratele mai mic al lui Gabriel se pregătește psihic pentru ceea ce, crede el, o să fie un duel mult mai crunt decât cel pe care-l avusese cu Emanuel la Rahova. Imediat, e invitat să meargă în biroul domnului Toma. Urcă fără tragere de inimă și, preț de câteva secunde, îi trece prin cap că acea urcare a treptelor ar putea fi ultimul lucru pe care îl face în viața lui. Probabil Manu îl reclamase nemilosului său frate, care îl aștepta după ușă cu un cuțit sau cu un revolver. Nu mai poate da înapoi. Trebuie să țină garda sus și să îl înfrunte bărbătește. Bate la ușă și deschide ușor, cu precauție, să nu încaseze totuși glonțul în plină figură. Când pătrunde în birou, totul e normal. Antonio Toma este așezat pe scaunul lui, cu un pahar de whisky în față, fumând dintr-o pipă aromată.

– Intră, Fabian! Nu te sfii! Ușa este deschisă. Ia loc!

– Mulțumesc. Cu ce vă pot ajuta? Nu dispun de mult timp, trebuie să ajung la muncă și la facultate.

– Nu am de gând să te rețin mult timp. O să fiu scurt și concis. Mai înainte, te rog să bei un pic din whiskyul ăsta. E plăcerea mea, zice el, turnându-i în pahar. Știu că ai o relație cu Alina și nu îmi displace lucrul ăsta, oricât de tare l-ar scoate din minți pe Emanuel. El e naiv și mult prea slab pentru un membru al clanului Salamandra. În faptele tale, văd o șansă de a scăpa familia de o viperă trădătoare. Te-am chemat aici să te încurajez, spune el scoțând un plic dintr-un sertar.

– Cum așa? Mă așteptam să mă pedepsiți cumva pentru că l-am sfidat și amenințat pe Emanuel, după ce i-am strigat în față că sunt iubitul Alinei.

– Pe bune? Asta ai făcut? Încep să devin fanul tău, Fabi. L-ai făcut să plângă? Asta merită pentru că s-a însurat cu Alina Iaramaz. O fată săracă din Pantelimon, cu un trecut cam agitat, pe care a cules-o dintr-un club de noapte. Eu l-am avertizat de la bun început, am recunoscut tipologia ei de femeie, dar el nu a vrut să mă ia în seamă. Nu-i nimic, tu vei fi pragul de sus de care se va lovi ca de o stâncă. Vreau să facem un pact. Am aici 100 000 de euro. Vreau să-i primești și să-ți îndeplinești visul. Știu că vrei să-ți deschizi o sală de sport.

– Glumiți? Și ce ar trebui să fac pentru suma asta?

– Nu glumesc. Vreau să-i desparți definitiv pe Alina și pe fratele meu. Nu ar trebui să fie prea greu. Ai făcut deja mare parte din muncă. Noi doi semănăm, Fabian. Așa cum frații noștri nu știu să-și țină soțiile lângă ei, noi suntem pirații care jefuiesc vapoarele pe cale să se scufunde. Poftim plicul și să nu mă dezamăgești. Apropo... domnița ta e la etajul 2, în dormitorul pe care-l împărțea cu Manu. Ai acordul meu să te duci la ea, îi spune el pe un ton complice, făcându-i din ochi. Sper că ești conștient că este în interesul tău să nu-i spui de înțelegerea noastră.

– Sigur că sunt conștient. Ea nu va afla nimic de acest pact. Vă mulțumesc, domnule Antonio! Credeam că sunteți supărat pe mine. Dar văd că m-am înșelat teribil. Înainte să iau banii și să duc la capăt planul nostru, vreau să mă asigurați de ceva. Nu aveți nicio legătură cu dispariția fratelui meu, nu?

– Evident că nu. Aveam o relație bună cu Gabi. Dincolo de toate, propunerea mea l-a salvat. Nu o dată mi-a mărturisit că nu mai avea sentimente pentru Clara. Acum, toată lumea știe că a fugit cu Camelia Savin, una dintre partenerele noastre de poker. Fii fără grijă! O să apară în curând.

Lui Fabian nu-i vine să creadă că Tony Salamandra îl motivase financiar să-i distrugă mariajul propriului său frate. Se simte în extaz. Poate este efectul alcoolului sau poate s-a eliberat de strânsoarea care-i imobilizase sentimentele timp de trei luni. Discret, pentru a nu fi văzut de personalul vilei, urcă la etajul 2. Bate la ușa Alinei, care tocmai ieșise de la duș după o sesiune de alergare pe domeniul imens al familiei Toma. Când îl observă, femeia tresare, îl trage în camera sa și se precipită să încuie.

– Fabi, te-ai țicnit? Ce cauți aici? Vrei să ne prindă cineva? Cum ai intrat?

– Eram prin apropiere și m-am gândit la tine. Am văzut poarta larg deschisă și am intrat. Îmi place să risc de dragul tău. Te anunț că nu am încetat să te iubesc și că vreau să ne reluăm relația.

– Ba vezi să nu, strigă ea alintându-se. Și florile mele unde sunt? Mi-ai luat? Ieri a fost 8 Martie!

– Nu. Nu am venit pregătit, blonduțo. Îți iau data viitoare, bine?

– Ești atât de sexy, Fabi! De ce dracu' mă ispitești? Am vorbit cu Manu și ne-am împăcat. Mâine ar trebui să merg la vizita conjugală. Totul era fantastic până să apari tu. Dacă te-aș izgoni acum ce ar mai fi?

– Ai pierde iubirea mea, asta ar fi. Definitiv și iremediabil. M-ai înșelat destul, nu sunt mingea ta de ping-pong. Fie mă vrei, fie mă lași.

– Te vreau, Fabi! Rău de tot, zice ea și începe să-l sărute pasional.

El îi răspunde cu și mai multă energie. Se aleargă prin toată camera, se hârjonesc ca doi adolescenți îmbătați de fiorul dragostei primăvăratice. Alina pornește muzica. Încep să danseze euforici, lipindu-și corpurile unul de celălalt. În efervescența pașilor de dans și a magnetismului lor inevitabil, Fabian lovește cu cotul fotografia înrămată a lui Emanuel. Trântită pe parchet, rama se crapă chiar în dreptul chipului fără cusur al soțului Alinei.

– Pardon, i-am spart fața lui Manu, se mândrește el pe un ton arogant, în timp ce iubita sa îl privește siderată.

– Ești dobitoc? Ce dracu' crezi că faci? Cum îndrăznești?

– Nu am vrut, Alina. Scuze! Eram cu ochii pe tine, nu pe pozele marii tale iubiri!

– Ia vezi că te întreci cu gluma! Apleacă-te și pune-o la loc. Acum!!!

– Tare ciudățică mai ești! E doar o poză, calmează-te! Ce o să faci când o să i-o sparg fizic?

– Ai băut, nu-i așa? Ai venit beat și ai intrat prin efracție în casa mea?

– Nu, în niciun caz, nu am băut înainte să mă urc la volan. Am gustat puțin aici pentru a-mi face curaj. Am găsit o sticlă de Martini într-o vitrină din barul de la parter.

– Și te-ai făcut praf! Ar fi mai bine să pleci.

– De ce? Pentru poză? Îmi pare rău, aduc mâine o ramă nouă. Portretul soțului tău o să fie în siguranță. Portretul lui Dorian Gray... Știi că toate femeile îl adorau pe Dorian Gray? Și în loc să îmbătrânească el, îmbătrânea portretul în locul lui. Iar Dorian continua să fie tânăr și frumos...

– Știu că ar trebui să taci odată, zice ea și începe iar să-l sărute.

Pielea lui e ca nisipul alb și fin de la malul mării. Când valurile învolburate ca timpul în vremuri de război îl mângâie, el se lasă purtat de vraja lor până la nemurire. Șuvițele ei de păr alunecă rebele peste fața lui albă, încă nebrăzdată de urmele vieții fragile, capricioase. Îl domină, se încolăcește ca o cobră în jurul trupului său tânăr, ofrandă pentru Afrodita, rătăcindu-se în ochii lui scânteietori ca onixul. Ea e o rază a lunii jucăușe ce coboară peste el, oceanul singuratic. El e refugiul găsit în disperare de o frumoasă naufragiată la capătul pământului. Dragostea lor adulterină va fi peste secole doar pulbere de stele pierdută în uitare. Sau poate va dăinui în istorie, asemeni idilelor interzise și damnate, imortalizate în arte pentru posteritate. Paolo Malatesta și Francesca da Rimini, Giacomo Casanova și Lucrezia Castelli, Henry al-II-lea al Angliei și Rosamund Clifford. Fiindcă iubirea se menține mai presus decât dogmele religioase, morale sau sociale. Oricât ar fi de proscrisă, de impură sau de tendențioasă în accepțiunile mundane, iubirea, în măreția ei, se înalță deasupra tuturor.

La lăsarea nopții, se strecoară în grandioasa vilă cu două etaje în încercarea de a abandona locul pângărit al păcatului. Cu un cec de 100 000 de euro în buzunar și cu sufletul plutind pe aripile fericirii după ce și-a recucerit amanta, Fabian habar nu are că în acea zi și-a vândut sufletul Diavolului. Împăratul tuturor demonilor oferă daruri și plăceri efemere în schimbul unei vieți compromise, al sufletului pierdut în agonie, condamnat să cutreiere Pământul fără să-și mai găsească vreodată liniștea. De nu și-ar fi vândut iubirea pe bani, poate că trădarea fratelui nu ar mai fi fost atât de cumplită...

Capitolul 14

Ciortan Față-Lungă se apropie de el primejdios. Mult mai înalt și mai masiv, îi pune mâna în gât și îl fixează la zid. Când ridică pumnul să-l lovească în forță, el îl oprește și, printr-o schemă de judo, îl doboară, dându-l cu țeasta de ciment. Atunci, Vasy Tarzan și Silviu Culturistu' intervin să-l ajute pe Față-Lungă, atacându-l din toate direcțiile. Manu se dezechilibrează și cade, dar se ridică imediat și, cu o lovitură de picior, îl face KO pe Silviu. Rămâne singur cu Vasy Tarzan. Se privesc în ochi violent. Se anunță o luptă pe viață și pe moarte. Toți deținuții din curte se adună să privească brutalul spectacol. Sângele țâșnește din toate părțile ca apa fântânilor arteziene în miezul verii caniculare. La fel ca el, Vasy este antrenat în arte marțiale. Îi sparge arcada cu o lovitură precisă, necruțătoare. Manu reușește să se țină pe picioare, apoi îi dă o replică și mai agresivă. Combină serii de lovituri de pumni cu lovituri de picioare până ce își amețește adversarul, care, inconștient, cade la pământ. Toți acoliții lui Iustin Brichetă îl înconjoară amenințători. Emanuel îi privește deznădăjduit, de data asta sunt șapte oameni contra lui. Se vede singur și încolțit, când deodată, doisprezece pușcăriași formează un scut uman în jurul său. Înainte să izbucnească o luptă generală, gardienii intervin să aplaneze conflictul. Răniții sunt duși la infirmerie.

Bruneta mignonă, slăbuță și delicată, care poartă halatul alb și coordonează în acel moment activitatea asistentelor medicale, este Ilinca. Cu un zâmbet luminos și blajin, accentuat de bunătatea care i se citește în ochii ca de jad verde, mari și expresivi, pare un izvor nesecat de afecțiune. La 27 de ani, în timp ce colegii ei își făceau rezidențiatul în marile spitale bucureștene, ea alesese să fie medic într-un penitenciar de maximă siguranță. Astfel, lăsată în mijlocul celor mai periculoși infractori din țară, era nevoită nu doar să interacționeze cu aceștia, ci și să-i trateze, asistată de medicul șef. Decizia ei controversată de a lucra la Rahova nu era întâmplătoare. În interior, se afla omul pe care Ilinca îl iubea cel mai mult din lume. Cel care fusese condamnat pe nedrept la 25 de ani de detenție pentru o crimă pe care nu o comisese. Tatăl ei, Damian Haralambie. De 15 ani, bietul om, bolnav de diabet, se chinuise să reziste într-un loc unde soarta îl aruncase fără nicio șansă la supraviețuire. Și totuși, reușise să trăiască agonizând atâția ani... Abandonat de soție la scurt timp după ce fusese condamnat definitiv, fără părinți sau prieteni care să-l consoleze măcar câteodată, trăise solitar în celula sa, ignorând mai tot ce se petrecea în jur. Îi mai rămăsese ceva. Speranța că avea o fiică ce îl iubea nespus și credea în nevinovăția lui.

Acum, Ilinca se pregătește să-l trateze pe acela care trezea în ea fiori ciudați, ca niște fluturași în stomac ce zburau în voie, făcând-o să tremure și să acționeze stângaci în prezența lui. Îl oblojește atent, profitând de atribuțiile sale profesionale pentru a-i atinge fața, îl privește în ochi profund, flirtând cu el fără ezitare. Îl dezbracă de tricoul alb pătat de sânge și îl consultă cu grijă. Simte compasiune când îi observă arcada rănită, vânătăile din dreptul coastelor, și mâna stângă chircită de durere. Ce n-ar da ea să-l poată ține în brațe o noapte întreagă și să-i sărute cu tandrețe rănile acelea dureroase! Sesizează cu bucurie mascată că nici el nu se simte prea relaxat în prezența ei, încercând mereu să-și treacă mâinile prin părul negru sau să-și îndrepte umerii.

– Manu, te rog tare mult să nu te mai miști! Mă disperi. Cum, Doamne iartă-mă, ai ajuns în halul ăsta? Eh, lasă, tu ești totuși bine, ce mă fac cu ceilalți? Mi-ai dat de lucru până mâine. Îți place să te joci de-a Al Capone în pușcăria asta?

– Mai degrabă de-a Bruce Lee, aș zice.

– Tata e bine? Sper că nu s-a băgat în războiul ăsta dintre clanuri.

– E marfă! Cine să bage un biet moșulică diabetic într-o bătaie demnă de piramida K1 din Las Vegas? Au, mă doare! Ilinca, nu fi așa nemiloasă!

– Dacă eu sunt nemiloasă, ce zici tu de Vasy Tarzan? Nu el te-a bătut măr?

– Nici vorbă! Eu sunt cel care a câștigat. Poate o să audă și Iustin Brichetă că oamenii lui nu sunt suficient de buni să-mi facă față.

– Trebuie să îți anunț familia. Vei sta la pat câteva zile. Vei avea nevoie de diverse lucruri.

– Să nu te aud! Nu-i anunța deloc! Nu vreau ca nevastă-mea să mă vadă așa. Și nici nu vreau ca frate-meu să o ia razna și să înceapă un alt conflict sângeros afară. M-am descurcat onorabil, am destui băieți de partea mea. Ne-am înțeles?

– Cred că da. Nu vreau să te provoc, zice ea cu ușoară ironie. Ești ceva de speriat, Manu Salamandra! Și cine te vede cu fetișoara asta crede că ești un îngeraș căruia stau să-i crească aripi din clipă în clipă.

– Ha ha! Eu? Nu sunt un îngeraș, dar chiar am un suflet bun, Ilinca. Oamenii mă urăsc și mă agresează fără să le fac nimic, doar ca să se răzbune pe tata sau pe fratele meu. Știi de ce îmi vrea răul Iustin? Pentru că Tony i-a ucis fratele și sora, vara trecută. A dat foc casei unde locuiau și au ars de vii. Cel supranumit „Brichetă” era asociat cu noi într-o afacere cu arme.

Dar nu ne-am înțeles la bani și Iustin l-a trădat pe Tony. A vândut marfa unei grupări mafiote ruse, în loc să o ducă în Italia, așa cum îi ordonase fratele meu. Și-a însușit banii din tranzacția ilicită și a șters-o la Moscova, nu înainte să-l ardă de viu pe omul nostru, Dodi, angajat de Tony cu scopul de a-l spiona. Furios, Tony i-a asaltat familia și le-a dat foc fraților lui nevinovați. Habar nu am avut ce intenționa el să facă. Altminteri, l-aș fi oprit.

– Impresionantă poveste! Deci, Iustin e îndreptățit să caute acum revanșa. Doar că tu nu ai nicio vină.

– Nici frații lui nu aveau.

– Da... Dar de ce i se spune „Brichetă"?

– Pentru că își tortureză victimele arzându-le cu o brichetă. Iar când hotărăște să le omoare, le stropește cu benzină și apoi le aprinde ca pe niște torțe cu aceeași brichetă. De asta fratele meu a ales acel mod cumplit de a-i lichida familia. Pentru a-i arăta ce înseamnă să arzi de viu. Pe pielea celor mai dragi ființe.

– Lumea mafiei e o ruletă draconică a morții. De ce nu renunți, Manu? Ești fericit să trăiești așa? Ai ajuns aici din cauza infracțiunilor săvârșite în numele clanului Salamandra. Ai fi putut să strălucești în orice domeniu de activitate. Ești inteligent, ambițios, arăți foarte bine...

– Zău? Ilinca, tu ești îndrăgostită de mine?

Fata se înroșește ca mărgelele unui curcan înainte să se înfoaie în pene. Dar e salvată de un răspuns la acea întrebare incomodă și inopinată chiar de șeful ei. Medicul cu experiență al penitenciarului intră în cabinet să-i verifice starea lui Emanuel Toma. Mituit în avans de Tony Salamandra, încă de când fratele său mai mic fusese adus la Rahova, să-i acorde îngrijiri speciale în caz de necesitate, doctorul o dă la o parte pe frumoasa rezidentă.

– Manu, ești bine, scumpule? îl întreabă Vetuța afectată.

– Da... E rău că trebuie să stau în pat. Domnișoara doctor mi-a pus interdicție. Tu ce faci aici?

– Am venit să-ți aduc ceva de mâncare și telefonul. Vezi unde îl dosești. Am observat că nu a venit nimeni din familia ta.

– Of, nu au venit pentru că nu au fost informați de ceea ce s-a întâmplat. Nu am vrut eu să îi stresez, e mai bine așa.

– Cum te mai înțelegi cu soția? S-a despărțit de... individ?

– Ce? Tu de unde știi?

– Am auzit discuția tensionată dintre tine și băiatul acela.

– Adică ai tras cu urechea? Indiscretă mai ești! Oricum n-ai priceput nimic. Tipul făcuse o obsesie pentru Alina, cu toate că ea nu l-a luat niciodată în serios. Înțelegi? Atâta tot. Hai, acum pleacă și lasă-mă să dorm!

Rămas singur pe patul de la infirmerie, când toate luminile se stinseseră în liniștea morbidă a nopții cu aer proaspăt de primăvară, Emanuel o sună pe Alina.

– Alo, ce faci iubito? Mi-e atât de dor de tine...

– Mă uitam la TV. Mă simt atât de goală fără tine... Partea bună e că mai sunt două zile până joi, când avem vizita conjugală.

– Alina... Nu putem să ne mai vedem joi. Sunt răcit cobză. M-au internat.

– Cum așa, Manu? Și când plănuiai să-mi spui? Vreau să vin să te văd și să am grijă de tine.

– Nuuu! Nu e nevoie! Sunt contagios, o să-ți dau gripa.

– Manu! Nu mă enerva!

– Am zis să nu vii! Nu mă face să repet, strigă el iritat.

– Acum țipi la mine? Ia vezi! Că nu ai chef să mă vezi, pot înțelege. Dar să nu-mi răspunzi așa! Ești mai schimbător ca vremea, Emanuel Toma!

– Îmi pare rău, iubito. Ne vedem peste două săpămâni, da?

– Ba vezi să nu! Poate te las și eu baltă data viitoare. Să ai o noapte grozavă, îi urează ea enervată, închizându-i telefonul în nas.

Emanuel se dă jos din pat încet, ținându-se cu o mână de mijloc. El nu era bărbatul care să se lamenteze sau să alunece pe panta obscură a depresiei. Îi plăcea să traiască fiecare clipă la maximum, să ia lucrurile și oamenii ca atare, fără să încerce să-i schimbe. Privește pe fereastra baricadată de gratii către cerul nopții. O amărăciune profundă îi cuprinde întreaga ființă. Se simte ca unul dintre primii stropi de ploaie absorbiți repede de pământul reavăn. Viitorul lui nu se întrevedea deloc optimist. Și-i imagina pe toți ai lui îndepărtându-se, lăsându-l pradă răzbunărilor crude ale temuților interlopi locali. O vedea pe Alina măritată cu Fabian Pavel, cu vreo doi copilași drăguți, vioi, jucându-se zburdalnic între ei doi. Și pe el, uitat în cetatea suferinței fără limite, pierzându-și frumusețea și tinerețea cu fiecare zi scursă din blestemata lui existență. O lacrimă încremenită de minute bune în irisul de culoarea pietrei de lapis lazuli e reținută cu o voință de fier, până ce sufletu-i nu mai rezistă și cedează. Lacrima îi picură în sfârșit pe obraz și se oprește pe pervazul înalt al ferestrei, portal ce separă lumea damnaților captivi de cea a indivizilor liberi, inocenți sau vinovați neprinși...

Trei zile mai târziu, o panică generală cuprinde închisoarea Rahova. Ciortan Față-Lungă, Silviu Culturistu' și Vasy Tarzan sunt găsiți morți, după ce fuseseră multiplu înjunghiați la dușuri. Din sângele lor, atacatorul scrisese cu majuscule cuvântul *SALAMANDRA.* La aflarea veștii, Emanuel rămâne stupefiat. Așadar, fratele lui fusese anunțat de incidentul produs după gratii, pe care el crezuse în mod naiv că i l-ar fi putut ascunde.

– *Dacă cineva varsă chiar și o picătură din sângele unui membru al clanului Salamandra, își semnează sentința la moarte. Străpungi pielea unei salamandre și tot cuibul te va ataca fără milă. Sunt motto-urile familiei noastre. Să nu uiți niciodată asta, Manu,* îi spunea Tony, încă de când avea doar 15 ani.

Capitolul 15

Martie e sărbătoarea pomilor înmuguriți și a florilor de sezon parfumate, care compun ode de dragoste naturii renăscute. Când cerul albastru și senin cu norișori albi în formă de inimi deformate seamănă cu o Piña Colada, iar câmpurile înverzesc cu firicele care poartă la rădăcină cele mai pure și mai nepervertite forme ale vieții, înseamnă că Baba Dochia și-a terminat lunga ei călătorie pe crestele Carpaților, prefăcându-se în stană de piatră, iar primăvara a învins iarna, în țara unde cele două anotimpuri se luptă pentru supremație timp de 9 zile legate strâns cu firul roș-alb al Mărțișorului.

Clara este pe cale să plece la serviciu, când în fața blocului ei staționează o mașină albastră, mică. O recunoaște pe loc. De la volan coboară o femeie dichisită, între două vârste, înaltă, zveltă, cu părul negru, mătăsos, de lungime medie. Poartă un palton alb lung, pe sub care se vede puțin din rochița verde care-i lasă genunchii dezgoliți. Când o zărește pe tânără, femeia își dă jos ochelarii de soare și se holbează la ea insistent, cu un aer de reproș.

– Malvina?! De ce ai venit?!

– Bună și ție, Clara! Am venit să o văd pe Sonia, pentru că nu te-ai deranjat să mi-o mai aduci în ultima perioadă.

– Ar fi trebuit să vii tu să o vezi. Nu am avut timp, nu a fost cu rea intenție.

– Sigur că da. Unde e Sonia?

– Tony a dus-o la grădiniță. Dacă ai fi dat un telefon, aș fi reținut-o aici, apoi te-aș fi lăsat pe tine să o conduci. Nu puteam visa că vei veni în dimineața asta.

– Ca de obicei, îți place să mă sfidezi. Ai lăsat-o pe fetița lui Gabriel pe mâna amantului tău?

– Tony nu este amantul meu, suntem doar prieteni. De ce nu-l judeci mai bine pe fiul tău pierdut în lumea largă cu noua lui femeie? Știai că m-a jucat la cărți? Bineînțeles, exact cum știi și unde se află Gabi. Dacă nu aveai idee, nu erai atât de calmă.

– Ai o aură întunecată, draga mea. De când te culci cu bărbatul acesta, se produce un schimb de energii nefavorabil pentru tine. E ca și când i-ai prelua din păcate. Ai grijă! Nu vreau ca nepoțica mea să aibă de suferit din toată aventura asta palpitantă a ta. Băiatul meu nu e deloc bine. Îi simt durerea. Nu a fugit cu nicio femeie. Nu există nicio altă femeie. Îți garantez.

– Atunci unde s-a evaporat? S-a retras într-o pădure ca să-și plângă de milă? Scuză-mă, Malvina, dar nu îl mai cred! Și cu atât mai puțin te cred pe tine! Pun la îndoială serios calitățile tale de mamă și modul în care l-ai educat pe Gabi.

– Nu am nevoie de recunoașterea ta pentru calitățile mele. Într-o zi, vei vedea că am dreptate în legătură cu Gabi. Și te vei îneca în lacrimi amare din cauza remușcărilor. Tony Salamandra habar nu are ce-l așteaptă! Tu ești sursa distrugerii lui. Tu ești karma lui negativă. Ar fi bine să stai departe de băiatul meu atunci când își va reveni!

– Iar începi cu teoriile tale despre karma și energii? Ești caraghioasă, zău! Stai liniștită, când fiul tău își va reveni din umblat cu altele, voi sta foaaaarte departe!

Mama fraților Pavel rămâne cu un gust amar în urma conflictului cu Clara. Este încredințată că nora ei nu-l merită pe Gabriel. În drumul ei spre casă, se oprește în fața unei biserici, trecându-i pragul pioasă și smerită. Sărută icoana Maicii Domnului și îngenunchează în fața altarului. Șiroaie de lacrimi calde îi invadează obrajii și regretele îi sfâșie sufletul.

– Iartă-mă, Doamne, pentru ce am făcut! Nu Ți-am urmat mereu calea, dar ai milă de fiii mei! Nu-i lăsa să plătească pentru greșelile mele! Te rog, fă un miracol pentru ca Gabriel să se trezească din comă!

Capitolul 16

Când face exerciții fizice, se simte ca un colos. Rareori merge la sală. Își construise un altar al sportului în propria casă. Dacă înainte împărțea acel loc cu tatăl și cu fratele lui, acum rămăsese singurul amfitrion al unei săli dotate cu cea mai modernă aparatură. Simte o invidie când și-l amintește pe Laurențiu antrenându-se. La 53 de ani, avea o forță invincibilă și o rezistență de gherilă. Cât despre Manu, s-ar fi pus praful pe aparate, așteptând ocaziile în care el intra în acea sală. Într-o lună, le puteai număra ușor pe degetele de la o mână. În schimb, el mergea la kickboxing și la karate, antrenându-se cu cei mai buni maeștri din România, ca și când s-ar fi pregătit pentru bătălia de la Armaghedon. Până la urmă, Armaghedonul se dovedise a fi Rahova, iar pasiunea lui pentru artele marțiale, o șansă la supraviețuire.

Tony ridică halterele cu toate discurile atașate, iar chipul lui se crispează de efort. Aleargă pe bandă până ce hainele i se lipesc de corp ca și când ar fi înotat îmbrăcat în apele Mării Negre. Un strop de transpirație îi udă buzele senzuale și i se prelinge pe gâtul bronzat și peste crucifixul subțirel care-l împodobește. Pielea lui încă mai conservă amprentele soarelui exotic al Phuketului și ale iubirii frumoasei tailandeze cu care își petrecuse toate cele 8 nopți în paradisul turcoaz de la malul Mării Andaman, între Crăciun și Revelion. Hathai lucra în clubul de noapte unde un tailandez agil îi sustrăsese portofelul lui Tony, iar ea reușise să i-l recupereze înainte ca bodyguarzii lui să scoată armele și să răscolească tot clubul în căutarea hoțului. Sumar îmbrăcată, sexy și lipsită de inhibiții, tailandeza de 24 de ani îl făcuse pe Tony Salamandra să uite de toate problemele din țară și să se concentreze exclusiv asupra ei pe toată durata vacanței. La plecare, Hathai plânsese de dragul lui, iar la aproape trei luni de la încheierea pasionalei lor aventuri, încă îi mai scria mesaje pe Facebook sau pe telefon într-o engleză stricată, uneori neinteligibilă. Dar pentru el, iubirile din vacanțe sunt ca stațiile unui autobuz turistic. Nici nu ai trecut bine de una, admirând peisajul sau coborând pentru a-l explora la pas cu o curiozitate exaltată, că deja te trezești cu gândul la ce îți poate oferi următoarea.

Tony se întinde pe covorul de fitness pentru a lucra câteva serii de abdomene, iar pentru câteva momente închide ochii. Încearcă să se relaxeze profund. Este gata să se deconecteze de la lumea înconjurătoare, când simte o respirație ca o adiere de vânt în vecinătatea lui. Deschide ochii și o vede în picioare pe Alina, de abia ținând în mâini o ganteră cam cât greutatea corpului ei. Gantera enormă este poziționată amenințător deasupra capului lui Antonio, care tresare ca un mânz speriat de șarpe la vederea cumnatei sale. Imediat, se ridică și îi ia iritat voluminosul instrument din brațe.

– Ce crezi că faci, femeie? Așteptai să-ți cadă gantera peste capul meu?

– Poate că da. Sau poate că îmi testam rezistența. Te-ai speriat, Tony Salamandra? Și eu, care credeam că ești imperturbabil și teama e o senzație pe care n-ai experimentat-o niciodată!

– Ascultă, nemernico! Apeși prea tare pe accelerație și s-ar putea să faci un accident mortal. Dacă Manu te iubește, nu înseamnă că ești intangibilă. Îți garantez că nu ar plânge mai mult de o săptămână după înmormântarea ta. La cât de tare l-ai umilit, să zici mersi dacă îți pune o lumânare la mormânt! îi strigă el cu pumnii ridicați în aer și cu pieptul atingându-i sânii fermi.

– Ce fioros ești, Tony! Mai ai puțin și mă sperii! Nu o să pricep în veci cum de un bărbat atât de frumos ca tine poate să se poarte ca un monstru, îi zice ea pe un ton dulce, seducător, indesându-și sânii tot mai tare către pieptul lui. Noi doi putem fi aliați.

Când simte că Tony e excitat, Alina începe să-l atingă și să-l sărute, apoi se repede să-l dezbrace de tricoul ud. El se lasă dezbrăcat și îi răspunde la sărut. Imediat, se oprește brusc și o împinge în perete. Femeia se lovește la spate.

– Îți place cu violență, iubitule? Vino și ia-mă! Sunt numai a ta!

– Sau poate nu-mi place deloc, Alina. Îmi pare rău, dar nu ești genul meu de femeie. Și nu, noi doi nu vom fi niciodată aliați. Ce o să se mai bucure soțul tău când va afla că mi-ai sărit în brațe!

– Tony! Ai luat-o razna? Tu ai început tot jocul ăsta, eu nu am făcut nimic.

– Pe bune? Doar ai încercat să mă omori. După aceea, ai vrut să repari lucrurile și te-ai aruncat în brațele mele ca o prostituată. Pe mine nu mă păcălești. Nu voi avea liniște până ce nu o să te dau afară din viețile noastre ca pe un gunoi. Vie sau moartă.

– Nu ai decât să atentezi la viața mea! Vei pierde dragostea și respectul singurului om căruia îi mai pasă de tine! De pățesc ceva, fratele tău va fi devastat și te va urî pe vecie. Mi-e milă de tine, Tony Salamandra! Clara Pavel nu se mai uită la tine. E cu gândul la soțul ei care, să nu uităm, a fost văzut pentru ultima dată viu în casa asta.

– Mai spune-o o dată și îți promit că va fi ultimul lucru pe care îl vei face!

– Nu... Mă opresc aici. Tu știi mai bine ca mine care este adevărul. Dacă femeia ține la tine, ar trebui să intuiești asta. Dragostea se simte atunci când este reciprocă.

Nevasta lui Emanuel pleacă din sala de sport, netezindu-și părul ciufulit în urma scurtei încleștări avute cu Antonio. Iar el rămâne acolo cu nervii întinși la maximum și începe să lovească cu sete sacul de box avut la îndemână. Vorbele femeii care mai înainte încercase să-l ademenească îl dor cumplit pentru că sunt verosimile. Mai transpirat decât în urma primei sesiuni de antrenament, deschide un seif aflat în sala de sport și scoate din el un telefon mobil. Telefonul lui Gabriel. Îl aprinde și constată șocat că dispărutul primise zeci de mesaje scrise și vocale de la Clara, mesaje în care ea îl întreba ce se întâmpla cu el și se arăta foarte îngrijorată de soarta lui. În câteva, chiar își reafirma iubirea pentru el și pentru fiica lor.

Mâniat la culme, Tony ia telefonul și îl distruge cu o daltă, ca și cum ar fi o parte din corpul bărbatului din cauza căruia Clara nu-l putea iubi. Rămășițele micului aparat le aruncă în iazul din spatele casei. Apoi, își cheamă tot comandamentul de oameni la vilă. Într-o oră se pregătește și coboară pentru a discuta cu impozanta armată de gangsteri pe care o convocase la reședința clanului Salamandra.

– Salutare, băieți! Mă bucur că ați venit cu toții într-un timp atât de scurt și vă mulțumesc pentru asta. Cerința mea pentru voi e simplă, afirmă el ferm, ținând o fotografie în mâini. Dacă altădată v-am trimis să lichidați adevărate rețele de traficanți sau să-mi transportați marfa până în Siria, de data asta vreau doar să mi-l găsiți pe acest bărbat. Gabriel Pavel. În viața de zi cu zi era barman la *Dangerous Illusion,* iar în timpul liber era un împătimit al cazinourilor. A dispărut acum trei săptămâni. Doresc să mi-l predați viu sau mort, iar acela dintre voi care îl va găsi, va fi recompensat cu 10 000 de euro suplimentari. Însă vă somez să fiți cât se poate de discreți. În momentul în care unul dintre voi ciripește sau face vreo greșeală, familia sa e compromisă. Ați priceput?

– Desigur, don Antonio, rostesc cu toții în cor, privindu-l cu un respect nemărginit. Imediat, cu armele la purtător, se împrăștie în direcții diferite, gata să vâneze aceeași pradă rătăcită în metropola care macină timpul aidoma boabelor de cafea.

Cufundat în interminabilul labirint al gândurilor, nu aude mobilul care sună insistent și nu încetează până ce nu acceptă apelul.

– Bună! Ce faci, *bellissimo*? se aude vocea de la celălalt capăt al firului, care vorbește într-o italiană senzuală, accentuând cuvintele cu o dicție impecabilă, de parcă ar mângâia consoanele captive în interiorul vocalelor muzicale.

– Nu prea bine, Rebecca. Am multe pe cap și nu am chef de conversație. Dacă nu a luat foc orașul Napoli, nu ai niciun motiv să mă deranjezi!

– Dar bosumflat mai ești, *amore mio*! Nu a luat încă foc orașul, dar clanurile noastre asociate, Di Maio și Arizzi, stau pe un butoi de pulbere. Cineva a trădat, Tony. Cel mai probabil poliția a infiltrat un gabor sub acoperire în anturajul nostru. Știu totul. Au făcut o razie și ne-au arestat câțiva angajați. Au confiscat un pachet care trebuia să plece pe vapor către Turcia. Vreau să vii acum în Italia! Am nevoie de tine aici ca să ștergem toate urmele, să-i eliminăm pe cei ce ar putea să ne dea în vileag și să salvăm restul pachetelor. Avionul meu privat e pe drum. Ajunge în maxim o oră.

– Cum adică e pe drum? Rebecca, îți bați joc de mine?

– E urgent, *bellissimo*! Nu glumesc. Sunt în joc libertatea noastră și averea moștenită de la familiile noastre.

– OK, vin acum. Rezolvăm totul, *bellissima*!

În spațiul verde din fața blocului unde locuiește, Clara îi citește o poveste fiicei sale, care aproape că adoarme înainte de final. O duce în casă și îi pregătește patul, după care se întoarce în grădina cu miros de lăcrămioare proaspăt înflorite ca să fumeze o țigară. Aranjată, cu pletele blonde în vânt, cu aerul ei de *femme fatale* a vieții de noapte bucureștene, Alina trece pe lângă ea fără să o bage în seamă, îndreptându-se către o adresă din aceeași zonă, către o garsonieră pe care Clara o cunoștea foarte bine.

Pe cer, luna își face apariția ca o roată de lumină care susține în palmele ei imaginare întreaga boltă cerească silențioasă, magică, maiestuoasă. Stelele se aprind pe rând ca becurile unor lămpi mitologice care străjuiesc Universul tainic și vibrant. Pe lângă gardul care împrejmuiește grădina cu flori, Clara aude foșnetul aripilor unei păsări de mici dimensiuni ce pare că se prăbușește în zbor. Se apropie încet și zărește un porumbel căzut la rădăcina unui copac înmugurit. În cădere, flori albe se scuturaseră peste aripa însângerată a păsării. Impresionată, atinge porumbelul și îl ridică de la pământ. Sărmana ființă de abia mai respiră, iar bătăile inimii îi sunt tot mai slabe. Deodată, aude din spate o bufnitură, ca și când cineva ar fi sărit peste gărduț. Dă să se întoarcă, dar nu mai apucă. Simte o mână înghețată pe umărul stâng. Apoi, lama rece a unui cuțit.

– Bună, frumoaso! Tu ești iubita măritată a lui Tony Salamandra? Îmi pare bine să te cunosc. Eu sunt Iustin. Iustin Brichetă.

Capitolul 17

Se întoarce către luminița de la capătul tunelului cu gândul la cuvintele emoționante ale lui Dante Alighieri: „Te iubesc și te voi iubi toată viața, iar dacă și după moarte oamenii iubesc, atunci te voi iubi pentru totdeauna." Asta i-a recitat ei în noaptea nunții. Și au plâns împreună de fericire. Coridorul e întunecat, iar luminița e încă departe. Atâta timp cât o poate întrezări, are o speranță. Speranța că se va întoarce la viață. Imagini de tot soiul îi invadează creierul aflat de atâta vreme în stare de veghe, asaltându-l ca o furtună de nisip în deșertul Sahara. Reflexia lui în oglinda de cristal la miezul nopții în care ea a dormit într-un alt pat. Cazinoul plin. Expresiile disperate ale celor care pierd. Are ochii de culoarea frunzelor de orhidee și trăiește pentru Poker. „Regele Așilor". „Regele Chintei Royale". Din nou scoate în joc o mână imbatabilă. Femeile îl privesc cu adorație. Dar nu există o alta, există doar ea. Femeia brunetă, perfectă, care ține în brațe o fetiță gingașă ca un fluturaș. Fluturaș...

Noaptea devine tot mai neagră. Iarna e pe sfârșite, însă pare mai aprigă ca niciodată. Înfrângerea e mai dureroasă ca oricând și-i devorează orgoliul în mii de bucăți, imposibil de reasamblat. O propunere de la cel supranumit „Regele Balcanilor". E forțat fără milă să aleagă între bani și onoare. Urmează salvarea, mântuirea. Gelozia mistuitoare îl sfâșie ca un lup înfometat. Năruirea tuturor visurilor în furtuna de zăpada. Avalanșă peste sufletul picat în colaps. Lupta corp la corp cu rivalul. Instinctul animalic. Satisfacția răzbunării. Un sunet asurzitor. O durere crâncenă chiar lângă organul – motor al vieții. Inima încă pulsează. Atât de slab, încât nimeni nu își dă seama că el încă trăiește. Visul. Mâinile care-i salvează destinul. Hotarul dintre viață și moarte. Ajunge, în sfârșit, în dreptul luminiței. O ușă enormă se crapă în fața lui. Deschide ochii. E singur pe un pat de spital, conectat la aparate. E în viață.

În toiul nopții, Malvina este trezită de un apel pe care-l aștepta demult.

– Bună seara, doamnă Malvina Pavel! Ne cerem scuze să vă trezim la ora aceasta, dar avem o veste extraordinară! Fiul dumneavoastră s-a trezit din comă și se simte bine.

– Vă mulțumesc din suflet! Vin imediat la spital.

Intră în salon. Îl vede palid și slăbit, dar voluntar și lucid. O privește cu afecțiune, ca și când ar fi vrut să o îmbrățișeze.

– Puiul meu! Credeam că nu o să-ți mai văd niciodată ochii aștia frumoși deschiși, îi spune ea emoționată, luându-i mâinile perforate de branule în palmele ei calde.

– Mamă, ce s-a întâmplat cu mine? De cât timp sunt aici?

– Ai avut un accident... Ai căzut în Lacul Morii cu apa înghețată. Un pescar te-a găsit când intrasei deja în șoc hipotermic. Salvatorii te-au scos din apă și i-am rugat să nu mediatizeze știrea. Totul a rămas secret. Ești internat aici de o lună.

– Unde e Clara? Ce face Sonia? Le-ai anunțat că m-am trezit din comă?

– Nu... Povestea e mult mai complicată. Soția și fiica ta nu știu că ești aici. Nu am anunțat pe nimeni, din dorința de a te proteja. Niște oameni răi te caută, dragul meu. I-am auzit întrebând de tine a doua zi când m-am dus la lac să găsesc indicii. Cred că sunt oamenii lui Tony Salamandra.

– Poftim?! Cum adică nu știu? Mamă, Tony Salamadra mi-a făcut asta! Îmi amintesc perfect cum s-a întâmplat. În noaptea în care trebuia să se vadă cu Clara după ce a câștigat-o la poker, m-am dus la el acasă. L-am atacat cu toate forțele, l-am pus la pământ, iar bodyguardul lui m-a împușcat. Apoi, nu mai știu ce a urmat. Presupun că ei m-au azvârlit în lac, pentru a-mi da lovitura finală. Ori au crezut că murisem și voiau să se descotorosească de mine.

– Gabi, știu că ai fost împușcat. Medicii te-au băgat repede în operație. Am vorbit și cu polițiștii. Le-am spus că dacă îți vei reveni, le vei spune totul. Până atunci, ar fi bine să nu mai investigheze nimic. Altminteri, ți-ar pune în pericol familia.

– Și Clara ce știe? Cum mi-ai justificat absența fără a o informa că eram în comă?

– Clara crede că ai fugit cu altă femeie. Tony a convins-o că aveai o amantă. Probabil, are în posesie telefonul tău și i-a scris mesaje în numele tău.

– Nu poate fi adevărat! Eu m-am luptat să trăiesc timp de o lună, iar nevastă-mea crede că am părăsit-o pentru o amantă? Tony a mințit, însă tu nu i-ai arătat adevărul? Și Sonia crede la fel?

– Fiicei tale i-au spus că ești plecat într-o deplasare de serviciu un pic mai lungă. Te rog să te liniștești, Gabriel. Acum, important este să te recuperezi total și vei lua legătura cu Clara pentru a-i explica totul în curând.

– Te rog să-mi dai telefonul tău, vreau să o sun.

– Nu... Nu cred că este o idee bună.

– Mamă, vreau să-i aud vocea Soniei, să o anunț pe Clara că sunt bine și că nu am abandonat-o în niciun moment.

– Putem face asta mâine, OK? E două noaptea, se vor speria dacă le contactăm acum.

– Insist. Nu mai pot aștepta deloc.

– Scumpule, nu știu cum să-ți spun. Situația a luat o întorsătură dramatică. Ești prea slăbit acum, dar mă văd nevoită să îți povestesc adevărul. Soția ta, sub pretextul că și tu ai o relație clandestină cu o oarecare Camelia Savin, a început o idilă cu Antonio Toma. Au fost văzuți împreună la înmormântarea unuia dintre interlopii lui Tony, la câteva zile după dispariția ta, iar de 8 Martie, o vecină mi-a povestit că același mafiot i-a adus un braț de flori. Și au rămas împreună la voi acasă în acea noapte.

Gabriel începe să tremure din toate încheieturile. Își duce mâna la inimă. O simte gonind ca un Bugatti Veyron cu 400 km/h. Aerul din încăpere se rarefiază ca și când s-ar afla la o altitudine de peste 10 000 de metri. Îi vuiesc urechile, iar plămânii lui se îneacă într-o furie pe care nu o mai simțise niciodată. Atât de violentă. Atât de pătimașă. Aerul pe care-l respiră e otrăvit de o gelozie ce-i acaparează tot trupul, precum un virus necruțător. De ce oare deschisese acea ușă luminată din coridorul interminabil de întuneric? Ca să se întoarcă la o viață care nu-i mai aparținea? La o familie răpită de același om care fusese la milimetru să-l trimită în lumea celor drepți? Zâmbește nervos, ironic, când se gândește că nu avea cum să ajungă tocmai el, „Regele Chintei Royale", în lumea celor drepți. Dar știe că îl va trimite pe Tony Salamandra, odios fiu al lui Hades, exact acolo unde îi este locul. În Infern.

Capitolul 18

Acul ceasului indică ora 21:00. Fața hâdă a bărbatului rânjește către fetița de 11 ani. Își făcea temele, când el a intrat în cameră. Probabil mama ei hoinărește pe undeva băută la acea oră, iar ea e din nou singură în casă cu monstrul acela hidos, respingător. În ochii ei albaștri se cuibărește o groază nemărginită. Ca un iepuraș aflat în vizorul vulpii, inimioara îi bate atât de puternic, încât e gata să-i iasă din piept. Ar vrea să strige tare, cât o țin plămânii. Ecoul strigătului ei ar trece dincolo de granițele României. Disperarea ei, ca o apă neagră, tulbure, ar inunda pajiști și câmpii, iar oroarea ei ar paraliza Pământul, stingând lumina Soarelui atotputernic. Îi pune mâna pe genunchii fragezi, osoși. Și îi ridică rochița albastră imprimată cu ursuleți galbeni.

– Alinuța, ce dulce și frumoasă ești, îi spune libidinosul chelios, râzând cu dinții lui galbeni, enormi, ca un vampir pe cale să se înfrupte din sângele unei tinere fecioare.

– Lasă-mă, te rog! Nu!!!

Abuzată de tatăl ei vitreg, prinsă sub jugul neputinței, sufletul copilei devine atât de mic, încât simte că ar încăpea tot într-un ibric de ceai. Sau într-o scoică, dacă ea ar putea-o ascunde de mâinile lui scabroase, undeva pe o plajă îndepărtată, ticsită de castele de nisip, asemeni celor pe care le construia împreună cu tatăl ei, atunci când era mai mică. Tatăl ei natural fusese un om blând, iubitor, cel mai mare păcat al său fiind acela că se ridicase prea devreme la ceruri, lăsând-o pe Alina orfană, într-o lume crudă, tăioasă ca o ghilotină. Numără secundele cu privirea pierdută în tavan. Dezgustată, întâi vomită, apoi este cuprinsă de frisoane. Nimeni nu o aude, nimeni nu o poate salva... Și parcă nu se mai încheie odată acel coșmar!

După ani întregi de abuzuri îndurate, într-o zi de vară caniculară, pe când avea doar 16 ani, Alina s-a hotărât să pună capăt acelui iad, într-un mod radical. Îndrăgostită de romanele polițiste ale Rodicăi Ojog-Brașoveanu, nu gratuit supranumită „Agatha Christie a României", Alinei îi trecuse prin minte că puțină cianură ar fi suficientă și pentru un surâs de-al ei. Putea să fie și ea aidoma bătrânicii aparent inofensive Melania, ultima persoană pe care ai bănui-o de crimă. Și așa a fost... Violatorul s-a stins în chinuri. Mama ei, care într-un rar moment al său de luciditate, și-a dat seama de fapta fiicei sale adolescente, le-a spus tuturor că bărbatul ei decedase în urma unui infarct. Pe deasupra, în toată perioada în care cianura îi arsese stomacul, făcuse tot posibilul să-l țină departe de ochii lumii. Pentru că nu avea rude apropiate și prieteni, dar mai ales pentru că nimeni nu-l iubea, moartea detestatului tată vitreg al Alinei Iaramaz nu interesase pe nimeni. Așa că fata scăpase și de violuri, și de pedeapsă. Nimeni nu avea să deschidă vreodată „cutia Pandorei". Sau cine știe... Doar frumoasa soție a lui Manu Salamandra avea toată viața înainte!

O amintire cu chipul înspăimântător al abuzatorului îi perforează visul ca un clește gigantic. Rânjește la ea cu fața lui de canibal, practicant de rituri satanice. Parcă vrea să o sărute și scoate către ea o limbă lungă, dezgustătoare. Simte o mână care o atinge. Se trezește ca arsă și țipă ca și când ceva ar fi speriat-o teribil.

– Iubita mea, ce s-a întâmplat? Eu sunt lângă tine, îi spune Fabian pe un ton duios.

– M-a atins, strigă ea îngrozită. Iar a pus mâna pe mine!

– Alina, eu te-am atins. Despre cine vorbești?

– Despre acel... monstru! O să mă prindă!

– Aaa... Emanuel! Ți-a făcut ceva, iubire? Te-a rănit?

– Manu?! Niciodată nu mi-ar face rău! Cel puțin, nu fizic.

– Atunci? Cine este monstrul de care ți-e teamă?

– Nu contează. Am avut doar un vis urât, Fabi. Ține-mă în brațe! Vreau să mă strângi cât mai tare!

Fabian o cuprinde în brațe și rămân așa, lipiți unul de celălalt, ca doi siamezi, timp de minute bune. Pentru ei, timpul se comprimă până la evanescență. Secundele sunt pulbere de diamant. Se topesc și se pierd în aer ca meteoriții care iau contact cu atmosfera Terrei. Dragostea lui, fie ea și picată în ispita banilor, este toată numai pentru ea. Dragostea ei, în schimb, e împărțită la doi, precum două bucăți de inimă frântă, fragmentate în mod egal de aceeași săgeată. Îi iubește în moduri diferite, profund, pe ambii bărbați din viața ei. Pe Manu îl iubește cu o afecțiune dulce, romantică, protectoare, dar și cu o anumită solemnitate izvorâtă din oficializarea relației lor în fața altarului și a ofițerului de la Starea Civilă. Cu el își permite să fie uneori copilăroasă și răzgâiată, alteori aspră și certăreață, aducându-i reproșuri fără niciun fel de rezerve. Emanuel este cel care încasa mereu toate jignirile și criticile ei, ce au la bază mânia provocată de fratele lui sau de frustrările ei cotidiene. Îl enervează spiritul său dezvoltat de sacrificiu, altruismul său înverșunat, într-atât încât, dacă ar fi posibil, l-ar sechestra într-un sertar ascuns al sufletului ei și nu i-ar da drumul de acolo, înainte să se asigure că este suficient de egoist.

Prin contrast, pentru Fabian simte o iubire pasională, cu puternice accente erotice, un atașament fizic, reflectat și lăuntric, care a început să-i provoace dependență. În compania lui se simte adorată, prioritară, atrăgătoare și foarte valoroasă. Dar nu are curajul să-l preseze sau să-i impună aceleași limite pe care i le impusese partenerului ei oficial. Între ei doi a apărut un fel de filtru invizibil care permite unuia să-i transmită celuilalt doar vibrații pozitive. Evident, filtrul invizibil se mai blochează și el câteodată. Atunci, Alina este cea care încasa în plex mustrările și gelozia amantului său, care are o personalitate extrem de puternică.

Așa iubea cea neiubită în cei mai mulți ani ai copilăriei și adolescenței sale. Așa știe să iubească victima prematură a unor abuzuri inimaginabile, prada inocentă a fetișurilor abominabile ale unui pedofil. Ajunsă la maturitate, copila orfană de tată și cu o mamă absentă din punct de vedere moral, căuta să compenseze lipsa de atenție și cruzimea de care suferise în trecut, cu două iubiri paralele, gata să o arunce în mijlocul unui haos amoros, căruia cu greu o să-i facă față. Căci dincolo de toate, femeia în care se transformase copila oprimată care-și făcuse dreptate pe cont propriu, este departe de a fi fericită.

Capitolul 19

La Napoli, Tony Salamandra avusese parte de o primire călduroasă din partea Rebeccăi Di Maio și a oamenilor loiali clanului Arizzi. Verișorii și nepoții mamei lui încă îi erau alături, formând o adevărată frăție, capabilă să subordoneze orice structură din regiunea Campania. De la restaurantele și cluburile de noapte care plăteau taxe de protecție, până la primari ai unor localități și la oameni din administrația locală, cu toții se înclinau în fața Mafiei napoletane. Iar clanul Arizzi era cel mai temut dintre toate, mai ales după ce reușise să minimalizeze puterea principalilor rivali din familia Castaldo.

În doar trei zile de la plecarea sa din București în avionul frumoasei calabreze, Tony reușise să-și rezolve toate problemele survenite în absența sa. Izbutise să distrugă toate probele care-l implicau în traficul de arme, salvase transporturile inițial compromise mituind oameni din poliție, din Europa și până în Asia, și îi pedepsise pe trădători în cele mai crunte moduri. Rămăsese, însă, dezamăgit să-și vadă câțiva aliați arestați și presați de *carabinieri* avizi după informații despre adevăratul creier al operațiunilor ilegale. Dar era sigur că vor păstra cu toții tăcerea. *Omerta* nu era numai un cod al onoarei. Era un cod al longevității în Campania, condiția ca familia unui membru să rămână în viață. *Chi tace, campa cent'anni (Cine tace trăiește o sută de ani)* era de peste un secol sloganul celebru al Mafiei napoletane. Toate clanurile îl respectau cu sfințenie și îndeosebi oamenii de rând, martori cu sau fără voia lor la acțiunile coordonate de Mafie.

Și când toți se așteptau ca afacerile clanului Arizzi din Italia să alunece pe o pantă descendentă, Tony și Rebecca tocmai ce proiectaseră o viitoare fabrică de muniție ce avea să funcționeze ilegal undeva în România, menită să le aducă într-un timp record milioane de euro. Ulterior, armele aveau să fie vândute grupărilor interlope din toată lumea, iar banii negri să fie rulați în afacerile legale pe care foștii iubiți le aveau în Italia și în România.

Antonio Toma privește trupul despicat în două al polițistului sub acoperire, cu satisfacția unei răzbunări pentru care zburase îngrijorat și gânditor peste Marea Adriatică. Turnătorul fusese prins rapid de acoliții lui Tony și torturat timp de 48 de ore prin cele mai înfiorătoare tehnici. Fusese strangulat, i se tăiaseră pe rând toate degetele de la picioare, fusese în repetate rânduri udat cu apă înghețată și ținut dezbrăcat, îi fuseseră smulse unghiile de la mâini și, în cele din urmă, după ce se plictisise să-l mai asculte urlând de durere, nemilosul fiu al lui Laurențiu Toma se îndurase să dea ordinul final al execuției. După ce îi tăiaseră corpul de la jumătate, criminalii fideli clanului Arizzi îi fixaseră o piatră în gură, ca simbol al faptului că sărmanul trădător nu mai avea să deschidă gura niciodată pentru a vorbi despre Mafia napoletană.

Spectacolul barbar la care asistă mândru Tony Salamandra este o ofrandă adusă Morții și un ritual de slăvire a forței pe care o are Omerta. Dacă intri în Mafie fără să vrei cu adevărat să fii mafiot și fără să iubești clanul care te-a adoptat, mori. Dacă intri în Mafie pentru a da informații în exterior, mori. Dar dacă intri în Mafie pentru a colabora cu poliția, mori de o mie de ori, împreună cu întreaga ta familie. Acestea sunt regulile scrise și nescrise ale grupării înființate în 1928 de

Corrado Arizzi, bunicul patern al Patriziei și străbunicul cu care Antonio Toma seamănă izbitor temperamental și fizic.

La miezul nopții eliberatoare în care toate problemele luaseră sfârșit, Tony sărbătorise victoria împotriva autorităților italiene împreună cu fosta sa parteneră, exact ca în vremurile bune ale iubirii lor pasionale.

– Ești senzația primăverii napoletane, *belissimo*, îi spune Rebecca îmbujorată, în timp ce îmbracă un *deshabillé* roșu ca sângele. Nu știu cum se face că în brațele tale nu obosesc niciodată.

– Nici nu trebuie să obosești, Rebecca. Noaptea e lungă și noi doi nu ne-am mai regăsit așa demult. Cum mai e viața ta... personală?

– Cum o știi, solitară. Nu mai am încredere în bărbați. Îmi doresc doar puțină distracție din când în când. Nu duc lipsă de propuneri, dar nu mă voi mai implica niciodată serios.

– Dacă se întoarce Joao, *bellissima*? o întreabă el pe un ton glumeț, făcându-i dintr-un ochi complice. O să îți facă un scandal monstru din gelozie.

– Ai luat-o razna? Au trecut aproape trei ani de când a șters-o cu banii mei. Nu știu cum am putut să mă îndrăgostesc atât de tare de el, știind că în adolescență era hoț de buzunare în *favela*[1] nenorocită în care își ducea existența de pe o zi pe alta ca ultimul ratat.

– Fii sinceră măcar cu mine! Soțul tău e mort, nu-i așa? Sunt curios ce i-ai făcut. Știu că l-ai iubit cu adevărat. Mai mult decât m-ai iubit pe mine în trecut.

– Tony, de ce ești atât de interesat de povestea asta? Vrei cumva să mă iei de nevastă și ți-e teamă să nu devin bigamă? Sau vrei să știi dacă am aflat în ce țară au fost transferați banii

[1] Cartier brazilian rău-famat.

familiei mele? În Brazilia, ai zice! Nu, baby, surpriză! Contul secret deschis de Joao era gestionat de o bancă din Constanța, România. Ca să vezi!

– Să văd ce? Ce insinuezi? Sunt curios să aflu unele chestii, pentru că ești prietena și asociata mea principală, Rebecca. Nu știu de ce banii sustrași de soțul tău au ajuns în România. Habar nu am.

– Mai știi cum l-am cunoscut pe Joao?

– Da, eu ți l-am prezentat. Era într-un cerc de prieteni ai mei din Napoli și poza pentru o revistă. În ziua aceea, avusese o sesiune foto la Positano și seara ne-am reunit cu toții pe iahtul meu. A fost prima dată când l-am văzut, cu o jumătate de oră înaintea ta.

– Am priceput. De aflu că m-ai trădat... Vei avea aceeași soartă ca el. Și da, trupul lui chiar zace pe fundul mării. M-am asigurat că a fost dus în adâncuri pentru ca nimeni să nu-l mai găsească niciodată. Vezi tu cât e de ciudată viața asta, *bellissimo*? Pe mare ne-am cunoscut și am început o relație minunată până la un punct, tot pe mare ne-am luat adio unul de la celălalt pentru totdeauna.

– Știam eu! L-ai omorât pe mare?

– Nu. L-am omorât aici, în acest dormitor, în acest pat în care suntem acum. În acea noapte cu lună plină am făcut dragoste pentru ultima dată. Și după ce a adormit, i-am înfipt cuțitul în inimă de patru ori, adânc. Când a deschis ochii panicat, nu mai avea putere să se apere, era deja învins. Nu voi uita niciodată ultima lui privire. O combinație de mânie, groază, afecțiune, și suferință imensă. Când s-a stins, mi-am lipit corpul de al lui și l-am strâns în brațe cu toată forța, tremurând și plângând în hohote. Nu vreau să-ți spun ce am simțit atunci. Parcă viața se scurgea și din mine, parcă sufletul meu ardea în flăcări. A fost oribil. L-am iubit. L-am iubit până l-am ucis. Și nu voi mai iubi niciodată pe nimeni...

– Îmi pare rău... Nu trebuia să o faci. Pentru niște bani? El nu fusese inclus în clanul nostru. Nu știa mai nimic din afacerile familiilor noastre, nu reprezenta un pericol. Îi puteai pune pe băieți să-i dea o lecție de neuitat și apoi, să-l lași să plece în țara lui.

– Și să-și refacă viața cu altă femeie? Nu, mai degrabă să fie mort decât să ajungă bărbatul alteia. Joao a fost și este în continuare doar al meu. Am aici verigheta lui. Este lângă a mea, zice ea, în timp ce scoate dintr-un sertar două verighete cu câte un diamant minuscul, aproape invizibil, în mijlocul prenumelui fiecăruia dintre ei: Rebecca și Joao. Uneori, visez că plânge la ușa mea, că mă întreabă de ce i-am făcut asta. Și de fiecare dată plouă deasupra lui sau afară e furtună. Nimeni nu-l va înlocui. Sau poate... Necunoscutul care-mi apare în vise uneori...

O lacrimă îi alunecă pe sâni, iar o alta direct pe verigheta care fusese a lui.

– Hai să nu ne întristăm acum, Becca. Ne simțeam atât de bine... E numai vina mea, eu am adus vorba despre el. Nu mai poți întoarce timpul înapoi. Sigur vei întâlni pe altcineva! Ai doar 30 de ani. Și încearcă să nu-ți mai pierzi atât de repede răbdarea. Lasă-l în viață măcar până îți face un țânc! Cineva trebuie să moștenească averea familiei Di Maio după tine. Și cum frați nu ai...

Nici nu termină bine fraza, că telefonul lui Antonio începe să sune. Un număr nesalvat în contactele sale, din România. Răspunde un pic nedumerit, același număr îl mai sunase de cinci ori în ultimele 27 de ore. Era 1:10 în Italia.

– Salut, Tony! Sunt eu, prietenul tău de-o viață, Iustin. Iustin Brichetă. Uite, am pe cineva aici lângă mine care vrea să-ți vorbească, dar nu poate. E legată la gură și chiar acum mă pregăteam să-i tai un degețel. Vreau să te întreb: tu ce ai alege? Inelarul sau arătătorul? Inelul ăsta nu e de la tine, nu? *G* de la ce vine?

Tony nu înțelege din prima despre ce e vorba. Apoi, pe măsură ce aude un geamăt familiar și sugestiile veninoase ale dușmanului său de moarte, se aprinde la față și simte că tot corpul începe să-i trepideze.

– Las-o în pace, canalie! Dacă vrei să te răzbuni, vorbești direct cu mine! Clara nu are nicio vină. Ajung în câteva ore și voi veni la tine. Știu că eu sunt ținta pe care o vizezi de o viață. Nu cred că ești atât de prost, încât să-i faci rău femeii pe care o iubesc. Deoarece știi că vei muri fără să mă poți arde vreodată cu bricheta ta *made in China.*

– Dar o voi arde pe ea. Mai întâi o voi ciopârți. În fiecare zi câte un deget, câte o mână, un picior, iar la final, o voi arde și cu bricheta până când se va face scrum. Nu te vreau mort, Tony Salamandra. Vreau să simți și tu durerea pe care eu am simțit-o atunci când mi-ai asasinat frățiorii.

– Ești un cretin, Iustin! Mai există în lumea asta o singură făptură pe care tu o iubești cu disperarea unui psihopat. Că asta ești, până la urmă. Eva Lăpuș, cântăreața ta, care este cea mai bună prietenă a cumnatei mele, e în mâinile clanului Salamandra. Unul dintre oamenii mei se află în apropierea casei ei non-stop, chiar acum îi dă târcoale. Pentru că eu mi-am luat mereu măsuri de precauție când este vorba despre tine și ți-am anticipat fiecare mișcare. Acum e simplu. Dacă o rănești pe Clara, o rănesc și eu pe Eva. Fii înțelept, așteaptă-mă mâine dimineață în locul în care ții prizoniera și vom negocia ca niște adevărați lideri ai Mafiei! Bine?

– Ești un ordinar, Tony Salamandra! Dacă te atingi de un fir de păr al Evei, nu-ți moare doar amanta, ci și fratele închis la

Rahova. Tu ai mai multe de pierdut decât mine. Te aștept mâine singur la adresa pe care ți-o voi trimite printr-un mesaj. Vino însoțit și o omor! Ți-e clar?

– Foarte clar. Vin singur. Te rog să o lași în pace și să nu o torturezi. Asta dacă nu vrei ca solista să pățească la fel.

– Bine. O dezleg și îi dau un pat să doarmă. Poate mă întind și eu lângă ea. Nu arăt rău deloc. Sigur o să mă placă. Mai mult decât pe tine.

– Ascultă, dobitocule! Credeam că nu e necesar să-ți mai repet ce ți se întâmplă dacă pui mâna pe Clara! Te asigur că nu vrei să mă enervezi mai tare decât ai făcut-o deja!

– Ce rău ești, Tony! Zău așa, ne simțeam și noi bine aici. Să știi că nu pot refuza o femeie care mă roagă frumos.

Cu tactică, păstrându-și calmul, Antonio lasă telefonul său de-o parte, menținând conversația cu Iustin activă, și începe să butoneze mobilul Rebeccăi. Îl sună pe Tudor, omul lui care supraveghea casa Evei Lăpuș.

– Tudor, te rog să intri acum peste cântăreață! Nici nu trebuie să forțezi ușa. Am o copie de la chei în torpedoul mașinii tale. Vreau să o violezi cu sălbăticie. Și revin cu un telefon să-ți spun dacă o mai lași sau nu în viață.

De la capătul celălalt al firului, inamicul său începe să strige și să-l insulte pe omul cu care vorbea Tony și, sesizând că șeful clanului Salamandra nu-l băga în seamă, începe să plângă de disperare, ca un copil pe cale să-și piardă jucăria preferată.

– Las-o în pace! Îi dau drumul. Acum o las să plece! Să-ți iei boarfa înapoi! Dar nu-i face rău frumoasei mele! Eva mea! Îngerașul meu pistruiat!

– Ce ai zis, prietene? Nu eram atent, nici nu te-am auzit. Mai repetă, te rog!

– Nemernic fără suflet! Lasă-mi îngerașul în pace! Uite, îți eliberez târfa acum. Oricum, o să te prind într-o zi și o să plătești pentru tot! Nu știu cum te mai rabdă pământul!

– Dacă te rabdă pe tine, Iustin Brichetă, eu sunt floare la ureche! Vezi că poți fi băiat ascultător? Dă-i telefonul tău Clarei și las-o să plece! Vreau să știu că e în siguranță până ajunge acasă.

– I-l dau acum, dar vreau să aud cum îți retractezi ordinul pentru mercenarul ăla hidos.

– De unde știi tu că e hidos, Iustin? Vezi cum ești? Hai, ce faci acolo? Ai dezlegat-o?

– L-ai sunat pe urât?

– Alo, Tudor, vreau să te oprești puțin! Ai intrat deja în casă? A da? Perfect. Rămâi în prag deocamdată.

– Ești liberă, târâtură încrezută! De data asta ai scăpat, se aude vocea plângăcioasă a lui Brichetă. Ia și telefonul, dar mâine să mi-l trimiți prin cineva! Altfel, te denunț pentru jaf.

– Jaf armat chiar, râde Tony de la capătul celălalt al firului. Ești incredibil, Iustin! Hai că m-am distrat cu tine!

Speriată, deși plină de speranță, Clara ia telefonul și fuge cât o țin picioarele. Tony rămâne lângă ea de la distanță, încurajând-o până ce ajunge acasă, unde se încuie bine. Fabian, care visa demult pe canapeaua din living, după ce avusese grijă de Sonia, în lipsa mamei sale, tresare și deschide ochii, apoi, când o observă pe cumnata sa, își pune perna în cap și adoarme la loc. Între timp, bodyguarzii clanului Salamandra ajung la adresa familiei Pavel și rămân în fața ușii pentru a o păzi pe Clara toată noaptea. După 28 de ore în care fusese sechestrată, se simțea la capătul puterilor. Văzuse moartea cu ochii, chinuită de un bărbat pe care, dacă l-ar fi văzut pe stradă într-o zi normală, l-ar fi admirat pentru frumusețea lui fizică. Iustin

Brichetă, un tip blond, cu ochii albaștri, înalt cam de 1,90, bine clădit, cu o atitudine *macho* și o încredere în sine debordantă, era, în mod paradoxal, unul dintre cei mai vânați infractori din Europa și indubitabil în topul celor mai primejdioși.

O femeie asemenea Clarei Pavel nu ar fi avut nicio șansă să scape nevătămată după atâtea ore în aceeași încăpere cu un ucigaș experimentat. Și totuși, salvarea sa fusese tot bărbatul din cauza căruia Iustin o răpise. Același pentru care inima ei începuse să bată mai tare decât de obicei. Același care fusese în stare să amenințe viața unei femei extrem de celebre pentru a o răscumpăra pe a ei. Tony Salamandra... Motivul riscurilor, al plăcerilor ascunse pe pielea ei care nu cunoștea frâiele rațiunii, motivul zbuciumului, al nopților ei nedormite... Ca o evadată din iad, încă sub influența adrenalinei, deschide fiecare ușă a apartamentului său și verifică fiecare colț pentru a se asigura că nu este urmărită de vreun demon. În cazul de față, demonul era cel care o sechestrase. Când în sfârșit se mai liniștește sub pătura de plumb a oboselii, intră în camera fetiței sale și o acoperă cu o plapumă făurită cu fir de dragoste maternă. Imediat, adoarme ținând-o strâns la pieptul ei.

Capitolul 20

Bătrânul firav are lacrimi în ochi. Simte o frică paralizantă. Patru tineri îl împing de la unul la altul, după aceea, direct în peretele gardului din curtea închisorii, pregătindu-se să-l lovească. De departe, Emanuel îi vede și se repede să-i dea o mână de ajutor bătrânului fără apărare.

– Ce credeți că faceți aici, imbecililor? Mai nou, vă legați de cei slabi?

– Șefu', moșu' ăsta ne-a trișat la barbut. Am văzut clar cum a aruncat cu zarul 4-6 și insistă că era un 6-6. Moș perfid și mincinos! Face pe nevinovatul, îi zice unul dintre deținuții tineri, ridicând pumnul asupra lui Damian.

– Să nu îndrăznești! Omul ăsta a fost condamnat pe nedrept și este tatăl doctoriței noastre, se răstește fratele lui Tony Salamandra. Cine vrea să îl rănească, trebuie să treacă mai întâi de mine! Ați înțeles, troglodiților? În genunchi toți patru! Acum!

De la fereastra cabinetului său, Ilinca privește scena cu inima cât un purice. Bietul ei tată este în continuare pus la zid, iar intervenția bărbatului de care e îndrăgostită în secret ar putea fi o sabie cu două tăișuri. Dacă s-ar fi iscat o nouă bătaie, iar Damian Haralambie, la cei 57 de ani ai săi, ar fi fost prins la mijloc? Dacă infractorii aceia l-ar fi atacat sălbatic și pe Manu? Pune mâna pe butonul de alarmă și e la un pas să-l apese, când deodată, îi vede pe cei patru agresori așezându-se supuși ca niște penitenți la picioarele lui Emanuel Toma. Rămâne impresionată. Cât de bun poate fi un băiat rău? De ce i se părea atât de perfect un tip mai mult decât controversat, precum Manu Salamandra?

A doua zi, sub pretextul unei consultații, îl cheamă pe justițiarul din curtea închisorii Rahova în cabinetul ei. Când ajunge în cabinet, nu-i vine să creadă că are în față un pușcăriaș. Bărbatul acela de 25 de ani pare mai degrabă abia coborât dintr-un *private jet,* încălțat cu pantofi negri de *designer,* îmbrăcat cu o cămașă albă, sacou gri, peticit în coate, și cu blugi de culoare neagră. Pe hol lasă o dâră discretă de parfum Invictus și nu poartă la mâini nici urme de cătușe. Din contră, reușise cumva să-și recupereze ceasul de lux pe care-l etalase nonșalant în ziua mediatizatei sale arestări.

– Aici sunt, Ilinca! Vrei să-mi dau jos doar cămașa? Sau și pantalonii?

– Heiii! Bună și ție, Emanuel! Aș prefera să-mi spui domnișoara doctor. Bine? Prea multă familiaritate strică. Nu trebuie să-ți dai jos nimic, o să-ți fac un test alergologic cutanat. Am auzit că strănuți frecvent. În fișa ta scrie că ești alergic la praf, s-ar putea să fii și la ambrozie sau la polen.

– Bine, domnișoara doctor. De ce sunteți îmbufnată? Adică... dacă îmi permiteți, vă rog.

– Nu mai fi ironic! Nu sunt îmbufnată. Dar, Manu, oamenii cu care ai avut altercația aceea au murit după trei zile. A fost mâna criminală a clanului Salamandra. De ce? Mi-e limpede că tu nu ești rău, am văzut cum l-ai apărat ieri pe tata și voiam să-ți mulțumesc. De ce simți nevoia să te faci respectat comițând astfel de orori?

– Pe tatăl tău l-am apărat din pur simț civic, nu pentru că aș avea o simpatie pentru tine, așa cum probabil te fălești. Ticăloșii ăia au făcut mult rău aici. S-au folosit de protecția lui Iustin Brichetă ca să terorizeze toată închisoarea. În plus, nu am făcut-o eu. Și chiar de aș fi făcut-o, nu-ți dau ție explicații. Ce spune testul, ia vezi? Nu cumva sunt alergic și la ipocrizie?

– Nu mă fălesc cu simpatia ta, Emanuel! Știu ce fel de viață duceai afară, însă aici toată lumea este egală. O să te rog să porți uniformă și voi vorbi cu gardienii să te încătușeze, așa cum este normal, când părăsești celula pentru oricare motiv. Nu este just pentru ceilalți ca tu să fii favorizat. Evident, pentru că dai mită tuturor.

– Ah, s-a enervat teribil domnișoara doctor, îi zice el, zâmbindu-i malițios și totodată seducător. Acum vrei să mă schimbi de haine? De ce? Nu-ți place cum arăt așa? Nu te atrage *look*-ul meu?

Emanuel se ridică de pe pat și se apropie de Ilinca. Îi mângâie umărul cu degetele, apoi coboară cu o atingere lentă pe brațul ei delicat. Îi ia mâna în palmele sale, desfăcându-i lent fiecare deget cu care se joacă tacticos, ca și când le-ar număra pe toate separat. În tot timpul ăsta, ea îl privește cu o seriozitate simulată, încercând să pară cât mai indiferentă. Nu are totuși puterea să se retragă sau să-l respingă. Treptat, Manu își apropie chipul de al ei și o sărută încet pe buze. O căldură amețitoare cuprinde tot trupul tinerei doctorițe. Chimia pe care ea o iubea atât de mult este gata să o trădeze și să o facă să cedeze farmecelor acelui băiat obraznic, prea bun ca să fie un ucigaș. Brusc, cineva bate scurt în ușă și o deschide repede la perete. Cei doi tineri se desprind unul de celălalt în fracțiune de secundă și evită la milimetru o situație stânjenitoare. În prag, stă Vetuța Ghiță, „plăpândă" ca o macara legănată de vijelie.

– Emanuel Toma, aici erai. Ai o vizită. Ah, acum înțeleg de ce te-ai gătit așa. Știai că azi îți vine consoarta la vizita conjugală! Hai, baftă!

Deținutul oftează și-i aruncă o privire ca de rămas bun Ilincăi, ridicând sprâncenele. În contrast, ochii verzi ai fetei se întristează, iar pleoapele sale se lasă în jos, ca și când ar fi fost împinse de o greutate invizibilă. În stomac, i se instalează un gol atât de adânc, încât nici nu mai poate înghiți. Îl privește cu regret până ce iese din cabinet. Parfumul lui plutește în acea încăpere. Închide repede ferestrele. Vrea să-l păstreze acolo cât mai mult timp... Se uită zăpăcită la acul de pe masă. Uitase și să-i facă testul! Cât de evident fusese pretextul ei închelbat în câteva secunde de dor nebun!

În camera rezervată cuplurilor aflate la ananghia libertății restrictive, Alina, cu părul ei drept, bălai, desfăcut, și etalat în toată splendoarea, îmbrăcată într-o rochie ciclam, vaporoasă și scurtă, de îi lăsa picioarele ferme la vedere, așteaptă emoționată, stând pe colțul patului. Poziția piciorului drept peste cel stâng și a brațelor invers încrucișate sugerează, în limbajul non-verbal, o postură ofensivă, a unei femei în gardă, care se așteaptă de la interlocutorul său mai cu seamă la lucruri neplăcute.

De fiecare dată când îl vizitează, are o teamă ascunsă în inima ei vinovată și plină de căință. Aceea că bărbatul trădat o să se sature de infidelitățile ei repetate și o să îi ceară din nou să-l lase în pace. Conștientă că în curând va fi pusă în fața unei alegeri, se agață de fiecare întâlnire cu Emanuel de parcă ar fi ultima. Dorește să o trăiască din plin, să-l adore ca și cum ar fi unicul mascul din viața ei. Fără să bănuiască măcar o clipă că și soțul ei se apropie cu pași repezi de o dilemă afectivă similară cu a ei.

Ușa camerei oropsiților îndrăgostiți se deschide ca peștera celor patruzeci de hoți ai lui Ali Baba, de parcă Alina ar fi rostit în gând magica formulă „Sesam, deschide-te!". Imaginea de la intrare o face pe femeie să surâdă mulțumită și entuziastă la gândul plăcerii care avea să-i toropească trupul în doar câteva minute. Minute pe care le-ar fi împins cu unghiile sale ascuțite în prăpastie să ajungă direct în punctul exaltării supreme, căci în superficialitatea gândurilor sale erotice, soția lui Manu Salamandra găsea, în chip paradoxal, și iubirea adevărată pentru cel cu care se cununase.

– Vai, iubițel, dacă Brad Pitt tânăr ar fi fost brunet, s-ar fi putut mândri că arăta la fel de bine ca tine, declară ea cu un aer dulce, copilăros.

– Tu vorbești, scumpo? Angelina Jolie tânără și blondă ar fi eclipsată la orice oră de frumusețea ta, îi răspunde el la compliment, sărutând-o ca și când ar fi vrut să-i muște intenționat buzele acelea trădătoare.

În comparație cu sărutul scurt și delicat pe care i-l oferise doctoriței închisorii, acesta era mai degrabă un atac prelungit al buzelor lui asupra buzelor femeii care sosise în vizită ca să-l înnebunească cu atitudinea și cu aroma ei obișnuită de vanilie cu cireșe. Alina încearcă să-i spună ceva, dar el nu o lasă, îi acoperă buzele cu gura lui, continuând să o sărute și să o atingă excitant pe coapse și pe spate. În toate punctele ei erogene. Se autoiluzionează că multe dintre ele îi sunt încă necunoscute celuilalt bărbat, acelui înfumurat căruia urmează să-i dea o lecție pentru toată viața. Oare ce ar zice el să îi vadă în acea ipostază provocatoare?

– Iubito, hai să ne facem o poză, un *selfie*. Nu o să ne expunem corpurile noastre perfecte, doar fețele. Dar vreau să o postezi pe Facebook și pe Instagram în timp real.

– Manu, nu vreau să ne pierdem timpul cu asta. Și așa e insuficient cât stăm aici. Două ore o dată la două săptămâni...

– Te rog, fă-o de dragul meu! Și să fie publică, da?

– Bine... Atunci, să o postăm după... Mi-e dor de tine, Manu, te vreau înapoi!

– Sunt aici cu tine. Te iubesc. Chiar dacă vei pleca în mai puțin de două ore, îmi rămâi aproape. Te port în inimă în fiecare secundă a vieții mele.

– Nu te las, sunt lângă tine. Indiferent cât timp ar trece... Nu e cum spune Tony, nu m-am căsătorit cu tine din interes. Am făcut-o din iubire și nici nu am pe altcineva, să nu crezi invențiile fratelui tău. Poate să plătească sau să amenințe orice individ pentru a mărturisi că e amantul meu. Ai încredere în mine!

– Am încredere în tine, îi spune el imediat. Dar în adâncul sufletului său, nu are. Știe că Alina îl minte.

El știe că ea are o aventură. A văzut-o în ochii lui Fabian. Fiindcă aceia nu erau ochii unui bărbat plătit sau amenințat de Tony să mintă. Erau ochii unui amant îndrăgostit, capabil să incendieze toată închisoarea Rahova, dacă amorul dintre Manu și Alina ar fi putut arde odată cu zidurile fortăreței. Totuși, nu-și plânge de milă și nici nu e absurd. Nu îl doare nici comparația cu Fabian Pavel, cât clipele de dragoste cu Alina, pe care el i le fură ca un bandit ce jefuiește cadavre. Pentru că un soț încarcerat nu are cum să-și apere căsnicia, la fel cum un mort nu-și mai poate apăra bunurile. Recent, într-una dintre cărțile pe care le citea să-și alunge plictiseala în celulă, găsise un citat al lui Emil Cioran, care-l frapase și îl marcase atât de tare, tocmai pentru că i se potrivea la țanc: „Ultimii cărora le iertăm infidelitatea sunt cei pe care i-am decepționat.” Da, exact așa... El o decepționase pe soția lui, părăsind-o ca să intre în pușcărie, după ce își asumase o serie de infracțiuni contra voinței ei. Și acum îi era aproape imposibil să o ierte pentru că îl înșela. Cu toate acestea, în cazul în care ar fi lăsat-o să plece definitiv, s-ar fi recunoscut înfrânt în fața rivalului, căruia el însuși îi declarase război.

Emanuel încă o iubește pe femeia care-i aparține de drept. Încercarea lui de a o seduce pe Ilinca era o tentativă de a-și demonstra că și el i-ar fi putut plăti nevestei lui cu aceeași monedă. Ar fi vrut ca ea să simtă riscul de a-l pierde în favoarea altei femei. Și toate ca toate, dar tipa aceea în halat alb, fragilă și în același timp puternică, îl fascinează de-a dreptul. Se redresează văzând-o goală pe Alina. Realizează că în acele momente trebuie să alunge din mintea lui imaginile celor două amenințări la adresa mariajului său. Fabian și Ilinca. Sau Ilinca și Fabian. Închide ochii și nu mai permite nimănui să-i strice acele minute dulci, dizolvate ca niște acuarele în apă, în frenezia iubirii lor maritale. O posedă sălbatic pe soția lui, lăsând să se întrevadă în mișcările lui ferme, ușor autoritare, o urmă de gelozie. Ea se lasă stăpânită de el și capitulează ca o redută în fața unui prinț străin cuceritor. Dar el nu e străin, e unica ei familie. Infidelitatea devine o armă întoarsă acum împotriva ei. O percepe ca pe un pumnal care-i desprinde carnea de pe oase. Îl privește descătușată și e convinsă, cel puțin în acel moment, că Emanuel este bărbatul pe care nu-l va abandona niciodată.

Capitolul 21

Afară plouă. În inima lui plouă. Din patul de spital se uită cum ploaia izbită de fereastră parcă ar vrea să pătrundă în încăperea suferinței sale, să inunde spitalul, iar șuvoaiele de apă să-l ducă tot mai departe. Nu, nu e un vis, e o iluzie. Sau o halucinație... Nici el nu mai știe. De când se trezise din comă avusese puține clipe de luciditate, însă îndeajuns cât să afle că nu mai avea soție. Mă rog, o avea doar pe certificatul de căsătorie. În realitate, fusese încredințat de mama sa că ea nu mișcase niciun pai de la pământ ca să-l găsească. Știe că Malvina, cu toată antipatia ei pentru Clara, nu l-ar fi mințit.

Ochii i se închid din nou. Și-l amintește pe Tony Salamandra. E înconjurat de oamenii lui antrenați mai ceva decât trupele Legiunii Străine Franceze și de două femei. Una blondă stă în dreapta, iar una brunetă, în stânga. Fumează și așteaptă. Așteaptă precum un vultur ca Gabriel să piardă acea mână, să piardă întreg jocul de Poker. Și să se poată năpusti în voie asupra Clarei. Își imaginează că îi răstoarnă masa în cap și îl lovește cu picioarele în coaste, cu niște puteri aproape supranaturale. Toți mahării lui Salamandra fug de frică, pe când cele două femei pleacă de lângă el și se mută în dreapta și în stânga lui Gabriel. Ce iluzie! Sau fusese de fapt un vis? Încearcă să se ridice, dar nu poate. Sonia! Trebuia să-i dea un semn! Probabil fiica lui este tristă și suferă enorm la gândul că el a abandonat-o. Dacă acel mafiot ar atenta la viața ei? Panica îi cuprinde tot corpul, îi paralizează mușchii. Dar voința lui e mai puternică. Reușește să redeschidă ochii și să se ridice. Cere un pahar cu apă și o oglindă. Cât de rău poate arăta un bărbat care a stat în comă 30 de zile?

Când asistenta medicală se încumetă să-i aducă o oglindă, Gabriel începe să-și piardă curajul. Tot mai tare i se strecoară în minte ideea că ar arăta ca o sperietoare de ciori. Asta-i mai lipsea! Toată viața îi fusese milă de bărbații urâți care, îndrăgostiți de tot felul de femei frumoase, fie le cumpărau cu bani (asta dacă aveau destui), fie suspinau zadarnic după ele o viață întreagă, sufocați de depresie. Desigur, mai erau și cazuri în care acești urâți notorii dispuneau de calități extraordinare care le impresionau pe doamne, determinându-le, nu de puține ori, să renunțe la relații cu bărbați mult mai atrăgători, doar ca să rămână cu aceștia dintâi.

Cu oglinda lăsată în jos, încă fără curajul de a și-o fixa în față, încearcă să-și amintească de ce se îndrăgostise Clara de el. Pe acea vreme, Clara era novice în lumea modelling-ului și aproape toți bărbații îi purtau sâmbetele. Colegi de liceu, profesori din liceu, vecini de cartier, fotbaliști, beizadele, politicieni bătrâni și bogați, prădători obișnuiți cu viața de noapte a Bucureștiului, și el. Gabriel Pavel, un simplu barman într-o discotecă, cum era pe atunci... Dintre toți cei ce se băteau să ajungă la inima fetei care începuse să defileze pe podiumurile de la Milano și Paris, ea nu alesese pe niciunul. „Trebuie să fie lesbi!”, spuneau câțiva frustrați care se credeau perfecți, nevenindu-le să creadă că fuseseră respinși de Clara.

Nu știe nici până în ziua de astăzi căror calități le datora faptul că acea făptură superbă îl alesese pe el. Dar își promisese sieși și ei că nu avea s-o înșele niciodată și avea să facă tot posibilul să-i asigure un trai mai mult decât decent. Începuse cu stângul. După ce că nu-i putea cumpăra mare lucru din salariul lui de barman și nici nu putea evolua prea tare în carieră, neavând studii, o influența să renunțe la meseria de fotomodel. Toți prietenii îi sugerau mai fățiș sau mai subtil că nu era un *job* pentru o femeie serioasă, așezată la casa ei. Bineînțeles, acel stereotip o agasa pe Clara. Iar el nu-l repeta obsesiv. Reușise însă, cu inteligența sa emoțională extrem de ascuțită, să-i inducă subliminal dorința de a nu mai face *modelling*. Și contractele sale se răreau cu fiecare zi ce trecea. Apoi, venise pe lume Sonia.

Că el fusese un bărbat frumos, asta era un fapt incontestabil. Încă nu era în stare să verifice actualitatea acelei informații. Mai putea amâna puțin. Frumoși erau mulți, poate nu într-un mod atât de incontestabil. *„Dar la ce bun să fii un Adonis, dacă nu poți face o femeie fericită? Gândește-te, Gabriel! Nu ar trebui să-ți fie rușine să recunoști că ți-ai manipulat atâția ani soția în primul rând în pat. Doar știi numai tu asta. Poate a sesizat și ea aspectul."* Pasionat de tantrism încă din adolescență, stăpânea bine arta sexului și a dragostei. O învățase și pe ea, dar nu-i dezvăluise toate secretele, așa încât să fie sigur că nu ar putea fi la fel de fericită vreodată cu un alt bărbat. Și... la ce bun? În prezent, nu mai putea nici măcar să se dea jos din pat? Cine știe în cât timp avea să se recupereze total? Poate nu va mai fi niciodată la fel. Posibil să fi ajuns o epavă. Iar plouă. Și el iar plânge...

Ce altceva? Ce altceva în afară de calitățilea acestea „poleite", de suprafață, pe care le ai în tinerețe și care pot dispărea peste noapte în urma unui accident nefericit (așa cum i se întâmplase lui) mai poate ține o femeie lângă un bărbat? Dacă femeia este sclava aparențelor și a ambalajelor drăguțe, nu mai există nimic. Deci, ai pierdut lupta. Însă, dacă ea este profundă și sufletistă, mai ai o șansă. Își amintește puțin... Da, mai e ceva. Îl plăcea pentru că era bun, generos, și afectuos cu Sonia. Pentru că era un tată bun. Este și va fi toată viața. Nicio comă nu-i va răpi această calitate. Pentru că le iubește intens și direct, fără să-și ascundă vreodată sentimentele. Pe soția și pe fetița lui.

„Tu ești un escroc, un bandit mai mare decât cei cu care pierzi nopțile prin cazinouri!". Exact așa. I-a zis-o Clara! Și acum îl asurzește țipătul ei. *„Și ce?! Crezi că ăla nu e tot un escroc?! Ți-ai găsit sfântul cu care să mă înlocuiești?"* Cugetă ca și când ar fi beat. Numai un Gabriel băut ar vorbi atât de... pe șleau. Altminteri, el era foarte controlat și diplomat. *„Uite, alte calități. Calm până te scotea din minți. Căci da, calmul excesiv al unui bărbat poate să scoată din minți o femeie. Și pe Clara, bineînțeles. Și ea este femeie, mai femeie decât multe altele. Ce prostie! Nu există „mai femeie", substantivul nu are grad de comparație. Nu trebuie să mergi la facultate pentru a ști această regulă, Gabi. Ai fost atent la gramatică în școala generală. Ai fost bun, te prindeai repede de reguli."*

„Fuck! Idiot ai mai fost! Cum să-ți joci nevasta de o frumusețe rară la Poker? Și cu Tony Salamandra?! Poate nu știe aceleași trucuri ca tine. Bun! Te-ai salvat! Ce fraier ești! E cel mai rău dintre toți... Iar Clarei tale i-au plăcut dintotdeauna băieții răi. Adu-ți aminte că nu s-a măritat cu tine până ce nu i-ai bătut pe golanii ăia în discotecă la Mamaia! Cum nu-ți mai amintești? Ăia trei scandalagii beți, care au abordat-o în cele două minute cât ai plecat de lângă ea să-i aduci o Cola. Norocul tău că abia se țineau pe picioare și i-ai făcut KO pe toți trei rapid. S-au lovit unii de alții ca sticlele de bere goale aruncate de pe masă și au căzut pe podea, unde au adormit până a doua zi, în timp ce ea se uita la tine ca la Jean-Claude Van Damme."

O secundă uită. Involuntar, apucă oglinda și o duce la față. Aceiași ochi verzi ca frunzele de orhidee. Câteva cearcăne. Nu-i bai, astea se duc cu un somn odihnitor. E palid. *„Ai fost în comă, cretinule! Cum ai vrea să fii?"* Buzele sunt la locul lor, nu sunt nici crăpate. Părul e tot negru. Bine că nu a albit, asta era chiar dramatic la 29 de ani. Deci, chipul lui nu se schimbase. Corpul era mai slab cu multe kilograme, însă ce poate fi mai plăcut decât să mănânci tot ce-ți dorești să te îngrași? În lipsa sportului și a dietelor pe care le ținea tot timpul, imediat se îngrășa. Iar își amintește de Tony. Acel răsfățat al geneticii care mânca chipsuri și shaorma la 2 noaptea, iar la micul dejun creveți. În condițiile astea de rivalitate acerbă, fiecare ciocolată în plus te duce mai departe de iubirea vieții tale. Îi vine să râdă. Dar așa e. Tocmai, să le mănânce acum pe toate, iar în maximum două săptămâni va ajunge la greutatea lui normală și îl va eclipsa pe Tony așa cum Luna eclipsează Terra. Sau depinde din ce parte a Universului privești. De pe Terra sau de pe Lună.

Dincolo de toate, tatăl lui avea dreptate. A vrut să-l trimită la box thailandez. Cât de util i-ar fi fost acum! Își amintește cum fratele lui de 16 ani, care făcuse box thailandez și judo, înalt cât el, îl bătuse măr, pe când avea 20 ani și era însurat de câteva luni cu Clara, pentru că îi luase bicicleta fără să-l anunțe. Toți râseseră de el, inclusiv Clara, tare amuzată de situație. Dar el știa ce huligan fusese frățiorul lui dintotdeauna. Nimeni nu-l pusese vreodată la punct, chiar dacă merita. Era as în bătăile de stradă și nu avusese niciodată nota 10 la purtare. Cel mai grav fusese atunci când la doar 11 ani ai lui, Fabian îl băgase forțat pe Gabriel, de 15 ani, într-o cutie mare de televizor, și îl ținuse închis acolo minute bune, blocându-l, până ce Malvina îl găsise alb ca varul și plâns tot. Ah, dementul de Fabi ar fi șters pe jos cu Tony Salamandra!

„Liniștește-te, Gabriel! Nici fratele tău mai mic, nici toate sporturile de contact din lume nu te vor ține departe de torturile clanului Salamandra! Torturi cu ce? Frișcă? Ciocolată? Iar? Iar vrei ciocolată? Nu, scumpule, torturi cu accentul pe „u". Din alea care-ți zdrobesc oasele. Și iar te vor arunca într-o apă înghețată. Glonțul acela

a fost de „bun simț". Dacă te oferea drept hrană rottweilerilor? I-a lipsit sângele din instalație. Deci și ticălosul suprem are un cod al onoarei. Mai degrabă o mică teamă. Punct ochit, punct lovit! O să-i descoperi punctele slabe și o să-l strivești." Până atunci, aude o ușă scârțâind. Scârțâind rău. Nu ar strica puțin ulei pe balamale. Nimic nu-l enervează mai tare decât scârțuitul ușilor și roților pe asfalt.

– Ce faci, puiul mamei? Te simți mai bine?

– Mamă, nu sunt pui. Nu există pui care au la rândul lor alți pui.

– Ba pentru mine ești. Și te iubesc cel mai mult.

-Iar faci diferențe? O să ne bată Fabian pe amândoi din gelozie.

– Ba nu. Știe deja că tu ești preferatul meu. Pentru el nu-mi fac griji, se pricepe de minune să se apere și are o personalitate extrem de puternică.

– Și eu, nu? Eu sunt slab, asta crezi?

– Nu am vrut să spun asta. Tu ai o inimă mult prea bună, iar oamenii au tendința să profite de faptul că lași mereu de la tine.

– Mamă, vreau o felie de tort cu ciocolată și cu frișcă.

– Vai, ce bine că vrei să mănânci! Dar, Gabi, nu știu dacă ai voie în momentul ăsta! Merg să-l întreb pe domnul doctor.

Capitolul 22

Fabian strânge masa, în timp ce Sonia se spală conștiincioasă pe mâini, ridicându-se pe vârfuri să ajungă la chiuvetă. Pierdut în gândurile din care nu lipsea Alina, el nu observă că nepoțica lui tocmai confecționase o bărcuță din cutia goală de prăjituri și îi dăduse drumul să plutească într-o oală plină cu apă din chiuvetă. La un moment dat, chiuveta e aproape plină, iar apa mai are un milimetru să înceapă să curgă furioasă peste mobilă și peste gresie.

– Ia uite, Fabi! Sunt un marinar! Bărcuța mea nu se scufundă!

– Mi-e rău, strigă el, repezindu-se să închidă apa. Ce ai făcut aici, fluturaș neastâmpărat?

– Mă joc! De ce o închizi? Las-o așa! Fabiii, urlă micuța bosumflată, și încearcă să se ridice mai tare pe vârfuri să ajungă la robinet.

– Sonia, te rog frumos să stai cuminte! De ce faci asta? Vrei să ne ia apa? Mai ales pe tine, cum ești atât de mică, o să te ducă departe și nu o să te mai găsim niciodată.

– Eu nu sunt mică și m-am săturat să nu mă lași să fac nimic. Ești la fel de rău ca mami! Vreau la tati! El mă lasă să fac tot ce vreau! Era doar o bărcuță pe râu...

– O să vină și tati, Sonia. Hai să facem un Puzzle, vrei? o întreabă el pe un ton duios și o ridică pe genunchi.

– Nu! declară copila în continuare bosumflată. Vreau să vină tati meu!

– Sonia...

Fabian o privește întristat și are lacrimi în colțul ochilor. Suspină la gândul că fratele lui ar fi putut păți ceva teribil. Îl intrigă faptul că Malvina este atât de liniștită și nu se agită deloc, în stilul ei caracteristic, să afle ceva despre Gabriel. Cireașa de pe tort e că soția fratelui său dispăruse și ea fără urmă de aproape 24 de ore. Ar fi vrut să anunțe poliția, dar știa că trebuiau să treacă 48 de ore ca să reclame o dispariție. În plus, poate Clara era pe undeva cu Antonio Toma și el s-ar fi făcut de râs de-a dreptul. Prietenia lor avansa în ultimul timp. Și asta îl durea, mai ales pentru că ținea la relația dintre Clara și Gabi. Nu putea totuși să înțeleagă de ce cumnata sa își lăsase fiica singură, fără ca măcar să-l anunțe pe el să vină să se ocupe de ea. Ajunsese la ei acasă în acea dimineață dintr-o întâmplare, pentru că se afla în zonă și dorea să o îmbrățișeze pe cea mică. Și o găsise singură, plângând de frică, fiindcă se trezise din somn și mama ei nu era acolo.

Sonia începe să desfacă piesele de puzzle pe covor, iar Fabian o urmărește atent. Brusc, primește o notificare pe Facebook și își deschide contul imediat pentru a vedea despre ce este vorba. Alina postase o fotografie cu Manu. Aparent, sunt dezbrăcați, dar nu li se pot observa decât fețele zâmbitoare, apropiate una de cealaltă. Privirile lor debordează de dragoste neostoită. În primele luni ale relației lor clandestine, Alina nu îi dăduse contul ei real, ci unul fals. Ulterior, după ce el aflase adevărul, i-l arătase în sfârșit și pe cel real, iar Fabian începuse să o urmărească. Prin urmare, notificări referitoare la profilul de Facebook al iubitei sale secrete primea mai tot timpul.

Când se uită la poză iar și iar, în ochii lui se aprind văpăi din jăratec. În ziua precedentă, iubita lui îl ignorase total. Nici în ziua în curs, care avea să se încheie în câteva ore, nu-i dăduse niciun semn și nici nu-i răspunsese la mesaje și la apeluri. Din ultimele lui infomații, relația ei cu Emanuel era tot mai rece, tot mai distantă. Și acum... Pac! O săgeată de după gratii trimisă direct în inimă de soțul femeii pe care Fabian o iubea cu pasiune. Soțul... Ce chestie! Manu Salamandra, cu aerul lui de *gigolo italiano*, e soțul cuiva. Iar el, Fabian Pavel, nu e soțul nimănui. Potrivit unor dogme sociale perimate, un act și o ceremonie religioasă făceau diferența dintre un bărbat cumsecade, familist, și altul aventurier, care umblă brambura, fără un scop precis în viață. Dacă societatea meschină în care trăim tolerează cu chiu cu vai burlacii și burlăcițele trecuți de 25 de ani, numărându-le obsesiv zilele până la marele eveniment care e posibil să nu mai vină niciodată (nunta!), aceeași societate condamnă în mod ipocrit și linșează amanții și amantele. Iar dacă într-o astfel de lume agresiv tradiționalistă îndrăznești să fii și burlac și amant totodată, poți fi retrogradat oricând de pe cea mai înaltă castă pe aceea de paria. Și poate nu îți pasă. Sau poate pur și simplu ți se rupe... mâneca de la cămașă!

Ce nedreaptă e viața! El, un băiat serios care luptase să-și facă o carieră, mergând la facultate și la serviciu concomitent în ultimii 5 ani, sprijnindu-și familia cu sârguință de fiecare dată, parcă nici nu avea dreptul la o soție, la o femeie care să-l iubească și să-l aștepte acasă după fiecare zi obositoare. După ce se afundase în singurătate ani întregi, se aruncase în brațele primei frumoase care-i ieșise în cale, fără nici cea mai mică suspiciune că ea ar putea aparține deja altcuiva. Practic, și el fusese înșelat de Alina Toma, la fel ca bărbatul ei. Se atașase de ea în câteva săptămâni cu o afecțiune sinceră și profundă, iar acum era numit cu malițiozitate de toată lumea cu termenul de „amant". Și oricât de deranjant ar fi fost apelativul pentru un tip decent așa cum era el, înțelegea în adâncul sufletului său că era unul bine meritat. Doar avea și el proprietatea termenilor.

Măcar pe a termenilor, dacă nici n-ar fi putut visa la proprietatea asupra unei femei. Impropriu spus „proprietatea", ci mai corect ar fi „dreptul legitim" sau „prioritatea".

Cu siguranță, poza aceea fusese ideea lui Emanuel. Evident, un pumn în figură l-ar fi durut mai puțin pe Fabian. Ticălosul știa și profita de fiecare fărâmă de atenție pe care soția sa i-o arunca de milă, exact cum arunci un os unui câine înfometat și slăbănog. Mai privește o dată imaginea. *„Nu te lăsa păcălit, Fabi! Fericirea lor nu e reală! Ea simulează perfect, în timp ce el e doar un păun care se înfoaie în pene. Nu, păunii sunt prea frumoși. Altceva... O bufniță"*, gândește el. Bufnița e macabră precum amenințările lui Emanuel Toma. Îl urăște. Îl urăște cu patimă și, dacă ar putea, l-ar rupe în mii de bucăți. Nu atât pentru că încearcă să pună iar stăpânire pe Alina, ci pentru că îl umilește dinadins. Setat pe acea imagine de Facebook, nici nu realizează că nepoțica lui i se așezase în spate și i se juca în păr.

– Hei! Cine sunt ăștia? Fata e urâtă, dar băiatul e taaare frumos! E în clasă cu tine?

– Sonia, cine te-a învățat să spui despre oameni că sunt urâți? protestează unchiul, în timp ce-i dă la o parte mâinile mici și jucăușe din părul lui, cu câteva minute în urmă frumos aranjat.

– Tati. Ce? Doar nu știi tu mai bine ca tati! El e fratele tău mai mare.

– Aaa... tot tati? Uite, fluturaș, să nu mai spui niciodată despre nimeni că este urât. Nimeni nu este urât, toți oamenii au ceva frumos.

– Dar ea are părul galben. Doar păpușile trebuie să aibă părul galben. De asta nu-mi place!

– Ah, ești exact ca Gabriel. Te-a învățat să pui accentul pe aparențe. Ascultă-mă bine! Gata cu răsfățul! O domnișoară grațioasă ca tine nu comentează despre cum arată un băiat mai mare decât ea, mai cu seamă un adult. Și nici nu inundă casa, profitând de faptul că unchiul ei era ocupat și i-a acordat încrederea să se spele singură pe mânuțe.

– Fabi, ce înseamnă „acțentul pe apalențe"? Te-ai supărat pe mine?

– Înseamnă că oamenii sunt așa cum arată, că doar asta contează, de sunt frumoși sau urâți, slabi, grași etc. Când de fapt, nu asta contează. Tu trebuie să te uiți la suflet, la comportament, atunci când îți alegi prietenii de joacă. Înțelegi?

– Aaaa... Așa a zis și mami. Hai să-i căutăm pantofii cu toc! Vreau să-i încalț eu! Ajută-mă! Altfel, ești un măgăruș!

– Sonia, mă superi. Nu poți purta pantofii mamei tale, sunt prea mari, și o să te împiedici.

– Atunci vreau să ne jucăm. Cum îl cheamă pe băiat?

– Care băiat, fluturaș?

– Cel de lângă fata cu părul galben ca al lui Barbie. Stau amândoi în bancă?

– Îl cheamă Emanuel și este fratele mai mic al lui Tony.

– Tony are un frate?

– Da, fluturaș, tocmai ce ți-am spus.

– Are și un copil?

– Nu. Nu are nici soție, nici copii.

– Aaa... acum îmi amintesc! Fata e prietena ta. Am văzut-o cu tine. Odată ți-a dat cu palma, altădată vă pupați pe gurițe. Ca mami cu tati. De asta ești trist? Pentru că mai are un prieten? Pe Emanuel?

– Ne pupam pe gurițe? Sonia, ești foarte deșteaptă, însă lucrurile astea nu sunt pentru copilași. Așa că te rog să nu mă mai descoși atât.

– Nu știu să cos. Altfel, aș face rochițe pentru păpuși. Când voi fi mare, voi avea și eu doi prieteni foaaarte frumoși. I-am ales deja, pe Victoraș și pe Patric.

– Serios? Și ei știu că tu îi placi?

– Amândoi mă plac. Unul mă ține de mânuța dreaptă și celălalt de stânga. Câteodată, mă enervează tare, pentru că sunt răi și nu o ascultă pe doamna. Băieții pot fi tare enervanți! Toți.

– Sunt enervanți? Ești o scumpete, îi spune el râzând. Vrei să te învârt ca pe o morișcă? Fetițele care vorbesc prea mult vor fi date lupului. Știi că a mâncat-o pe Scufiță, nu?

-Vrăjeală! E doar o poveste pentru bebeluși!

– Ce cuvânt e acesta, „vrăjeală"? Ce înseamnă și unde l-ai auzit tu?

– Nu știu ce înseamnă, așa zice Victoraș. L-a auzit la tatăl lui. E OK, părinții nu vorbesc urât în fața copiilor.

– Nu toți părinții, fluturaș. Te rog să nu mai folosești cuvinte pe care nu le înțelegi. Bine?

– Bine, dar mai ești supărat pe mine?

– Nu, scumpete. Îmi dai un pupic? se alintă Fabian, după ce o îmbrățișează și o așază pe scaun. Simte atâta iubire pentru acea mână de om, încât nu-i vine să o mai lase din brațe. Parcă surâsul ei topise toată mânia pe care i-o provocaseră Alina și Emanuel cu dragostea lor grotescă de fațadă.

Capitolul 23

Clara dormise în câteva ore cât pentru o săptămână. Era istovită fizic și psihic. Dacă Sonia nu ar fi trezit-o ciupind-o de tălpi, ar fi dormit, poate, mai mult. Dar sărise din pat într-un minut, panicată pentru că era luni, ziua în care ar fi trebuit să plece la prima oră de acasă pentru a o lăsa pe micuță la grădiniță. Apoi, s-ar fi pornit spre serviciu, deși era în maximă întârziere. Noroc cu Fabian, el pregătise totul în acea dimineață și o condusese și pe Sonia la cămin. Purtaseră o mică discuție în care Clara nu-i putuse ascunde coșmarul prin care trecuse în weekend. Revoltat, cumnatul ei dorise să alerteze poliția, însă ea reușise să-l calmeze și să-l asigure că viața ei nu mai era în pericol. Ba mai mult, Tony ordonase bodyguarzilor lui s-o păzească non-stop.

Rămâne singură și decide să-și ia o zi de concediu. Reflectează la tot ce i se întâmplase. Dacă Tony nu ar fi știut cum să gestioneze situația, putea fi moartă chiar în această clipă. Iar fiica ei, deja părăsită de un tată iresponsabil, ar fi rămas orfană. Cine este vinovat pentru tot tărăboiul din viața ei? Pentru tot travaliul îndurat ca să poată supraviețui și să-și poată crește copilul în continuare? Are în gând un singur prenume. Acela care-i era cel mai drag până în urmă cu o lună. Gabriel, nu Antonio. În mod evident, cel din urmă duce o viață plină de pericole, trăind la limita legii și a securității. Clara nu fusese implicată intenționat de el în reglarea de conturi cu Iustin Brichetă. În schimb, ca un bărbat asumat și responsabil, Tony o ajutase și o susținuse să depășească acel moment cumplit.

Cât despre Gabriel... El fusese nemernicul care o împinsese în ghearele Mafiei și se făcuse nevăzut, pretextând că nu mai putea să o atingă, după ce o oferise chiar el altui bărbat. Știuse dintotdeauna că se măritase cu un tip enigmatic, total învăluit în mister. Dar nu se așteptase la un asemenea tratament din partea lui. De acum, era decisă. Avea să-i ceară divorțul la întoarcere, indiferent ce farmece și-ar fi scos el la înaintare, iar odată pronunțat divorțul, i-ar putea da o șansă lui Tony Salamandra. De ce nu? Era atrasă de el și, în ciuda tuturor controverselor țesute în jurul lui, îl admira cu adevărat.

Tocmai își terminase machiajul, când auzi soneria. Încă marcată de evenimentele succedate cu doar o noapte înainte, este reticentă și se uită timid pe vizor înainte să deschidă. Când își dă seama cine este musafirul neașteptat, care abia se distinge din spatele unui imens buchet de trandafiri, femeia își întinde rochița albă, lejeră, pe care o poartă, și își lasă părul ondulat, voluminos, să cadă în valuri pe spate.

– Bună, Clara! Iartă-mă că vin fără să anunț, eram prin zonă și am fost spontan. Am zis să văd ce mai faci. Și mai ales să-mi cer scuze.

– Bună! Te poftesc înăuntru. Îți mulțumesc pentru flori și pentru scuze. Deși, știu că nu ai nicio vină. Ai fost un pic cam dur în negocieri. Sper că nu erai în stare să-i faci așa ceva Evei.

– Mă bucur mult că ai scăpat cu bine din experiența asta traumatizantă. Aș fi făcut multe ca să te apăr, dar în niciun caz nu m-aș fi răzbunat atât de crunt pe acea femeie! Știi care-i ironia? Omul meu nici măcar nu se afla în fața casei cântăreței. Am jucat la cacealma. Trebuia să-l panichez la maximum pe Iustin, iar Eva este punctul lui slab.

– De fapt, iubirea este punctul slab al oricui. De asta nu ai tu o iubită, nu?

– Iubirea e într-adevăr călcâiul lui Ahile, în Mafie. Ce-i drept, până de curând, nu-mi făceam griji decât pentru fratele meu. Dar de când ai reintrat în viața mea printr-o îngrozitoare festă pe care ne-a jucat-o destinul, am devenit și mai vulnerabil. Pentru că de tine chiar îmi pasă, Clara, îi spune el, atingându-i suav șuvițele brunete. Ai un păr atât de frumos! O singură femeie pe lume se mai putea mândri cu un păr care ți-ar fi făcut concurență.

– Cine? M-ai făcut curioasă.

– Patrizia Arizzi, mama mea. Era brunetă cu ochii negri, o superbă italiancă. Napoletană la a șasea generație. Eu am iubit-o pe ea mai mult decât m-a iubit ea pe mine. Se pare că femeile cu părul frumos nu mă iubesc deloc. Nici ca fiu, nici ca iubit.

– Nu spune asta! Sunt convinsă că mama ta chiar te-a iubit. Poate nu își exprima atât de fățiș sentimentele. Cât despre mine... Eu te vreau, Tony. Recunosc că te doresc. Cu toate acestea, nu sunt în situația de a-mi face un iubit acum. Starea mea civilă continuă să fie nelămurită, am un copil foarte mic căruia nu-i pot substitui tatăl de pe o zi pe alta, fără ca el să fie prezent. Înțelegi? îl întreabă ea cu un aer afectat, privindu-l drept în ochi.

– Înțeleg, draga mea. Și o să te aștept. O să-l găsesc chiar eu pe Gabriel. Nu e normal ca el să-și trăiască viața distrându-se prin lume, iar noi să ne înfrânăm sentimentele din cauza lui.

Tony o îmbrățișează pe Clara, apoi pleacă din apartamentul care fusese cât pe ce să intre în posesia lui. Preț de un minut o strânge cât de tare poate și simte că pentru ea ar fi capabil să dea foc întregii lumi. Niciodată nu mai simțise la fel, chiar dacă fusese foarte atașat în trecut de Rebecca Di Maio. Vedea limpede că devenea slab în fața iubirii, aceeași iubire în care el se lăuda că nu crezuse niciodată. Dincolo de asta, această dragoste pasională, fierbinte ca lava Vulcanului Vezuviu, din care-i plăcea să creadă că se născuseră cu milenii în urmă strămoșii lui, era unică, genuină. Și cu cât era mai interzisă în fața societății și a lui Dumnezeu, cu atât îl incita mai tare. Mai avea acum o singură problemă. Unde și cum îl va găsi pe Gabriel Pavel? Oare va ajunge să se roage ca rivalul lui să fie viu și nevătămat? Oare moartea lui l-ar martiriza de-a dreptul, destabilizând-o emoțional pe Clara și reducându-i șansele la iubire pentru o lungă perioadă de timp? Da, asta chiar ar fi o catastrofă de proporții cosmice pentru Tony Salamandra...

Capitolul 24

Ajunge acasă înfometată. Ca de obicei, a sărit peste masa de prânz la serviciu. Nu putea să mănânce într-o închisoare. Nu că i-ar fi fost greață, dar era un loc al durerii. Pentru ea, masa presupunea un ritual în toată regula. O aranja într-un anume fel, mesteca lent și savura bucatele. Un ritual pe care nu-l putea duce la bun sfârșit înt-un penitenciar. Plus că, nu dispunea nici de timpul necesar. Dacă ar fi mers la cantina angajaților, s-ar fi simțit obligată să-și acompanieze colegii la aceeași masă. Or, ei nu-i plăcea să se ospăteze la o masă variată, să-i privească pe toți mâncând diferit și să simtă toate acele mirosuri amestecate. Mirosurile... Ilinca fusese mereu sensibilă la anumite izuri și luptase din greu cu fobia ei pentru mirosuri în timpul facultății. Osmofobia, așa cum se numește științific teama de mirosuri. La Medicină, nu era chip să evite aromele mai puțin plăcute, mai ales atunci când făcea practică pe cadavre. Era un adevărat infern olfactiv și ea chiar leșinase de vreo două ori.

Și totuși, Ilinca simțea mai profund prin intermediul mirosurilor. Se îndăgostea de un bărbat doar când îi plăcea aroma lui. Iar Manu mirosea excelent. Până și aerul pe care-l respira, atunci când era în aceeași încăpere cu ea, avea note afrodiziace. Parfumul pe care-l purta i se potrivea de pacă ar fi fost creat special pentru el. *Invictus*. Bărbatul neînvins, acela care nu pierdea niciodată, masculul Alfa. Simultan, Ilinca gândea că trupul lui frumos ascundea un caracter al paradoxurilor. Era inocent și sexy, dulce, dar autoritar, atunci când voia cu tot dinadinsul să fie. Uneori, era simplu să interacționezi cu el, alteori, era atât de complicat...

De ce se tot gândește atât de mult la el? De ce îi disecă fabuloasa personalitate ca un *manager* dur la un interviu de angajare? Pe deasupra, și în absența subiectului. Pentru că îl iubește, de asta. Și ar vrea să-l angajeze definitiv în viața ei. Ca prieten, ca amant, ca soț... *„Cât de aiurită poți fi, Ilinca? Omul ăsta are deja o soție. Ce o să faci pe mai departe? O să-i distrugi familia? Da, ești fana lui Anne Boleyn, cea de-a doua soție a regelui Henry al VIII-lea al Angliei, cea care i-a fost metresă timp de mai mulți ani nestatornicului monarh, și faci parte din grupul creat pe Facebook Anne Boleyn Obsessed, însă nu ți-a trecut prin cap vreodată să-i împărtășești soarta atât de tragică. Oricum, tu nici nu semeni în vreun fel cu regina a cărei scurtă domnie a lăsat o amprentă puternică asupra istoriei Angliei și, mai ales, asupra istoriei protestantismului britanic. Ea era ambițioasă, interesantă, seducătoare, cochetă nerușinată, experimentată în arta amorului, chiar la curtea regelui Franței. Tu, în schimb, ești timidă și ai trac în interacțiunea cu bărbații, în special cu aceia care îți plac. Dar cine știe dacă nu cumva Anne l-a iubit pe Henry la fel de mult cum îl iubești tu pe Manu Salamandra? Nu vei ști niciodată. Nici tu, și nici nimeni altcineva... Ce o fi fost în sufletul unei femei care în urmă cu aproape 500 de ani (1536) a fost condamnată la moarte din ordinul propriului soț, care a crezut-o capabilă să-l înșele chiar cu fratele ei? Și cu mulți alții... Executată la doar trei ani după ce regele îi pusese pe cap Coroana Sfântului Edward. Legenda spune că a murit nevinovată. Că ar bântui și acum Turnul Londrei, furioasă pe aceia care au trimis-o la moarte mult prea devreme... Nu, Ilinca, e clar că nu ai vrea să ai vreodată destinul acelei nobile doamne, oricât de înaltă i-ar fi fost gloria și oricât de arzătoare i-ar fi fost dragostea!*

Mai mult, ce fel de soartă ai putea avea tu alături de fratele celui supranumit „Regele Balcanilor"? Să devii și tu o nouă „mireasă a

Mafiei", carne de tun pentru inamicii istorici ai clanurilor Salamandra și Arizzi? Sau, mai degrabă preferi să-ți duci existența ta anostă, sufocată de rutina cotidiană, așa cum te-ai obișnuit de peste trei ani, de când te-ai despărțit de ultimul tău iubit? Plictisită, neiubită, dar vie. V-I-E. Ce ai alege, drăguță Ilinca, între o iubire intensă de câțiva ani și o viață lungă trăită mecanic în solitudine?"

„Prima variantă", își spune ea, în timp ce scoate din cuptor niște paste deja preparate, acum reîncălzite.

„Și cealaltă femeie din viața lui Emanuel? Ce știi despre ea? Că se numește Alina Toma, că are 24 de ani, că este o femeie superbă, fără nicio operație estetică, și că trăiește încă datorită ție! Dar cum să concurezi cu o astfel de femeie? Păi... teoretic nu prea ai cum. Practic, îți răsună și acum în urechile tale mici și delicate șocantele vorbe ale bârfitoarei compulsive Vetuța Ghiță.

– Îți vine să crezi că nevasta lui Manu Salamandra are o idilă cu un alt bărbat? Nu? Nici mie. Însă am văzut cu ochii mei cum respectivul a venit în vizită și i-a făcut lui Manu un scandal monstru. Mooonstru! În lipsa mea, care stăteam cu ochii pe el ca pe butelie, cine știe ce i-ar fi făcut, căci părea mâniat la culme!"

Un amant nervos, o soție frumoasă, dar infidelă, care-și abandonează bărbatul când are cea mai mare nevoie ca ea să-i fie alături. Nimic neobișnuit, nimic exagerat. La Rahova mureau în fiecare zi multe iubiri. Le îngropau pe toate ca pe niște comori devalorizate, fiindcă rare erau situațiile când cele care-i așteptau afară pe condamnați o perioadă îndelungată chiar le rămâneau aproape cu sufletul. Iubirea părinților ei fusese și ea îngropată în aceeași închisoare cenușie. Doar de mama ei, întrucât sărmanul ei tată încă o mai iubea, deși nu-i mai văzuse chipul de 11 ani. Îl găsea câteodată plângând cu poza ei în mână. Și zadarnic încercase Ilinca să o contacteze, ea era mult prea departe ca să se mai poată întoarce vreodată la ei doi. Nu pentru că emigrase împreună cu noul ei soț în America, lăsându-și fiica de 15 ani în grija bunicilor paterni, ci pentru că era deja mult prea distanțată de el din punct de vedere emoțional. Și dacă emoțiile celor doi parteneri dintr-un cuplu nu mai vibrează împreună, atunci acel cuplu este cvasi-destrămat.

Totuși, era ceva ciudat cu această soție a lui Emanuel. Ea nu-l părăsise încă, dar îl înșelase la doar trei luni după arestare. Până și mama Ilincăi putuse rezista fără un alt bărbat timp de trei ani, primii trei ani de încarcerare ai lui Damian Haralambie. De ce să trădezi atât de repede un tip atractiv precum Emanuel? Și care bărbat din România ar fi intrat într-o rivalitate amoroasă atât de cruntă, declarându-i război pe față unuia dintre fiii clanului Salamandra?

Ilinca este brusc salvată din avalanșa de gânduri, care mai că o sufocaseră timp de o jumătate de oră cât servise masa, fără să mai țină cont de vreun ritual respectat. Uitase și de lumânarea cu aromă de lămâie pe care o aprindea mereu înainte de desert. De fapt, uitase că nici nu mai avea în frigider vreun desert. Pe neașteptate, este retransferată în realitatea imediată de soneria de la intrare.

– Heeei! Ce supriză! Ai venit pe la mine, Fabi?

– Bună, Lincuța! Da... Tu știi că eu vin la tine doar când mă doare ceva. M-am ars la mână rău. A dat în clocot cafeaua, iar nepoțica mea a întins mâna spre ea. Mititica a vrut doar să mă ajute. Ca s-o protejez pe ea, am pus mâna peste a ei. Am zis că dacă am ca vecină un medic atât de bun ca tine, să profit și să nu mai merg la spital pentru atât.

– Ai făcut bine. Intră și ia loc, te rog. Mă duc să aduc trusa de prim-ajutor. Vrei să te servesc cu ceva? Eu tocmai am luat cina.

– Nu, mulțumesc. Nu am prea mult timp la dispoziție. Trebuie să o duc pe Sonia la mama ei și să mă înapoiez ca să învăț toată noaptea. Mâine am examen.

După ce îi bandajează atentă degetele, Ilinca îl roagă să mai rămână puțin nemișcat.

– Și ce mai zici, Lincuța? Unde îți faci Rezidențiatul?

– Nu o să ghicești nici într-o mie de ani, Fabi.

– La Spitalul de Nebuni?

– Nuuu, aș fi vrut eu. Mai rău de atât. La penitenciarul pentru bărbați Rahova.

– Vai de mine! Cum de...? Ah, tatăl tău e închis acolo, nu?

– Da, am vrut să am grijă de el măcar acum, în al nouălea ceas. Să recuperăm timpul pierdut. Eu am fost raza lui de speranță timp de 15 ani. Am luptat mereu să-l fac mândru și sper că am reușit.

– Te felicit, Lincuța! Ești o femeie minunată. Însă, îmi pare rău că pentru a fi lângă tatăl tău, ești nevoită să lucrezi cu niște infractori, unii dintre ei adevărate animale.

– Ce-i drept, nu e prea comod. La început, m-am speriat cam rău. Acum, e cineva acolo care mă protejează și cred că m-am îndrăgostit de el.

– Te-ai îndrăgostit de un pușcăriaș?

– Da... Nu te grăbi să mă judeci. E un bărbat unic. E frumos, inteligent, dur, sufletist. Păcat că e însurat. Totuși, nu-mi pierd speranța, știu că și el mă place.

– Înțeleg. Nu o să te judec pentru că e însurat, și iubita mea e măritată. Dar de ce a ajuns în penitenciar? Ce a făcut atât de grav?

– Ah, are multe capete de acuzare. Cel mai grav – crimă organizată. Se spune despre el că ar fi mafiot. Fratele liderului clanului Salamandra, Emanuel. De asemenea, se spune că și-ar fi asumat faptele lui Tony Salamandra, pentru ca acesta să nu fie arestat.

– Ce??? Te-ai îndrăgostit de Manu Salamandra? Ai luat-o razna, Lincuța? Bărbatul ăla e un criminal cu sânge rece! Nu te gândești ce viață ai avea lângă un astfel de om?

– Te rog să nu-l judeci doar din auzite. Așa credeam și eu până să-l cunosc. El nu e rău, este atât de... desăvârșit. Simt că îl iubesc cu tot sufletul meu.

– Eu îl cunosc, din păcate. Și te sfătuiesc să stai departe de el. Nu ai pe nimeni care să te apere, tatăl tău e la închisoare, nu mai ai rude apropiate. Ce o să faci când o să te atace Mafia?

– O să vin la tine să mă aperi, Fabi, îi spune ea pe un ton ironic. Am și eu o curiozitate. Tu cum l-ai cunoscut pe Emanuel?

– Nu contează. În niște circumstanțe nefericite. Nu îți dau ție explicații. Mulțumesc pentru îngrijiri. Trebuie să plec, îi spune el încruntat, și se îndreaptă grăbit spre ieșire.

– Bine, cu mare drag. Dar să știi că dacă nu-mi spui cu argumente de ce te-ai certat cu Manu, nu voi ține cont de opinia ta. În pofida faptului că suntem amici.

– Sunt prieten cu soția lui. Ești mulțumită?

– Nu. Ce fel de prieten? Intim?

– Ilinca!

– Zi, Fabian! De asta îl urăști? O, Doamne! Tu l-ai vizitat la pușcărie? L-ai amenințat?

– Poftim? De unde ai auzit? Ce sunt aiurelile astea?

– Răspunde-mi! Tu ești amantul Alinei Toma? Tu îi furi nevasta bietului băiat, vii peste el în arest ca să-l intimidezi și să-l agresezi fizic și psihic, iar acum îmi spui mie să mă îndepărtez de el? Nu te mai recunosc, Fabian Pavel! Credeam că ești un tip sufletist, cu principii.

– Nu, nu sunt un tip sufletist deloc. Sunt un monstru, un spărgător de case. Așa am făcut. Mă bucur că iubitul tău e minunat! Casă de piatră, îi spune el pe un ton sarcastic, trântindu-i ușa în față.

Tânăra femeie rămâne perplexă. Tocmai primise răspunsul la întrebarea care o frământa cu câteva minute înainte. Partenera oficială a bărbatului de care ea se îndrăgostise iremediabil chiar era infidelă. Cu Fabian Pavel, vecinul ei de la etajul 6, prietenul ei de mai bine de șase ani. Colegele ei chiar i-l sugeraseră drept potențial iubit. Dar între ei doi nu putea fi mai mult decât o simplă amiciție. Ce mică-i lumea! Și cât de incorect era Fabian! După ce că i-o răpise lui Manu pe Alina, singura consolare pe care o mai avea în arest, acum încerca să o influențeze și pe Ilinca să renunțe la relația incipientă dintre ei doi. Ce barbarie! Oamenii sunt ciudați și creează mai mereu impresii total eronate. Își schimbase în câteva minute o părere pe care și-o formase despre cineva timp de șase ani. Fără să vrea, sesizează întristată că, înainte de toate, îl judecase pe Fabian pentru că umbla cu o femeie măritată. Probabil, același lucru ar aștepta-o și pe ea în viitor, dacă ar da curs sentimentelor de iubire pentru Manu...

Capitolul 25

E clar. A ales din nou să-l îndepărteze. Mai avea vreun rost să insiste? Asemeni unui puști sărăntoc și plin de coșuri care aleargă ca un disperat după colega de bancă îmbujorată, îndrăgostită de cel mai popular băiat din liceu? Nu prea... Dar poate o masă bună ar rezolva toată situația.

Când Tony se simte dezamăgit în iubire, își înăbușă sentimentele unul câte unul, satisfăcându-și papilele gustative. Și comandă mâncare cât pentru zece persoane. Cu toate că gustă doar câte puțin din toate, deliciile culinare sunt pentru el un adevărat refugiu. Masa e ticsită de bunătăți tradiționale. Ciorba de perișoare are verdeață pe deasupra și miroase a bucătărie rustică, a vacanțele de iarnă petrecute în prispa bunicilor. Ciorba rădăuțeană e colorată într-un galben de șofran, dreasă cu smântână naturală de casă. Tochitura de porc e asezonată cu mămăliguță și arată ca și cum ai vrea să sari rapid peste toate celelalte feluri să ajungi direct la ea. Păstrăvul proaspăt scos din cuptor e încă aburind și arată splendid înconjurat de roșii, ardei și usturoi, toate topite și suculente, gata să fie devorate de orice gurmand. Sarmalele de porc sunt ca niște rulouri magice pentru simțuri și miros a sărbători. Oricum, nu mai este așa de multă vreme până la Paște. E chiar postul Paștelui. Cu toate acestea, Tony nu ține cont de niciun fel de regulă bisericească. Are propria sa credință reinventată și reinterpretată după cum îi convine. Crede cu tărie că Dumnezeu ne iubește și, prin urmare, ne dă libertate absolută în cel puțin două lucruri: în dragoste și în poftele culinare. Pe el îl binecuvântase și cu un corp care nu asimila grăsimea, inclusiv în perioade lungi în care „agăța sala-n cui".

Cina lui ar fi fost chiar perfectă, dacă nu se așeza la masă și frivola lui cumnată, de curând întoarsă de la *shopping*, după opt ore de hoinăreală intensă în căutarea celor mai drăguțe rochițe, fustițe, paltonașe și pantofiori. Manu îi oferise unul dintre cardurile lui de credit, corespunzător unui cont care nu fusese blocat de poliție, iar acum era de-a dreptul hămesită, după atâtea ore de analizat și probat intens, în care nu-și lăsase răgaz nici să bea apă.

– Ce bine miroase!!! Zici că a venit deja Paștele. Ai înnebunit, Tony? Vrei să mori de la atâta mâncare? Ia să te ajut și eu puțin! Mă ispitești de nu mai pot...

– Iar te simți ispitită de mine, Alinuța? Hai, stai jos. Să sperăm că nu vei mai adăuga alte kilograme în plus.

– Chiar nu mă interesează părerea ta! Manu mă place cu forme și oricum, sunt slabă. Am 54 kg la 1,62. Ce vrei mai mult? Sunt fotomodel!

– Manu sau Fabi? Sau amândoi iubesc grasele? Pardon, femeile cu forme.

– Încerci să fii nesimțit, dar nu-mi pasă. Eu savurez din bunătățile astea și sunt chiar fericită. Este normal să-ți fie ciudă că eu am parte de atâta iubire, în timp ce tu ești singur și te comporți ca o acritură de moș!

– Mă faci să râd, cumnățică. Mă sună Billy. E omul meu de la Rahova. Mă informează despre Manu. Vrei să-l dau pe *speaker* să auzi ce mai face soțul tău?

– Da, chiar te rog!

– Da, Billy. Ia zi-mi ce mai face fratele meu? E bine? A mai avut vreo altercație cu cineva?

– Nu, don Antonio. Ba chiar i-a pus la punct pe niște băieți răi care i-au atacat socrul.

– Socrul? Care socru, Billy? Din câte știu eu, tatăl soției lui este mort demult.

– Ce soție, don Antonio? Zic de doctoriță. Ilinca Haralambie e noua lui iubită, iar tatăl ei e închis aici, cu noi.

– Aaa... ce nasol, îi zice Tony, pe un ton prefăcut afectat, țintind-o cu privirea pe Alina, care se oprește brusc din mestecat. Joacă dur Manu. Urât din partea lui să-și trișeze nevasta!

– Nu aveți nici idee cât de frumoasă este doctorița, don Antonio! Toți sunt îndrăgostiți de ea. Dar ea îl vede numai pe fratele dumneavoastră, e dragoste mare între ei!

– Măi să fie! Merci, Bilișor, de informații. Mai vorbim și mă ții la curent cu evoluția lucrurilor. OK?

– OK, don Antonio. Să aveți o seară frumoasă!

Alina rămâne siderată. Se aprinde la față ca o torță. Aruncă lingura de ciorbă pe un platou și îl privește pe cumnatul ei cu profund dispreț.

– Ai vrea să-ți cred minciunile atât de repede, Tony? Nu mi-a luat prea mult timp să realizez că ai regizat tot. Masa asta, apelul de la informator, ca să închei apoteotic cu acuzații de trădare asupra lui Emanuel. Ce fel de frate ești, dementule?

– Alinuța, îți jur că habar nu am avut ce pune la cale drăcușorul de frate-meu. Acum, dacă îmi amintesc bine de trecutul lui și al bărbaților din familia noastră, nu mă miră deloc faptele lui. Tu ai uitat cu cine te-ai măritat? Manu e la fel de afemeiat ca tata, însă disimulează la fel de bine infidelitatea precum bunicul nostru din partea mamei, Matteo Arizzi. Își înșela soția, pe răposata noastră bunică, de mână cu ea. Și ea l-a crezut toată viața un familist convins. Era maestru în arta infidelității conjugale.

– Ești un vierme! Nu cred o iotă din invențiile tale!

– Vai, cât ești de rea! Ce vină am eu că lui Manu i-a venit mintea la cap? Că îți plătește cu aceeași monedă minciunile și umilințele la care l-ai supus dintotdeauna? Că s-a îndrăgostit de o femeie mai sexy decât tine?

– Știi ceva? Poate nu mă crezi, dar mi-e milă de tine. O să mori de tânăr. Nimeni nu te iubește. Toți visează să te ucidă în cele mai inventive moduri. Chiar dacă Manu m-ar înșela influențat de tine, căci nu ar fi prima dată, tot la mine s-ar întoarce. Pentru că eu sunt cea pe care el o iubește. În schimb, ce este iubirea pentru Tony Salamandra? Un sentiment total necunoscut, o nebuloasă absolută. Nici măcar ucigașa aia de Rebecca Di Maio nu a putut să te iubească!

– Gata, ai terminat de împroșcat cu venin? Acum, fii bună și lasă-mă să-mi savurez liniștit cina! Du-te și răzbună-te pe soțul tău! Sau te-a părăsit și amantul?

– Jigodie!

Alina se ridică de la masă și pleacă tot înfometată. Urcă pe nerăsuflate în dormitorul ei, unde se prăbușește epuizată peste perne. Are sufletul ars, de parcă o secetă cumplită ar fi trecut peste el. Înțelesese din prima că Tony nu o mințise, că bărbatul ei chiar se implicase într-o aventură extraconjugală. Bineînțeles că Tony se amuzase să-i dezvăluie vestea să o vadă suferind. În contrast, ea rezistase eroic în fața lui și dorea să se prefacă în continuare că nu îl crede pe mesagerul de la Rahova.

Scoate un album cu fotografii de familie. Familie... ce frumos sună acel cuvânt! De fapt, ea nu mai avea demult o familie. Cea care o adoptase prin alianța ei matrimonială cu Emanuel Toma doar o tolerează. Până și socrul ei, care o plăcuse inițial, începuse să o deteste după ce aflase de legătura ei cu Fabian Pavel. Iar acum, risca să-l piardă pe Manu în favoarea altei femei. Un medic, o femeie independentă, inteligentă, competentă. Dacă mai era și atrăgătoare, lucru de care Alina nu se îndoia, cu siguranță avea mari șanse să-i intre în grații bărbatului închis la Rahova. Pune mâna pe telefon și e gata să-l sune, când primește la rândul său un apel de la prietena ei cea mai bună.

– Alo, Alina... Sunt distrusă. Nu mai pot nici să respir... Nu știi... Tu nu știi ce s-a putut întâmpla. Iustin e mort. L-am găsit spânzurat în camera de hotel unde trebuia să ne întâlnim, explică ea, printre hohote de plâns.

– Of, Doamne! Despre ce vorbești, Eva? Stai acolo! Vin acum la tine. Te rog să te calmezi. Sunt alături de tine și nu te voi lăsa singură.

Capitolul 26

Notează ceva pe agendă înainte să o închidă pentru ultima dată în acea încăpere. Unul dintre citatele sale preferate: „Căsătoriile se încheie în ceruri și se trăiesc pe pământ" (John Lyly).

La două săptămâni de la trezirea sa din comă, Gabriel este externat. Cu greu se abținuse să nu ia legătura cu soția, cu fiica, sau cu fratele său, în toată perioada. Dar o bună parte dintre acele zile nici nu se simțise bine. Acum, rămânea să facă recuperarea de acasă și să mai vină din când în când la spital. Emoționat, de abia aștepta să-și reîntâlnească fetița. Plânsese de dorul ei mai mult decât de dorul soției sale, de care se simțea decepționat. Mai avea, însă, o fărâmă de credință că ea nu căzuse încă în mrejele farmecelor lui Antonio Toma. Că poate Malvina fusese cumva indusă în eroare. Și atunci ar mai fi fost o speranță pentru mariajul lor...

Își face duș, se îmbracă, se aranjează, și întreprinde singur toate formalitățile de externare. Mama lui răcise foarte rău și îi era imposibil să vină să-l însoțească. Pe Clara, nu o putea încă anunța. Dorea să meargă direct acasă cu biletul de externare în mâini și să-i explice cu dovezi de ce lipsise de lângă ea timp de șase săptămâni. S-ar fi convins și ea că el nu a înșelat-o niciodată, iar relația lor ar fi putut să-și reia cursul normal. Ce s-ar mai fi bucurat „fluturașul" lui scump să-l vadă! Se simte entuziasmat și are în ochi o licărire de optimism. Hai, Gabriel, poți să o faci! Tu poți să-ți recuperezi familia! Nici o sută de mafioți nu te pot ține la distanță de fetele tale!

Iese din spital și cotește pe o stradă lăturalnică, în drumul său spre o intersecție, apoi spre un bulevard lung, la capătul căruia ar găsi o stație de metrou. La un moment dat, o mașină întoarce brusc și se oprește pe trotuar, chiar în fața sa. Se grăbește să o ocolească, însă doi indivizi masivi se dau jos în fracțiune de secundă și-l privesc ca pe o pradă. Poate să observe ușor capătul unui revolver, care dă să iasă din mâneca gecii de piele a unuia dintre bărbați. Îi face semn să urce în mașină. Speriat și încolțit, nemaiștiind încotro s-o apuce fără să-și pună iarăși viața în pericol, se conformează și urcă în limuzina cu geamuri fumurii a celor doi răpitori. Unul dintre ei îl percheziționează și îi confiscă mobilul. După ce-și revine puțin din șoc, își găsește curajul să întrebe:

– Voi sunteți oamenii lui Tony Salamandra, nu? El v-a trimis după mine?

– Nu dăm explicații nimănui, domnule. Veți vedea la fața locului.

O mie de gânduri îi trec prin cap. Până aici i-a fost! Rivalul său l-a găsit și o să-l omoare în curând. De data asta, Tony nu va mai da greș. Ce fraier a fost! Trebuia să-și sune familia înainte. Să-l fi chemat pe Fabian să-l ia de la spital. Și mai ales, trebuia să ia legătura cu poliția. Cum s-a putut încrede în faptul că Mafia îl va lăsa în pace, fie și pentru o nenorocită de zi?

După vreo 45 de minute, limuzina oprește. Ajunge la destinație. Destinația ultimelor lui bătăi de inimă. Așa gândește acum cel căzut din nou în capcana Mafiei. Orice ar fi, vrea să moară demn și nu intenționează să accepte nici cea mai mică umilință din partea celui care voia să pună stăpânire pe soția sa. Din contră, o să stea în fața lui drept ca o lumânare și o să-l sfideze până în ultima clipă de viață, indiferent de suferințele abominabile la care va fi supus.

În tot timpul călătoriei, Gabriel fusese legat la ochi și la mâini. Așa rămâne și acum, când este ajutat să se dea jos din autoturism de Dinu și de Tudor, membri ai trupei de elită a clanului Salamandra. Simte că mai fusese anterior în acea locație. Ceva din acea atmosferă încordată îi este familiar. Este dus într-un soi de hală imensă și lăsat câteva minute singur. Apoi, aude vocea lui Tony și simte mâna sa fermă care-i eliberează ochii de banda ce-i împiedica văzul.

– Salut, Gabriel! Ce surpriză! A înviat mortul!

– Tony Salamandra! Cum m-ai găsit? De ce m-ai adus aici? Vrei să termini ce ai început? De abia mi-am revenit din comă, nemernicule!

– Nu te panica prea tare! Noi doi avem ceva de discutat înainte să-ți dau drumul să hoinărești liber prin lume. Dacă respiri încă, este pentru că asta mi-am dorit eu.

– În niciun caz! Respir pentru că oamenii tăi au dat greș în tentativa lor de a mă ucide.

– Băieți, vă rog să ieșiți afară! De fapt, mai întâi dezlegați-l pe domnul! Vreau să rămân singur cu el. Și luați toate armele astea de aici! Nu vreau să fiu tentat să-i zbor creierii dintr-un impuls de moment.

– Dar, Tony... se bâlbâie Geo. Ultima dată când ai rămas singur și neînarmat cu omul ăsta, te-a atacat cu sălbăticie.

– Comentezi în fața mea?! îi strigă el înfuriat. Ieșiți dracului toți! Mai cu viteză!

– Imediat! strigă Geo, și o ia la sănătoasa.

– Bun, și acum în sfârșit suntem doar noi doi. Față în față. Cum o mai duci, Gabi? îl chestionează, apropiindu-se tot mai mult de cel din fața sa.

– Nu foarte bine, după ce tu ai încălcat pactul nostru. Ai continuat să-mi seduci nevasta și după acea noapte. M-ai căutat disperat să mă elimini, să poți rămâne cu ea. Dar ce să vezi? Am supraviețuit și ți-am stricat planurile, declară el plin de bravură, ridicându-se în picioare de pe banca pe care-l așezaseră bodyguarzii.

– Nu te bucura anticipat, cretinule! Tu ești cel care a încălcat înțelegerea noastră și ai sărit la gâtul meu ca să mă omori! Numai că nu ți-a ieșit. Apropo de asta, îți datorez ceva. Iar Tony Salamandra nu rămâne dator nimănui, îi zice el, dându-și jos ceasul de la mână și sacoul.

– Ce-ți mai datorez acum? Mi-ai luat tot, îi spune el, privindu-l în ochi. Apoi, așteptându-se la ce era mai rău din privirea agresivă a lui Antonio, Gabriel încasează un pumn și un genunchi în stomac. Închide ochii și se prăbușește la pământ. Dacă ticălosul nu are la el nicio armă, probabil vrea să-l omoare cu mâinile goale. Dumnezeule! Va avea o moarte extrem de lentă și de dureroasă.

– Ai dureri, idiotule? Loviturile tale au fost mult mai puternice! Dacă Danky nu venea la timp, aș fi fost mort acum. Aș putea să te fac bucăți, dar nu vreau să-ți las semne pe față și pe corp, deocamdată. De mai ridici mâna la mine o singură dată, îți promit că va fi ultimul lucru pe care-l vei face în toată existența ta infimă, Gabriel Pavel! declară cu un aer victorios și dominator fiul cel mare al lui Laurențiu Toma.

– Nu te-ai răzbunat destul, bezmeticule? îi strigă Gabriel, în timp ce se ridică de pe cimentul rece, încercând să fie iar pe poziție de egalitate cu inamicul său.

– Nu, dar răzbunarea mea va fi completă când mă voi însura cu Clara. Știi că s-a îndrăgostit de mine? Pentru ea ești istorie, prostule! Fiică-ta mă vede deja ca pe un tată.

– Să nu te atingi de Sonia, îi strigă el, și e gata să-l apuce de piept, când Tony îi prinde mâna ridicată și i-o răsucește la spate, punându-l la zid.

– Mă ating de cine vreau eu. Ți-am spus să nu mai ridici mâna la mine? Poate ți-e deja dor de spital, amărâtule! Crezi că poți să te pui cu mine? Uită-te la tine! În ce film crezi că o femeie cum e Clara ar alege un ratat cartofor ca tine, îmbrăcat cu *fake*-uri din cap până în picioare, în fața lui Tony Salamandra?

– Ești un ucigaș psihopat! Indiferent cât de scumpe ar fi hainele și accesoriile tale, ai sufletul negru de păcate și mâinile pătate de sânge! Clara e o femeie cinstită, e soția mea de nouă ani. Avem un copil împreună. Ai făcut o obsesie pentru familia noastră?

– Puteai să ai și șapte copii, Gabriel! Crezi că-mi păsa câtuși de puțin? Să fim serioși! Ești prea puțin lucru pentru Clara! Nu dă doi bani pe tine și pe relația voastră! Mă dorește intens și fii sigur că abia așteaptă să te lase ca să-mi fugă în brațe. Oricum, în toți anii ăștia, a avut bărbați cu nemiluita. Sau ce credeai? Că o tipă ca ea s-a rezumat doar la tine?

– Minți, jigodie! Dacă vrei să ne desparți, ai o singură soluție. Să-mi iei viața. Numai atunci vei putea să mi-o răpești pe femeia iubită.

– Ah, nu te îngrijora! Nu am să fac prostia să te victimizez atât de tare, iar nevastă-ta să te vadă ca pe un martir pentru tot restul vieții. Uite de ce te-am chemat aici și ce ai de făcut. Hai să-ți arăt mai întâi un filmuleț. Tipul acesta este un polițist *undercover* care s-a infiltrat în interiorul clanului Arizzi din Napoli. Uite ce a pățit, îi spune el, pasându-i telefonul cu filmarea torturilor la care fusese supus trădătorul napoletan care încălcase *Omerta*. După câteva minute în care Gabriel privește înregistrarea, șocat la gândul că și el va suporta în scurt timp același lucru, Tony revine cu cerința finală.

– Nu te speria! Nu tu vei trece prin toate astea. Altcineva. Fratele tău mai mic. Cum crezi că ar reacționa? La fel ca tipul ăsta? Mai rău? Sau poate mai bine?

– Nu, te rog! Nu face asta! Pot să îndur eu tot, nu-i face rău lui Fabian! El nu are nicio vină.

– Nu are nicio vină? Tu nu ai idee că se culcă cu soția fratelui meu, așa-i? Știi că Emanuel abia așteaptă să-i facă felu'?

– Tony... Chestia asta e între noi doi. Și cealaltă chestie o rezolvă ei doi. Lasă-l în pace pe fratele meu!

– Bine, Gabi. Să nu zici că sunt rău. Uite cum facem. Te duci acasă și îi spui Clarei că te-ai întors din călătoria cu Camelia Savin de la Rio de Janeiro. Și trebuie să susții că mesajul ăsta provine de la tine, declară impunător, arătându-i mesajul respectiv. Apoi, poți să rămâi cu ea dacă te mai acceptă în continuare. Eu nu o să te dau afară din casa ta. Să o lăsăm pe ea să decidă. Dar, mare atenție! De află un cuvânt despre faptul că ai fost în comă sau la spital, Fabian moare așa cum ți-am arătat, fără drept la replică. Ai priceput?

– Da... încuviințează soțul Clarei sfârșit, resemnat, ca și când s-ar fi aflat în fața unui pluton de execuție. Când citește mai bine SMS-ul pe care Tony i-l trimisese Clarei de pe telefonul furat în noaptea confruntării lor, simte că toată lumea se năruie în jurul lui.

– Bine. Vezi că ne putem înțelege? Acum ești liber să te întorci la Clara și la fetița voastră. Ba mă aștept să-mi fii chiar recunoscător pentru purtarea mea civilizată. Măcar o lumânare din când în când ai putea și tu să-mi aprinzi pentru sănătate. La „Vii", nu la „Morți", că aduce ghinion, îl ironizează el, rânjind a sfidare.

Gabriel părăsește încăperea întunecoasă și recunoaște domeniul familiei Toma din Corbeanca. El fusese captiv undeva în spate, într-o hală rece, ca o peșteră din vârful munților. Îi este frig și se simte zdrobit. De abia mai are putere să meargă pe drumul care nu îl duce nicăieri. Căci înaintând în obscuritate, vede cu greu să pășească pe aleile slab luminate. Găsește un taxi și îi comunică adresa apartamentului său din zona Piața Victoriei. Pe bancheta din spate, îl podidesc lacrimile. Îi ard obrajii. Lumina semafoarelor îl orbește ca faza lungă a unor faruri care se apropie pe autostradă de autoturismul lui, după miezul nopții. Sufletul îi urlă deznădăjduit și încuiat în capsula grea a dezolării. Dacă cineva l-ar putea ajuta... Cum să-i spună fetiței sale de șase ani că a abandonat-o atât de mult timp pentru o femeie care nu era mama ei? Cum să doarmă liniștit în teroarea că fratele său mai mic ar fi putut oricând să fie capturat și omorât în dureri de nedescris de către cei mai cruzi interlopi bucureșteni? Cum să o mintă pe soția lui și să o lase pradă unui animal sălbatic, așa cum este Tony Salamandra? Acum simte din ce în ce mai tare și mai apăsat... Nu, căsătoria lui cu Clara nu se mai poate încheia vreodată în ceruri... Poate doar iubirea lui infinită pentru ea...

Capitolul 27

„Dragostea domnește fără reguli" (Thomas More). Asta îi vine în minte acum, descătușată sub vraja iubirii lui pasionale, ilegale ca marfa de contrabandă. Afară plouă cu găleata. E prima dată când se lăsase adorată de el cu întregul ei trup, devenind împreună o ființă. Legea atracției funcționează cel mai bine în amor atunci când doi oameni sunt ca doi magneți, gata să se prindă unul de celălalt cu determinarea forței gravitaționale. Principiile ei erau undeva pe jos, tocmai fuseseră transformate în pulbere de praf, sub auspiciile celor mai dezirabile calități masculine. Fiindcă nu crezuse vreodată că ar putea să facă dragoste cu soțul altei femei. Oare porunca a șaptea era și pentru femei? Bineînțeles, își răspunde singură. Adaptând-o la realitățile de acum, în mod sigur. Însă, pe vremea lui Moise, evreii, cei cărora le fusese dat de către Dumnezeu *Decalogul*, erau poligami. Așa că, puteau avea în voie mai multe femei. Singura condiție era ca acele femei să le aparțină lor, și nu altor bărbați.

Lumea fusese perfidă încă de la creație. Sau, mă rog... de la Adam și Eva. Eva, prima femeie, adusese păcatul în lume, lăsându-se ispitită de Diavol, ivit în fața ei sub forma unui șarpe. Apoi, l-a influențat și pe bărbatul ei să facă același lucru. Să nu uităm că, înainte de apariția Evei, Adam fusese supus lui Dumnezeu și nu se abătuse de la nicio lege divină. Ilinca zâmbește în colțul gurii ca o ștrengăriță, când face o asociere involuntară, suprarealistă ca picturile lui Dali. Are o bănuială. Că bărbatul care ține acum mâna pe coapsele ei ferme nu mai păcătuise niciodată față de consoarta lui, înainte de ea. Manu este Adam, iar Ilinca este Eva. O variantă modernă și modificată substanțial a primei povești de dragoste de la facerea lumii, care o amuză pe doctoriță, idealizând, în mod paradoxal, aventura extraconjugală a lui Emanuel. De ce să se simtă vinovată? Când cealaltă femeie păcătuise de mai multe ori chiar cu vecinul Ilincăi de la etajul 6? Dragostea nu mai este la fel împărțită la doi, și știe că toată iubirea ei este exclusiv doar pentru el, că toate sărutările ei voluptuoase își potolesc setea pe pielea fină a celui mai tânăr vlăstar al clanului Salamandra...

Știe că nu vrea să mai plece nicicând de lângă el. Desigur, nu-și imaginase niciodată o partidă de amor atât de intensă, în cabinetul medical dintr-un penitenciar pentru bărbați. Îl privește îndelung. De parcă făcuseră un transplant de inimi îndrăgostite. Pentru un moment visător și efemer, în ochii lui albaștri vede libertatea. Libertatea e frumoasă, e tandră, e o păpădie cu puf zburdalnic, ce se răspândește peste tot. Dar revine cu picioarele pe pământ. Iubitul ei nu este liber din niciun punct de vedere. Și totuși, el trăiește ca și când ar fi un maestru al libertății pure, stare care emană cumva din spiritul său. În ultimele două săptămâni, venise după ea la cabinet sub toate pretextele posibile și imposibile. Ultima dată, îi ordonase colegului său de celulă să-i prindă mâna în ușă ca să poată ajunge la domnișoara doctor. Îl bandajase cu grijă, ca și când acea mână i-ar fi aparținut chiar ei. Și la sfârșit, se lăsase iubită de Manu Salamandra. Iubită așa cum nu mai fusese niciodată. Chit că pentru el risca totul... Rezidențiatul ei, reputația, onoarea, chiar și integritatea fizică, căci își imagina inclusiv cum ar fi reacționat Alina Toma, „o mireasă a Mafiei" înșelată și lovită atât de tare în orgoliu.

– Ești superbă, Ilinca! Cine ar fi zis că în mocirla asta mizerabilă voi găsi o floare delicată ca tine?

– Ce romantic ești, iubitule! Cine ești și ce ai făcut cu Emanuel Toma?

– Nu mai știu nici eu cine sunt, cred că mi-am cam pierdut capul. Știi că acum două zile am refuzat vizita conjugală?

– Știu... Ăsta e motivul pentru care ești acum aici, în brațele mele.

– Aș vrea să accepți protecția mea și în afara serviciului tău. Nu din cauza Alinei, ea este inofensivă, ci din cauza dușmanilor clanului nostru. De obicei, Tony este cel care asigură paza persoanelor din anturajul nostru, dar de tine nu știe nimic deocamdată. Pentru început, doi bodyguarzi, „salamandre" sub acoperire, vor sta la ușa ta.

– Nu am nevoie, Manu! Știu să mă apăr singură. Am făcut kickboxing în toată adolescența, sunt crescută într-un cartier rău-famat. Știu că nu pare credibil dacă te iei după înfățișarea mea. Însă nu ai vrea să mă provoci, îi spune ea cu un aer dulce, fals amenințător, închizând dintr-un ochi.

– Wow! Ești doctorița ninja! Și abia acum îmi spui? Am scăpat ca prin urechile acului, se alintă el, sărutându-i mâinile mici strânse în pumni.

– Manu, e cam aiurea ce facem noi. Eu mă simt vinovată...

– Vinovată? Față de cine? Ai vreun iubit de care eu nu știu, Ilinca?

– Nu, prostuțule. Față de soția ta. Adică... Nu îmi place să fiu amantă. Și nici nu mi-ar plăcea vreodată să fiu măritată cu cineva care să mă trădeze.

– Serios? Tu nu știi că și ea mă înșală pe mine? De peste patru luni. Toată pușcăria vorbește despre asta. Ai habar cât am suferit din cauza lor?

– Am auzit, iubitule, îmi pare foarte rău. Sper că nu faci asta să te răzbuni. Eu te iubesc cu adevărat.

– Sincer? La început am vrut să-mi demonstrez că sunt încă atrăgător și că pot avea o femeie pe care mi-o doresc și în condiții de detenție. Dar acum simt la fel ca tine. Te iubesc, draga mea, îi declară el, lipindu-și trupul dezbrăcat de al ei și strângând-o tare în brațe.

– Te cred, dragule. Cum vom face mai departe?

– De Alina nu mă mai leagă nimic. Sentimentele mele pentru ea se duc cu fiecare minut scurs. Am de gând să-i cer iar divorțul. Și de data asta voi fi mult mai categoric. Te rog să ai răbdare, în curând vom fi numai noi doi.

– Asta spui acum, pentru că ești supărat pe ea. Dar mai târziu? Alina e ca o felină răsfățată. Dacă te îmbrobodește iar?

– Nu. În eventualitatea că nu acceptă separarea, voi vorbi cu „drăguțul" ei și o va convinge el. Altfel, riscă să rămână singură și neconsolată, îi zice el, zâmbind triumfător.

– „Drăguțul" ei? Fabian Pavel?

– Incredibil! Știam eu că vorbește toată lumea despre asta. Acum îi cunoașteți și numele?

– Manu, eu îl cunosc pe Fabian de șase ani, este vecinul meu de la bloc. Eu stau la etajul 4, iar el la 6. Acum două săptămâni s-a ars la mână și a venit la mine să-l vindec. Așa am aflat de relația lui cu soția ta.

– Pe bune? Chiar îl știi de atâția ani? Vreau să stai departe de el, iubito. Te rog. Parcă văd că va încerca să mă despartă și de tine.

– Nu ar putea face asta. Iubirea mea pentru tine este indestructibilă. Însă, cum de nu se teme de clanul Salamandra?

– Pentru că nu i-am făcut nimic. Nimic serios, în afară de câteva sperieturi. Situația e ceva mai complicată decât pare la o primă vedere. Fratele lui mai mare e căsătorit cu tipa de care Tony s-a îndrăgostit. Iar eu intuiesc că bietul de el nu va scăpa din chestia asta nici cu nevastă, nici cu viață. Cei doi au o mamă. M-am gândit că dacă Tony îi va lua un fiu, măcar să rămână cu celălalt. Și eu am avut o mamă... Care și-a dat viața pentru ca eu să trăiesc.

– Ce alambicat! Nu mai căuta atâtea pretexte! Ți-e jenă să te recunoști milostiv? Nu i-ai făcut rău, pentru că tu ești bun, în fond. Și mama ta era o femeie bună, altruistă. Ți-e dor de ea tare?

– Mama era ca o leoaică. Era bună doar pentru cei pe care-i iubea. Mi-e dor de ea și o mai visez câteodată. Sunt momente în care am atâta nevoie de îmbrățișarea ei! Am fost foarte atașați unul de celălalt. Se știa în familie că eu eram fiul ei favorit, iar Tony era preferatul lui Laurențiu. Acum însă, Tony și tata sunt la cuțite, iar eu nu mai sunt favoritul nimănui.

– Ba da, tu ești favoritul meu. Și așa vei rămâne până la sfârșitul lumii...

Ploaia cade și mai repezită. Parcă fuge și se lasă brutal peste pământul uscat, apoi îl hrănește cu stropii ei dătători de viață. În partea opusă a Bucureștiului, grăbiți să plece către Constanța pentru a-și trăi iubirea lor clandestină în mijlocul primăverii de la malul mării încă neinvadate de turiști, Alina și Fabian sunt aproape să intre pe autostradă. Ea îl prinde încet de ureche într-un gest jucăuș, cochet, apoi îl sărută senzual pe gât, spre a-i arăta o mică mostră din ceea ce se anunța a fi un weekend distractiv, plin de erotism, între soare și nori, între ploaie și căldură blândă de primăvară, între valuri și nisip, între scoici și pupicuri dulci ca buzele înmuiate în ciocolată ale lui Fabi.

– Nu pot să cred că mergem la mare atât de repede! Mai erau aproape trei săptămâni până la 1 Mai. Noi furăm startul! Te adooor!

– Dacă asta a vrut iubita mea frumoasă... Eu ce puteam să mai comentez? Porunca ta e lege pentru mine, Alina, îi zice el, mângâindu-i picioarele lăsate la vedere de fusta mult prea scurtă.

– Îți mulțumesc, Fabi. Ce m-aș face eu fără tine? Îți vine să crezi că Manu îmi pune coarne?

– Nu, nu îmi vine să cred! Mai am puțin și fac apoplexie, rostește el pe un ton sarcastic.

– De ce vorbești așa? Doar m-am plâns în fața ta. Nu trebuie să mă iei la mișto. Numai un insensibil reacționează în felul acesta.

– Bine că sunt insensibil! Dar cum se numește o femeie care atinge senzual un bărbat, în timp ce are în gând și în inimă un altul? ridică el tonul, pe când apasă mai tare pedala de accelerație.

– O târâtură. Asta crezi că sunt eu, nu?

– Încetează! De-aș fi avut o minimă bănuială că ești așa, nu mai eram împreună. Dar crezi că era cazul să-l aduci acum în discuție pe Manu Salamandra?

– Ești într-o criză de gelozie? Anunță-mă când termini, până atunci mă bag la somn.

– Nu sunt în nicio criză. Din contră, tu ești cea geloasă pe infractorul cu care te-ai măritat din interes.

– Poftim?! Mai zi o dată! De ce ești atât de nesimțit, Fabian?

– Da, mai zic o dată. Ce? Nu am dreptate? Atunci, dacă nu din interes, de ce ai făcut-o? De ce ai intrat în familia acelor mafioți însetați de sânge? Din dragoste pentru Emanuel? Arzi de dorul lui? o întreabă el într-un amestec de gelozie și de mânie, apăsând tot mai tare pe accelerație.

– Ești atât de stupid! Un frustrat și un neghiob! Fix asta ești, îi țipă ea în ureche și îl lovește cu pumnul peste mâna așezată pe volanul pe care deja îl controla cu greu, la o viteză de aproape 200km/h.

Ultima lui privire se duce către neant. Iubirea lor e la răscruce. La răscruce de drumuri, la răscruce de timp... În fracțiune de secundă, iubirea lor rămâne suspendată între lumină și întuneric ca un pendul cu o traiectorie încă necunoscută. Pe asfaltul ud, Fabian pierde controlul volanului. Mașina derapează, intră pe contrasens, apoi direct în parapeți. Scârțâitul roților pe asfalt este sinistru. Bufnitura puternică ce-i urmează parcă smulge suflete fragede, dar zgomotul terifiant al geamurilor sparte încearcă să alunge moartea lacomă după trupuri tinere și frumoase. În clipa dinaintea dezastrului se iau de mână, iertându-și dintr-odată toate cuvintele grele care-i aruncaseră pe marginea prăpastiei... Sunt doar ei doi acum. Alina și Fabian, între Eros și Thanatos...

Câteva ore mai târziu, se aud sirenele ambulanțelor sunând de peste tot. Ploaia cade tot mai furioasă și izbește tare în geamuri. În fața spitalului e agitație. Se întâmplă lucruri... E una dintre acele nopți cu lună plină, când Moartea cutreieră Pământul flămândă ca un lup. Când ploaia se amestecă cu sânge pe asfalt ca să-și ia din nou tributul. Viteza excesivă, alcoolul, graba, vorbitul la telefon... Gelozia. Premise ale accidentelor. Cauze ale morții premature pe șosele. Tânăra înaltă, cu părul despletit, încurcat de vânt, care arată bine chiar nefardată și cu fața plânsă, așezată pe o bancă dintr-un oarecare hol al spitalului, este Clara. În dreapta ei, elegantă, cu o alură solemnă de madonă din picturile renascentiste, cu ochii înlăcrimați, stă palidă Malvina.

Din depărtare, Clara zărește un bărbat îmbrăcat într-un costum negru, care se apropie agale de ea. Când începe să-i distingă trăsăturile chipului, îl recunoaște pe Tony Salamandra. Se îndreaptă către el și îi sare în brațe. El este vizibil emoționat și îi tremură bărbia. Din partea opusă, un alt bărbat merge hotărât către secția de ATI. Pune întrebări unei asistente medicale care-i răspunde grăbită, trece de ea și înaintează fără să trădeze vreo urmă de ezitare. Brusc, Clara se desprinde din îmbrățișarea lui Tony, surprinsă de parcă ar fi văzut o fantasmă din trecutul ei tumultuos. Pupilele i se dilată, tensiunea îi crește, pulsul o ia la galop. Își pune mâinile în păr și se apropie la câțiva centimetri de celălalt bărbat, care o privește cu o dragoste chinuită de reproș.

– Nu pot să cred! Gabriel?

Capitolul 28

Îi era dor de ea și ar fi ținut-o în brațe pentru o eternitate. Dar ea se uita la el cu dispreț, de parcă toată afecțiunea i-ar fi fost rezervată pentru Tony. Deodată, Gabriel și Tony își intersectează din nou privirile, la doar câteva ore după întâlnirea lor tensionată din Corbeanca. Soțul Clarei simte că furia îi invadează întreaga ființă. Îl săgetează cu privirea și, înainte să-și salute mama sau consoarta, se repede către el.

– Ce i-ai făcut fratelui meu, psihopat nenorocit?! îi strigă în fața tuturor și îl lovește cu pumnul cu toată forța în ochiul drept.

Până să se dezmeticească liderul clanului Salamandra din lovitura încasată, un paznic intervine, iar Malvina îl trage înapoi pe fiul ei.

– Dragul meu băiat, ce se întâmplă cu tine? Nu te mai recunosc. Te rog să te calmezi, se uită lumea la noi.

– Lasă-mă, mamă! Nu o să-i permit ticălosului ăstuia să-mi mai rănească familia!

– Bravo, Gabi! Te-ai dat în spectacol așa cum îți place ție, îi strigă Tony, aplaudându-l ironic. Acesta este bărbatul cu care te-ai căsătorit, Clara! Un cartofor, afemeiat, golan, și bătăuș de stradă! Aaa... era să uit. Și drogat de ultimă speță. Mai zice de mine că sunt mafiot!

– Fals ordinar! Acum te pretinzi nevinovat? Într-o lume normală, locul celor ca tine este la pușcărie! Ești un criminal fără scrupule! Ce ai făcut? Le-ai tăiat frânele? se răstește Gabriel, încercând să treacă de mama lui să-l mai pocnească o dată pe rival.

În tot timpul altercației dintre cei doi bărbați, Clara stă pe un scaun, cu o cafea în mână, din care mai soarbe din când în când, netulburată de nimeni. Uimită de scena halucinantă care se derulează în fața ei, alege să nu intervină și să nu reacționeze în niciun fel.

– Gabi, te rog, scumpule... Ne facem de râs. Tu știai ceva de relația dintre fratele tău și fata aia? Nu vreau să-l apăr pe Tony, dar părea cam nedumerit. Dacă cineva le-a făcut ceva, trebuie să fi fost Emanuel, soțul fetei.

– Mamă, Emanuel nu e la fel de rău ca frate-su... Eu o să am grijă de tine și de Sonia, îi spune el răvășit, tremurând din toate încheieturile. Chiar și de trădătoarea de Clara.

– Dragul meu, nu-i spune așa. Totuși, este soția ta.

Gabriel iese puțin afară să ia aer, căci simte că se sufocă. Își aprinde o țigară, deși nu fuma decât foarte rar, ocazional. Este cufundat în cele mai negre gânduri despre ce i s-ar putea întâmpla lui Fabian, când simte o mână pe umărul său. Tresare și se întoarce cu fața la cel care-l atinsese.

– Îți place să-ți forțezi norocul, Gabriel? Ce am vorbit noi? Uite ce mi-ai făcut! Crezi că eu n-aș fi putut să ripostez și să te las lat în fața Clarei și a mamei tale? Doar știi ca n-am să-ți rămân dator. O să ți-o iau. O să o fac să te urască.

– Clara mă iubește, oricât de tare ți-ai roade tu unghiile, îl atacă Gabriel, cu referire la ticul pe care-l are inamicul lui atunci când este agitat. Tu ți-ai căutat-o! Mi-ai promis, Tony. Ai promis că dacă îi spun nevesti-mii ce vrei tu, nu o să-i faci rău fratelui meu. Știam că ești lipsit de onoare, însă ai și tu un frate. Cum ai putut?

– Cretinule, nu-ți dai seama că ai luat-o razna? Ce interes aș avea să provoc un accident lui Fabian și cumnatei mele? Mai ales că el este sursa principală a șantajului meu.

– Deci recunoști că mă șantajezi?

– Nu-mi mai pierd timpul cu tine! De acum ai două variante. Fie respecți pactul nostru și Fabian va beneficia de cele mai bune îngrijiri medicale să-și revină cât mai curând, fie îi spui adevărul soției tale și voi avea grijă să fie decuplat de la aparate. Doar nu o să-l păzești non-stop?

– Nu mă mai amenința, Antonio! Știi că sunt capabil de orice sacrificiu pentru frățiorul meu. Rămâne cum am stabilit.

– Știam eu că nu ești chiar atât de încuiat! Uite, a venit și Poliția după scandalul pe care l-ai provocat. Ce zici? Te reclam?

– Ar fi chiar culmea!

– Bună seara! Nu vă faceți griji, domnule polițist! Eu și prietenul meu am avut o mică discuție în contradictoriu. Eu am alunecat pe gresia udă și m-am lovit în ochi de clanța ușii, îi explică Antonio, aparent serios.

Clara, care între timp ajunsese și ea afară, panicată pentru că Gabi și Tony erau din nou față în față și de data asta singuri, venise într-un suflet în fața spitalului. Auzind conversația dintre Tony și agentul de poliție, se simte de-a dreptul amuzată. Se apropie de bărbatul ei și îi atinge timid degetul mare de la mâna stângă.

– Ce te-a apucat? Te asigur că Tony nu are nicio legătură cu accidentul. Alina e ceva mai bine, are doar câteva fracturi. Dar Fabi e la Terapie Intensivă. Hai să mergem la capelă să ne rugăm pentru ei! Tu ești cel care meritai o bătaie bună după ce ai dispărut atâta timp fără urmă. Ce e în capul tău? Te-ai gândit vreo clipă la Sonia?

– Normal că m-am gândit, de abia aștept să o strâng în brațe. E fluturașul meu. Când m-a sunat mama să mă anunțe de accident, eram în taxi, veneam către voi, îi spune el, agățându-se tandru de o șuviță rebelă din părul ei.

– Maică-ta a știut dintotdeauna pe unde umblai și ne-a ascuns adevărul? E o adevărată cotoroanță. Chiar ai fugit cu femeia aia? îl chestionează ea pe un ton autoritar, dându-i mâna la o parte din părul ei.

– Clara, te rog să ai răbdare. Să mergem la capelă, sănătatea lui Fabian este prioritară acum. Îți voi povesti totul acasă.

Tony, retras într-un cotlon, îi observă de la distanță. Se gândește că arată ca Vezuviul când lava mai are puțin și dă pe dinafară. Ca să-și mascheze figura enervată la culme, zâmbește pentru o secundă atunci când Clara îi aruncă ocheade de departe, înainte să plece cu soțul ei. Deși este dimineața foarte devreme, pune mâna pe telefon și-l sună în sfârșit pe Emanuel.

– Frățioare, am două vești pentru tine. Amândouă sunt „bombe atomice". Una e bună și alta e rea.

– Nu mă speria, Tony. Ce dracu' se întâmplă? Unde ești de se aud așa sirenele ambulanțelor?

– La Urgențe. Nevastă-ta a avut un accident în mașina condusă de Fabian Pavel. Ea nu este grav rănită. În schimb, el cred că dă ortul popii cât de curând.

– Poftim? Offf... Cum s-a întâmplat tragedia asta? Tony, dacă le-ai făcut ceva, te omor! Sigur e bine Alina? Mă simt atât de neputincios că nu o pot ajuta!

– Liniștește-te, frate, nu e mâna mea. De data asta, chiar e vorba de un accident. Nu o suport pe nevastă-ta, dar nu într-atât încât să o elimin fără acordul tău. Iar cu fratele lui Gabi Pavel, chiar nu am nicio treabă. Lăsând asta de-o parte, știi care-i vestea bună?

– Nu-mi mai arde de nicio veste bună. Mă doare situația cu Alina.

– Am un om de paie. Își asumă tot. În sfârșit. Un tip care ne datorează viața familiei sale. Vei fi eliberat, Manu. În două zile vii acasă, tâmpitule!

– Nu pot să cred! Ai reușit? Ești cel mai tare frate! Te ador, tembelule! Îmi vine să te pup. Te rog să nu o scapi din ochi pe soția mea. Ai grijă să nu-i lipsească nimic până vin eu la ea. Nu are pe nimeni, este singură pe lume.

– Am înțeles, să trăiți! Uite, sunt aici, la căpătâiul ei. Până vii tu, o să poruncesc să i se lege limba cu scotch, ca să nu mă mai înțepe cu veninul ei când se va trezi.

Capitolul 29

După aproape o zi întreagă de stat pe holurile de așteptare ale Spitalului de Urgență, Clara și Gabriel se întorc acasă epuizați. Fiica lor, care fusese inițial îngrijită de o vecină, apoi de bunica ei, le sare în brațe fericită, de parcă tocmai ar fi deschis cadourile într-o dimineață de Crăciun.

– Tatiiiiii!!! Tati meu s-a întors! Yupiiii!!!!!

– Fluturaș frumos și scump! Te iubește tati mult, îi spune el, în timp ce o ridică pe umeri și o copleșește cu sărutări pe obrăjorii ei rumeni și pe părul închis la culoare, legat în două codițe cu fundițe roz.

– Pe mami nu o mai iubești, gata? o întreabă Clara, lăsând buzele în jos, ca și când ar fi tristă de primirea pe care i-o făcuse Sonia.

– Ba da! Și pe mami. Dar mai mult pe tati! Pentru că de el mi-a fost mai dor, zice ea, apucând tandru o șuviță groasă din părul lung al mamei ei și așezând-o în joacă peste părul scurt al tatălui. Apoi, le împinge fețele una aproape de cealaltă, încercând să-i unească și mai mult.

– Fii cumințică, fluturaș roz! Altfel, te alerg și te pun să faci bastonașe, îi spune tatăl ei în glumă, să o tachineze.

– Ba nu! Oricum, nu fac. Avem mult de „recupericit" la joacă, se răstește cea mică.

– De „recuperat", nu de „recupericit", o corectează Clara, în timp ce o trage ușor de năsuc.

Se joacă toți trei ca în vremurile bune. Fetița râde fericită ținându-și de mână amândoi părinții. Aparent, Clara îl privește pe Gabriel cu un calm senin. Oficial, nu-și dorește decât ca el să aibă o explicație credibilă pentru cele șase săptămâni în care lipsise de acasă fără să dea măcar un telefon. Ar vrea să nu fie vinovat de nimic. Sau poate nu... Dacă și el a trădat, e liberă să facă și ea la fel. Altminteri, ar fi nevoită să-i treacă absența cu vederea. Și să-i rămână loială până la adânci bătrâneți, în timp ce „frumosul Mafiei" avea să se căsătorească și să o uite numai decât. Hârjoneala lor e întreruptă de soneria telefonului Clarei. Pe ecran apare numele lui Tony. Din poziția sa de pe canapea, Gabriel, care vede invers literele, își dă seama pe loc cine o sună pe soția lui. Ea apucă mobilul și se furișează grăbită într-o altă cameră. Tatăl Soniei își lasă privirea în jos, întristându-se.

– Alo, ce faci, Clara? Ai ajuns cu bine acasă?

– Da, Tony. Tu mai știi ceva de Alina? Soacra mea a plecat către spital, dar nu s-a schimbat nimic, Fabian este la fel de grav.

– Îmi pare rău, frumoaso! Starea Alinei este mai bună. Mâine, cred că o vom putea vizita, mai ales că fratele meu va fi eliberat în doar două zile.

– Mă bucur să aud! Tu ești bine? Cu ochiul...?

– Aaa... nu prea. Mi s-a învinețit și mă doare, dar supraviețuiesc. Nu sunt eu șeful Mafiei bucureștene și napoletane concomitent? De ripostam, primea și el un pat la Terapie Intensivă, îi zice el râzând.

– Ce nebun ești! Regret că s-a întâmplat asta fără ca eu să intervin cumva. Situația e, însă, delicată. Și am fost șocată să-l văd acolo.

– Mda. Îți dai seama că m-a acuzat pe nedrept și că a făcut tot circul ăla ieftin pentru că ne-a văzut împreună, nu?

– Da, știu.

– Soțul tău e un tip periculos, Clara. Ți-a spus unde a fost în tot timpul ăsta? Sau caută să se eschiveze? Nu vreau să cred că ești atât de naivă, încât să-i treci cu vederea infidelitățile.

– Stai liniștit, Tony! Gabriel nu mă mai poate manipula. Nu mai am încredere în el. L-am reprimit în casă de dragul fiicei noastre.

– Când scapi de obligațiile față de el, te aștept pe la mine. Lasă-mă să te fac fericită! Mă gândesc la tine în orice clipă.

– Tony... Așteaptă să-mi clarific situația cu Gabriel. Și eu te doresc din ce în ce mai tare.

Gabriel era pe cale să intre în dormitorul Soniei ca să-i ia un pulover, după ce se plânsese că îi era frig. Dar se oprește câteva minute, când aude vocea soției lui rostind numele altui bărbat. Apucă să asculte ultimele două replici pe care ea i le spusese lui. Deschide ușa într-un gest automat și o ignoră total, în timp ce începe să caute puloverul în șifonierul micuței. Când îl aude intrând în cameră, Clara închide repede apelul și-l ia la rost.

– Cum de intri așa?

– Așa... cum?

– Fără să bați la ușă, Gabi. Vorbeam la telefon și m-ai deranjat.

– Of, îmi cer mii de scuze, iubito, îi spune el ironic. Vorbeai cu Tony Salamandra?

– Tu îndrăznești să mă tragi pe mine la răspundere? Unde ai fost până aseară?

– În excursie cu Camelia. Mă saturasem de mofturile tale și am zis să-mi iau o pauză de la căsnicia asta stresantă și obositoare. M-am întors de dorul Soniei, să văd că în mai puțin de două luni de la dispariția mea, ți-ai găsit deja pe altul.

– Tu vorbești serios? Îmi recunoști deschis că ai fugit cu șteoarfa aia roșcată și dai vina tot pe mine?

– Exact. E așa cum ai auzit.

– Mesajul ăsta... rostește ea pierită, căutând în telefon cu degetele tremurânde, este trimis de tine?

– Da!

– Afemeiat nenorocit! Știi cât am suferit după ce mi l-ai trimis? A fost ca și cum sufletul meu ar fi fost făcut KO, îi strigă ea mâniată, lovindu-l cu pumnii în umeri.

– Îmi pare rău, ce să-ți mai spun? Fugi repede și răzbună-te! Mafiotul tău este nerăbdător.

– Ticălos fără inimă, îi strigă ea, și ridică mâna să-l lovească peste față, când el o oprește la timp.

– Nu-ți permit să mă mai lovești niciodată. Nu sunt fraierul tău! Ai priceput? Fă-ți de cap cu cine vrei tu, Clara. Oricum, de abia așteptai. Lasă-mă în pace! Nu mă simt deloc bine.

– De ce? Te-a stors de energie Camelia Savin? Ați jucat prea mult poker pe dezbrăcate? Am observat că arăți foarte rău. Dacă nu aș ști ce ai făcut în toată perioada asta, mi-ar fi milă de tine.

– Nu am nevoie de mila ta! Știu foarte bine cine sunt și cât valorez.

– Ah, da? Și ești împăcat cu asta? Mai poți să trăiești în pace după tot ce ai făcut?

– Da, sunt împăcat cu mine însumi. În mod normal, mi-aș fi cerut iertare pentru că te-am jucat la poker. Dar ție ți-a plăcut de Tony, așa că nu am de ce să-mi pun cenușă în cap. Ți-am făcut un bine, nu?

– Ești un fraier! O să mă pierzi, deși nu-ți vine a crede. Te crezi mare *macho*, nu? Bărbatul fatal! Ești doar un barman! Nu uita asta! Eu am fost cea care s-a uitat cu câteva clase mai jos!

– Mulțumesc, iubito! Îți sunt recunoscător pentru că te-ai uitat atât de jos și m-ai ales pe mine, un biet barman. Probabil, eu am fost mai ușor de manevrat și de batjocorit. Și nu mă cred un bărbat fatal. Altcineva e în rolul ăsta. Bărbatul ăla sexy căruia tocmai i-ai spus că îl dorești. Cum îl cheamă? Amintește-mi tu, i-am uitat numele!

– Ești patetic, Gabriel! Mă dezgustă faptele tale! De acum înainte, voi dormi cu Sonia. Să nu-mi mai treci prin față! Ai înțeles?

– Sigur că da. Cum vrei tu, scumpo. Întotdeauna ai ultimul cuvânt, îi spune el, încercând să pară indiferent.

Bărbatul iese mâhnit din încăpere și o zărește în fața dormitorului chiar pe Sonia, care auzise aproape toată cearta părinților ei. O ia în brațe și o duce pe terasă, unde privesc amândoi un spectacol de artificii pe cerul senin al nopții. Pesemne că era ziua cuiva. Cuiva fericit...

– Fluturaș, ți-e frig?

– Nu, acum am puloverașul meu preferat și pufos. Plus că mă ții tu aproape.

– Ești o mică răsfățată. Îți plac artificiile?

– Doar pentru că sunt colorate. Nu-mi place zgomotul lor. De parcă mami ar trage cu pușca în cer atunci când e nervoasă!

– Ești un fluturaș obraznic care o vorbește pe mami de rău, îi zice el zâmbind, și o trage încet de codițe.

– Ba nu! Am auzit-o țipând la tine. Te-a supărat rău?

– Nu, puiuț. O să treacă. Ți-a fost dor de mine?

– Da, uite atât de mare a fost dorul, îi spune ea, desenând în aer un cerc imaginar gigantic. Tati, ce înseamnă „mafiot"?

– „Mafiotul" e un om care face parte dintr-un grup mare și bine organizat de răufăcători.

– Tony este mafiot?

– Poftim? Cum de... Nu, nu este mafiot.

– Dar ce înseamnă să fii „sexy"?

– Sonia! De unde ai auzit tu cuvântul ăsta?

– Tu ai zis. Și mi-a mai povestit Victoraș că tatăl lui i-a zis mamei lui că e „sexy".

– Fluturaș, „sexy" înseamnă frumos, „sexy" poate fi o fată sau un băiat care arată foarte bine. Însă, nu este un cuvânt pe care să-l folosească micuții ca tine, ci un cuvânt pentru oameni mari.

– Dar oamenii sexy au desene pe piele?

– Unii da, se numesc tatuaje.

– Și Tony e sexy? Am văzut că are un desen cu o șopârlă pe mânuță. Și are un ceas mai frumos decât al tău.

– Sonia, ajunge! Gata, intri direct în pat. Acum!

În acea noapte, Clara și Gabriel adorm în camere separate. El suspină ușor înainte să se rătăcească iarăși în lumea viselor. Are sentimentul că tocmai și-a semnat sentința la divorț și la nefericirea eternă, ascunzându-i partenerei lui adevărul. Ce mai conta că o mințise? Oricum, asta își dorea ea. Un pretext. Cel mai insignifiant motiv să înceapă sau să continue legătura deja începută cu șeful clanului Salamandra. Îi devine tot mai clar faptul că ea nu-l mai iubește. Se întoarce pe partea cu inima. Simte că are dureri în porțiunea perforată de glonț. Se ridică cu greu. Un lichid sărat cu gust de fier i se prelinge din nas în gură. Aprinde lampa. Sânge. Îi curge sânge din nas. Patul se învârte cu el. Tot mai repede. Își pierde cunoștința.

Capitolul 30

Aranjează hainele pe manechine pe rând, cu meticulozitate și cu grijă. Ce bine ar fi dacă le-ar putea purta pe toate, fie și cu împrumut! Sunt atât de frumoase! Le ia seama din toate părțile, bine că magazinul este încă gol. E prea devreme pentru ca vreun client să-i treacă pragul. Vede o cămașă bărbătească neagră. Imaginea lui în minte o face să tresară. Îi vine bine negrul, mai ales cămășile negre. Ochii de un verde închis, părul negru frumos aranjat, fața albă. Cămașa neagră. Așa arată ingratul care îi fusese infidel, credea ea. Trebuie să învețe să trăiască fără el. Același el care nu este deloc în regulă după revenirea acasă. În dimineața precedentă, își aruncase repede lenjeria de pat în mașina de spălat, de parcă ar fi vrut să ascundă ceva. După plecarea lui, verificase cearșaful. Era pătat de sânge. Poate se tăiase la mână sau în altă parte. Oare își provoca singur durere? Nu, asta nu avea nici cea mai mică legătură cu tantrismul. Din contră, era chiar la polul opus. Ar fi vrut să-l întrebe direct, dar el o ignorase total și în acea seară, după ce venise de la serviciu, și în dimineața zilei curente. De ce să-i vorbească tot ea prima? După ce că el o jucase la cărți și apoi o trădase fără milă?

Clara aude pași hotărâți pe podeaua recent lustruită a magazinului. Se întoarce și îl vede pe Antonio Toma. Îmbrăcat *casual* și cu o pereche de ochelari de soare negri, se îndreaptă țintă către ea. Miroase a parfum italian. Are aroma serilor de vară din sudul Italiei, cu note dulci de iasomie, lemnoase ca arborii de leandri și de lămâi, răcoroase ca briza Mării

Tireniene, picante ca ghimbirul și floarea de portocal. E irezistibil. E gata să treacă la atac.

Îl privește cu admirație și îi zâmbește. El se apropie tot mai mult, până ce îi simte respirația după ureche. Clara are senzația că un fior îi străbate tot trupul. Parfumul lui o copleșește, o face să viseze la Coasta Amalfitană, loc unde avusese câteva *shooting-uri* foto în urmă cu peste șapte ani. Dacă s-ar fi lăsat dusă de valul pasiunii carnale, l-ar fi iubit atunci și acolo.

– Ești atât de frumoasă, Clara! Cum să fac să te uit? De două nopți nu mai pot dormi cu gândul la tine. Mi-ai frânt inima!

– Faci mișto de mine, Tony? Poți avea orice femeie îți dorești. Cu ce sunt eu mai specială?

– Cu tot... Uită-te în ochii mei! Știu că simți același lucru, îi spune el, dându-și ochelarii de soare jos.

– Vai! Ai ochiul vânăt, îi spune ea uluită, și îl ia în brațe cu afecțiune. Îmi pare atât de rău! Numai din cauza mea s-a întâmplat asta. Gabi a luat-o razna de tot.

– Cred că lui i-ar sta mai bine cu ochiul învinețit. Nu cred, sunt sigur de asta, o tachinează el, șoptindu-i din nou în ureche.

– Scumpule, mie îmi plac băieții răi. Mă excită să văd că oamenii sunt intimidați de bărbatul de lângă mine, că el deține toată puterea. Dar nu vreau să te bați cu Gabriel. Cu el, nu. Promite-mi că nu-i vei face rău.

– Nu pot să promit asta. Dacă mă atacă iar? Dacă mai stau o dată să o încasez, o să-mi cadă blazonul și o să fiu exclus de la șefia clanurilor Arizzi și Salamandra, îi zice el, mai în glumă, mai în serios.

– Ești un zăpăcit! Mă amuzi teribil. Însă acum am treabă, sunt în timpul serviciului.

– Când ai pauză?

– La 12:00.

– O să mă mai plimb prin magazine și o să mă întorc să te invit la masă. Nu scapi de mine!

În pauză, Clara ia prânzul cu Antonio Toma la un restaurant exclusivist din preajma *mallului* unde ea lucrează. El îi aduce în dar mai multe haine. Rochii, fuste, bluze decoltate, ba chiar și lenjerie intimă. Ea nu vrea să le accepte, inițial, dar bărbatul insistă. Conversează și se simt fabulos unul în compania celuilalt. După o oră, el achită nota de plată, se ridică de la masă și o conduce către serviciu. Apoi, în fața magazinului, inopinat, o sărută pe gură. Buzele lor se caută în foamea plăcerilor interzise, prinse în abisul unei iubiri care nu poate fi împlinită în acel loc și în acea clipă. Tony se desprinde cu greu de acea gură frumoasă pe care ar fi sărutat-o în fiecare dimineață înainte de răsăritul soarelui. Pornește mașina și pleacă la Rahova să-l aștepte pe Emanuel, care o să fie eliberat în scurt timp. Pe drum însă, îi face o vizită lui Sorin Ciumegu', zis și Soso, un temut interlop cu care el colabora bine, un locuitor al cartierului Rahova.

– Sosolino, ce faci, frate?

– Bine, Tony, tocmai vorbeam pe Skype cu asociatul meu din Germania. A reușit să-mi vândă toată cocaina. Trebuie să fac rapid rost de marfă nouă. Nu vrei să intri în afaceri cu cocaină?

– Nu, merci, Soso. Am principiile mele. Bunicul meu făcea afaceri cu droguri. Ulterior, părinții mei s-au axat pe alt tip de combinații, după ce fratele tatălui meu a murit din cauza unei supradoze de heroină.

– Frate, unchiu-tău a încălcat principala regulă a traficanților. Un traficant nu trebuie să-și încerce singur marfa. E ca și când tu te-ai ciurui singur cu gloanțe.

– Știu, dar așa era el... mai nonconformist. Avea doar 18 ani când s-a dus, iar tata, 20. L-a marcat tragicul eveniment și am jurat cu toții în familie că vom sta departe de stupefiante. Apoi, a cunoscut-o pe mama în Italia, mama, a cărei familie era implicată în contrabanda cu arme. I-a plăcut domeniul și a clădit un adevărat imperiu în alianță cu familia Arizzi din Napoli.

– Și acum tu și cu frate-tu aveți toată țara la picioarele voastre. Ce se mai aude de Laurențiu? Chiar l-ai eliminat de tot din schemă?

– Deocamdată. Tata a sărit calul. Evident că nu l-am uitat, sângele apă nu se face.

– Mafioții din capitală au început să te vorbească de rău, Tony. Eu țin la tine. L-am ucis cu drag pe nemernicul ăla de Iustin Brichetă. L-am urmărit la hotelul unde avea întâlnire cu cântăreața, am dezactivat discret camerele de supraveghere, apoi am intrat peste el și l-am sugrumat cu un laț, așa cum mi-ai cerut. Merita să ardă de viu la câți oameni a ars și el cu bricheta lui nenorocită! Dar trebuia s-o facem să pară sinucidere. Și ți-am urmat indicațiile la centimă.

– Ești un adevărat profesionist, Soso. Chiar dacă ești șef de grupare acum, niciun mercenar din subordinea ta nu este mai bun decât tine. Te-ai născut ca să asasinezi. Uite aici comisionul tău.

– Nu e nevoie, Tony. Am bani cu nemiluita. Am făcut-o pentru că suntem prieteni. Și pentru că ordinarul ăla mi-a dezonorat fata acum cinci ani. Mi-a sedus-o pe când avea doar 16 ani. Ce credea? Că o să scape de Soso Ciumegu'?

– Lasă, nu e atât de grav. Până la urmă, l-ai convins pe logodnicul ei să o ia de nevastă și așa. Bietul de el l-a acceptat fără să crâcnească și pe nepoțelul tău cu părul blond și ochii albaștri.

– Glumești? Îmi știe de frică bine de tot. Dacă vrea să fie mafiot, deși nu provine dintr-o familie cu tradiție, trebuie să facă niște compromisuri. Și băiețelul nostru e frumos foc, trebuie să recunoști.

– Nici Iustin nu era urât, de ce să nu dăm Cezarului ce e al Cezarului?

– Apropo de Cezar... Clanurile vor ca Laurențiu să se întoarcă. Nu li se pare onorabil că l-ai alungat așa. Era vorba despre o pedeapsă temporară, dar a trecut mai mult de un an. Ai pus mâna pe tot ce e al lui și-l ții departe sub amenințarea cu moartea.

– Te rog să iei banii ăștia, Sorin. Nu vreau să-ți rămân dator. Acum trebuie să plec. Îți mulțumesc!

– Tony! Te-ai supărat? Serios acum! Tony!!!

Liderul mai nou contestat al clanului Salamandra pleacă nervos de la reședința aliatului său. Ce pune la cale maleficul său tată? Asta-i mai lipsea acum! Un război în toată regula cu interlopii locali care vor să-l impună la conducerea faimoasei grupări pe Laurențiu Toma. Și Antonio, care credea că tatăl său se calmase în Scandinavia și își acceptase exilul resemnat! Tatăl său... Deși este român, trăise cele mai frumoase momente ale sale de soț și de părinte în Italia. Pe vremea când îl iubea pe Antonio mai mult decât orice pe lume și nicio femeie nu l-ar fi putut determina să-l amenințe cu un cuțit...

Alergau împreună pe străduțele înguste, pline de farmec și de tradiție ale orașului Napoli. Îl străbătuseră pe tot la pas în primii cinci ani ai lui de viață, până ca Manu să apară pe lume. Chiar și ani mulți după nașterea fratelui său mai mic, Laurențiu îl lua numai pe el de mână și-l ducea în locuri ale căror secrete le cunoșteau numai ei doi. În Insula Ischia, în apropiere de Napoli, un alt tărâm al zeilor romani înconjurat de ape albastre și de vegetație mediteraneană, îngropaseră un safir neșlefuit în nisipul de la mal, într-o noapte când luna plină dansa cu razele ei aurii asupra mării de un albastru spectacular. Safirul era în formă de inimă. Iar Laurențiu spunea că așa era inima lui, albastră și prețioasă. Mult prea valoroasă ca să o lase la vedere, expusă în fața oamenilor. Ritualul era unul simbolic. Doar întâiul său născut cunoștea secretele inimii lui sălbatice, pe care le-au îngropat împreună într-un loc ascuns și foarte îndepărtat de plaiurile natale ale soțului Patriziei Arizzi. În copilărie, fiul cel mare iubea totul la el. Puterea, curajul, accentul lui drăguț când vorbea în italiană, lent, cu tonalitate caldă, fără să dea impresia că interlocutorii săi ar vrea să fugă pe undeva înainte să-l audă terminând fraza. Admira modul în care își făcuse loc printre cei mai primejdioși mafioți ai lumii. Le câștigase respectul și încrederea, în mai puțin de doi ani.

Și în tot timpul în care muncea zi și noapte pentru Mafie, nu-și neglijase nicicând familia. Din contră, continuase să fie bărbatul perfect pentru Patrizia Arizzi, tentată din toate părțile să-l trădeze și în afaceri, și în dragoste, în țara celor mai atrăgători bărbați din lume. Reușise să o păstreze lângă el fără prea mari eforturi, pentru că se iubeau cu disperare unul pe celălalt. Chiar și așa, în primii lor ani de căsnicie, Laurențiu mai pierdea câte o noapte în localuri selecte cu marii gangsteri napoletani, mulți dintre ei rude ale nevestei sale. Unele dintre acele nopți îi lăsau urme de ruj pe cămașă sau îi îmbâcseau pielea bronzată cu parfum de damă.

Tony surâde în colțul gurii amintindu-și cum Patrizia fusese pe aproape să-și împuște bărbatul cu o mitralieră Kalashnikov într-o dimineață când el ajunsese în domiciliul conjugal după o petrecere cu prea multă distracție, orchestrată chiar de către ilustrul său socru. Mama lui era geloasă. Geloasă și înflăcărată, ca o adevărată napoletană. Nici nu-l mira pe Tony. Gelozia era un cuvânt de origine italiană, dar suna și mai fistichiu în dialect napoletan. Și el o moștenise de la ea. Gelozia... În timp ce Manu era total relaxat în amor, suportând destoinic lipsa de loialitate a consoartei, Tony suferea de o gelozie morbidă. Atunci când poseda o femeie fizic și aceea însemna pentru el mai mult decât o aventură, era inadmisibil să accepte ca ea să mai fie atinsă de un alt mascul. Ah, Clara... Iar îl apucă deznădejdea când se gândește cât de căsătorită este iubirea vieții lui! Că poate scăpa de Gabriel într-o secundă, nu se îndoiește deloc. Dar cum îl dă afară pe acesta din sufletul Clarei? „Femeile sunt atât de neînțelese atunci când iubesc... Iar bărbații se transformă în niște prostănaci compulsivi", asta își spune în gând Tony Salamandra, aflat la volanul bolidului său, în drum spre închisoare.

Ajunge la Rahova și oprește pe dreapta. Este anunțat că trebuie să mai aștepte puțin până ce fratele său o să îndeplinească toate formalitățile de eliberare. Observă un bărbat de mână cu fiul său pe stradă. Viteza gândului îl transportă iar în lumea fascinantei sale copilării din Napoli. Via Benedetto Croce plină ochi de turiști în mai 1991. Oamenii vorbesc tare pe străzi și la ferestre, cu entuziasmul și cu fervoarea specifice italienilor din Campania. Laurențiu și Patrizia se țin de mână ca doi îndrăgostiți, în timp ce Tony îl apucă de cealaltă mână pe tatăl său. Mama celor doi băieți împinge căruciorul în care Manu, de 11 luni, îmbrăcat într-un costumaș albastru cu mânecuțe scurte, ține încăpățânat o suzetă, fiind sărutat de femeie din cinci în cinci minute. Gelos încă de pe atunci, căci mama nu-i mai oferea lui toată atenția, Tony, care nu împlinise încă șase ani, îi lua suzeta din gură, supărându-l strașnic. Bebelușul care era pe atunci Manu se făcea vișiniu la față și izbucnea într-un plâns zgomotos, lucru care o făcea pe mama lor să-l trosnească pe Tony cu palma peste ceafă sau peste mâini. De durere și de frică, băiatul cel mare se punea și el pe plâns, iar ca să-l împace, Laurențiu se oprea la o cofetărie sau la o gelaterie și îi cumpăra bunătăți tradiționale ca *panna cotta* de fructe de pădure, *babá al rum*, sau înghețată italiană, cea mai bună din lume. Amândoi o alegeau mai mereu pe cea cu *stracciatella*. Băiatul mânca desertul cu poftă, apoi uita de supărare și se juca cu alți copii printre mesele teraselor colorate, în care viața vibra în ritm de *tarantelle* și de *canzonette*.

Uneori, primăvara sau toamna, mergeau în port să admire marea. Tatăl său avea o plăcere să o privească îndeosebi în timpul furtunii. Norii cenușii începeau să scapere scântei ce fulgerau marea agitată ca o șampanie uriașă al cărei dop tocmai fusese desfăcut. Micul Tony i se cățăra pe umeri și se uitau împreună la spectacolul violent al naturii, suportând cu încântare picăturile de ploaie care cădeau ca săgețile deasupra lor. Uzi leoarcă, se jucau în nisip și își înmuiau picioarele în apa spumoasă care invada o parte din țărm. Când ajungeau acasă, cu nisip în pantofi și cu apa scurgându-li-se din haine, o găseau pe Patrizia mângâindu-l pe Emanuel sau legănându-l ca să adoarmă mai repede. De abia se uita la fiul ei cel mare și ruga pe una dintre menajere să-l schimbe și să-i facă baie. Când era gata, răzbunătorul Tony căuta un moment de neatenție al mamei sale și venea să-l ciupească pe frățiorul său sau să-l tragă de năsuc cât de tare putea. Căci nimic nu-l enerva mai tare pe micul Manu decât acel gest. Și se punea pe plâns atât de tare, încât trezea într-un minut toată casa. Din nou, Patrizia îl pedepsea pe Antonio, iar copilul se simțea nedreptățit și alerga în brațele ocrotitoare ale lui Laurențiu. Își aduce aminte cum într-o zi, pe când avea 13 ani, își întrebase mama direct:

- Mamă, pe mine mă mai iubești?

– Normal că te iubesc, Tony. Ce întrebare e asta?

– Simt că ții doar la fratele meu. Așa a fost de când s-a născut. Eu am rămas pe locul doi.

– Gata! Nu începe cu sensibilități de fetițe! Tu ești moștenitorul magnificei familii Arizzi. Trebuie să fii curajos și puternic, neînduplecat dacă situația o va cere. În curând, vei fi bărbat. L-am lăsat pe tatăl tău să te educe mai îndeaproape, în stilul clanurilor noastre. Trebuie să înțelegi că ai o misiune specială. Emanuel este diferit. Plus că e micuț și fragil, de asta îl protejez mai atent. Nu este vorba despre iubire. Vino aici, prostuțule, îi zicea ea, și îl primea în brațe, atingându-l dinamic cu palmele peste creștet. Știi că tu vei frânge multe inimi, nu? Ești de o frumusețe rară! Și nu sunt subiectivă ca mamele alea cu copii urâți!

Copleșit de nostalgie, Tony Salamandra caută în agenda telefonului un număr pe care nu-l mai apelase demult. Pregătește un apel necunoscut. Sună de mai multe ori în gol. Deodată, îi aude vocea și un cuvânt italian cu același accent românesc pe care-l adora în copilărie.

– *Pronto*!

– Tati... Vreau să te întorci acasă. Manu se eliberează azi și vreau să fie fericit, să nu-i lipsească nimic, să îl înconjurăm cu toată dragostea noastră. O externează și pe soția lui.

– Opaaa! Antonio? Zi-mi că nu ești beat sau drogat! Cum de ți-ai călcat tu peste mândria aia mai mare decât Rusia să mă contactezi?

– Vreau doar să fie bine. Să vii acasă și să fim din nou o familie.

– Doar în momentul în care îmi dai înapoi ceea ce mi-ai furat. Șefia clanului Salamandra și a afacerilor tale din Italia.

– Tată, te rog! Vom discuta mai târziu despre asta. Hai să-i facem o bucurie fratelui meu! A suferit atâtea luni în pușcărie. O să ne înțelegem într-un fel. Bine?

– Bine, dar dacă îmi plănuiești asasinarea, să știi că vin pregătit. Voi aduce cu mine o armată de bodyguarzi. N-am încredere în tine, fiule!

– Cum vrei. Eu nu vreau să te omor, nu sunt un monstru. Tu ar trebui să știi mai bine. Tu m-ai crescut.

– Hai, lasă dulcegăriile! M-ai convins, mă întorc. Oricum, eram deja în România.

– Te iubesc, tati!

– Tony, sigur ești bine? Nu ești pe moarte sau ceva?

– Nu. Sunt bine, îi zice el zâmbind.

Nici nu închide bine telefonul, că îl observă de departe pe Emanuel. Vivian îi cară bagajul, în timp ce el își pune cochet ochelarii de soare și își desface haina de piele, încălzit de razele soarelui de aprilie. Brusc, Tony își amintește de bebelușul frumos pe care-l tachina când era mic din pură gelozie. Fratele lui nu mai are nimic din inocența acelui prunc. De fapt, dacă se gândește mai bine, nici bebelușul acela supărăcios și încăpățânat nu era întocmai inocent. Tony surâde și se dă jos din mașină.

– Grăbește-te, tembelule, ai ratat Paștele, îi spune el, îmbrățișându-l cu afecțiune și bătându-l pe spate.

– Mulțumesc, tâmpitule! Știi cât de dor mi-a fost de tine? M-ai abandonat în pușcărie! Să te iei de mână cu Alina, îi strigă el, mai în glumă, mai în serios.

– Nu te-am abandonat, Manu, în tot timpul ăsta nu am ticluit decât planuri ca să te scot de la zdup. Arăți demențial pentru unul care a stat la răcoare atâta vreme!

– Merci, frate! Și tu arăți la fel ca bunicul în tinerețe, îi spune el râzând.

– Să vezi ce te las în drum acum!

– E de bine, imbecilule! Matteo a fost un cuceritor, avea sute de amante!

– Aham! Ce să mai zici și tu? De morți, numai de bine! Ia zi, Manu, cu dragostea cum stai?

– Bine, în afară de faptul că nevastă-mea a făcut accident, în timp ce încerca să-mi pună coarne cu Fabian Pavel!

– Știi că nu mă refer la Alina, nu? Mă refer la cealaltă. Ilinca... Sau cum se numește?

– Poftim? De unde știi tu de Ilinca, Tony?

-Te-au turnat băieții tăi din celulă! Ce credeai? Că poți să te ascunzi de frățiorul tău mai mare?

– Ticăloșii! Le rup capul! Tony, tu să o lași în pace pe Ilinca, ai înțeles? Este medic și totodată o femeie minunată. Sunt îndrăgostit de ea. Voi găsi o cale să divorțez și să oficializăm relația.

– În sfârșit! Mulțumesc, Doamne, că i-ai dat un cap lui Emanuel Toma!

– Să vezi ce cap în gură îți iei tu când coborâm, îi spune el de pe scaunul din dreapta, simulând amenințarea și vocea fratelui său când era nervos.

– Ia vezi să nu fie invers!

– Apropo... Ce e cu vânătaia aia de la ochiul tău? Cine a ridicat mâna asupra lui Tony Salamandra?

– Gabriel Pavel. Mi-a tras un pumn, pentru că a avut impresia că i-am pus o bombă în mașină lui frate-su. De fațadă, în realitate e gelos. Din cauza Clarei, e moartă după mine. Chiar azi am luat prânzul cu ea, i-am cumpărat hăinuțe și ne-am sărutat cu patos.

– Poftim?! Ai cucerit-o până la urmă pe Clara Pavel? Ești un veritabil Casanova! Meritai pumnul ăla și mai mulți. Dar tu nu ai dat?

– Nu, era maică-sa acolo, plânsă toată pentru celălalt odor al ei. M-am controlat. Mă revanșez eu, doar mă cunoști! Tu când ai de gând să te răzbuni pe trogloditul ăla de Fabian?

– Ce vorbești? Tipul e în stare gravă! Ce pot să-i fac unui bărbat care a fost deja pedepsit de soartă? Ba din contră, sper să-și revină. Alina va avea partener și nu o să-mi creeze probleme în relația cu Ilinca.

– Ba vezi să nu, se pițigăie Tony, imitând-o pe cumnata sa. Femeia vrea să rămână cu amândoi, nu o să-ți dea niciodată drumul. Cu sau fără celălalt tip. Trebuie să iei tu taurul de coarne.

Tony ajunge în fața spitalului unde sunt internați Alina și Fabian. Îi spune fratelui său că preferă să rămână în mașină. Emanuel pleacă singur și cumpără de la florăria *de vis-à-vis* un buchet de flori. Trandafiri galbeni. Cum nu sunt potriviți? Galbenul exprimă gelozia. De s-a făcut bine, o să-i dea cu buchetul în cap. Dacă este toată imobilizată în ghips, nu are cum să riposteze. Altminteri, n-ar îndrăzni. Trece de toate verificările, apoi merge pe un hol lung, pătruns de o lumină palidă, obositoare. Neoanele acelea insistente îl orbesc pentru câteva secunde. Simte o senzație de vid care i se rotește în stomac. Pentru Alina păstrează o profundă simpatie, compasiune, poate chiar vină. Dar e ciudat că nu o mai urăște atunci când și-o imaginează în brațele amantului ei. Și acesta ar putea fi primul semn că amorul nebun pentru ea s-a terminat...

Capitolul 31

Se holbează la televizorul din salon cu un aer plictisit, butonând telefonul. Are mâna stângă și piciorul drept în ghips. Însă, este ușurată că Fabian fusese recent transferat de la ATI pe salon. Văzuse moartea cu ochii și nu și-ar fi iertat niciodată greșeala comisă, dacă iubitul ei secret ar fi decedat. Tot scandalul pornise de la trădarea soțului ei. O sunase în repetate rânduri, îi trimisese și mesaje, dar ea refuzase să-i dea vreun semn. O scoteau din sărite minciunile lui, căci în timp ce se pretindea inocent, Manu se implicase într-o aventură scandaloasă cu o doctoriță mironosiță, iar pe ea nici măcar nu o mai primea în vizită. Câtă umilință pentru o femeie atât de frumoasă ca Alina Toma! Chiar se gândea serios cum să se răzbune pe el, când îl vede ivindu-se în salonul ei, pe neașteptate.

– Manu??? Ai evadat?!

– Nu, iubito, am fost eliberat. Frate-meu a găsit un om care să-și asume toate faptele mele. Le-am spus anchetatorilor să redeschidă cazul, întrucât mărturisirile mele au fost smulse sub tortura la care m-a supus adevăratul vinovat. Și așa am scăpat. Am fost eliberat până la un nou proces.

– Incredibil! Ai făcut exact ca tatăl lui Laurențiu! Și el a scăpat de pușcărie în aceeași manieră, nu? Mă bucur că ești aici... Totuși, nu puteai să mă anunți?

– Uite ce ți-am adus, îi spune el, oferindu-i trandafirii. Am încercat să te sun de multe ori. Cum era să te anunț dacă tu nu mi-ai răspuns?

– Nu vezi în ce hal sunt? Am dat mâna cu moartea, Manu! Crezi că îmi ardea de telefon?

– Cum ai ajuns așa, Alina? Cine conducea mașina? Tu sau el?

– Instructorul meu de fitness, Fabian. Eram... în fața sălii și... s-a oferit să... să mă ducă acasă și...

– Taci! Nu mai minți! M-am săturat de minciunile tale gogonate! Mă crezi idiot? Fabian Pavel e amantul tău! Toată lumea știe! El a recunoscut relația voastră la Rahova, când a venit să-mi facă scandal! Știai asta?

– Nu, și nici nu te cred. Fabian nu ar face asta, decât amenințat de frate-tu. Numai el orchestrează toate nenorocirile și încearcă să ne separe.

– Nu mă crezi sau Tony e de vină?

– De asta ai venit, Manu? Să mă tulburi? Să mă bagi în pământ? Credeam că ai venit să mă îngrijești, să-mi fii alături. Era mai bine să mor. Uite, acum ai ajuns să mă înșeli.

– Poftim? Ce ai zis?

– Tony mi-a spus că ai pe alta. O doctoriță de la închisoare. A spus că te-ai îndrăgostit de ea. E adevărat? îl întreabă ea cu lacrimi în ochi. Apoi, începe să plângă și să tremure, zicând că îi este frig.

– Nu, nu e adevărat. Încetează, nu mai plânge! Tony a spus așa ca să te tachineze. Doar îl cunoști. Uite, sunt lângă tine, îi spune el, așezându-se în pat alături de ea și mângâind-o încet pe fruntea fierbinte. O să te iau acasă la noi. Da?

– Ești rău, iubitule. Nu ai suflet...

– Ajunge! Chem medicul să te ajute. Afară sunt oamenii noștri, care te vor prelua imediat. Mă duc să te aștept în parcare până te externezi. Nu te mai smiorcăi atât! Nu e vina mea că Fabian a uitat piciorul pe accelerație și a intrat în parapeți!

– Ba e fix vina ta!

Emanuel iese extrem de încordat din salonul soției sale, gata să-și reia mersul pe culoarul exagerat de iluminat și să-l doară iar ochii. Dar se oprește când vede, la doar câțiva metri în fața sa, o imagine care-i zguduie din temelii întreaga ființă. Ilinca, îmbrăcată într-o rochiță scurtă și sexy, într-o nuanță de roz pal, îl atinge pe mână delicat pe un tânăr doctor cu care conversa, probabil un alt rezident. Imediat, îl îmbrățișează cu dor și îi surâde cu tot chipul, ca și când ar fi fost numai ei doi în acel loc. El îi răspunde tot cu un surâs blajin, iar Manu observă că are dinții puțin cam strâmbi. Nici nu este prea frumos la față, are o frunte cam lată, iar nasul un pic cam mare, însă e înalt și musculos, vreun împătimit al sălii de sport. Chiar și așa, noua lui iubită pare fascinată de prezența acelui individ. Nu-i vine să creadă! De ce i se întâmpla asta tot lui? Într-o țară în care numărul femeilor îl depășește cu mult pe cel al bărbaților, se gândiseră toți tinerii masculi să-i fure pe rând soția și iubita, cu greu cucerite. O să meargă să-l bată! Nu? Într-un spital? Și în fața femeii iubite? Dacă e doar un coleg sau un prieten? Toată lumea va crede că a luat-o razna în penitenciar. Totuși, vrea ca ea să-l vadă. Și să știe că a fost prinsă „în flagrant".

– Bună, Ilinca! Ce faci?

– Vai! Bună, dragule! El este Andrei Vernescu, colegul meu de facultate. Andy, ți-l prezint pe Emanuel Toma, prietenul meu!

– Îmi pare bine de cunoștință, îi zice Andy, întinzându-i mâna cordial.

– Și mie, îi răspunde Manu, strângându-i mâna mult prea tare rezidentului, care se crispează puțin de durere.

– Așa cum ți-am spus, nu te îngrijora, Fabian Pavel este bine acum. E în afara oricărui pericol. Îi voi povesti că ai întrebat de el. Te pup, mă duc repede. Se aude ambulanța. Fug la datorie.

Ilinca îl privește stânjenită pe Manu. Știa că în acea zi urma să fie eliberat, dar în loc să-l aștepte, preferase să vină să se intereseze de soarta vecinului ei, despre care auzise cu doar câteva ore înainte că se zbătea între viață și moarte.

– Ce înseamnă asta, Ilinca? Nici nu știu ce e mai grav. Că mai aveai un pic și te sărutai cu doctorașul sau că ai venit să-l vezi pe Fabian? Ce ți-am spus eu să stai departe de el?

– Uite ce e, iubitule. Îmi ești foarte drag și mă bucur enorm că ești liber, dar dacă suntem împreună, nu înseamnă că nu mai pot interacționa cu alți bărbați. În primul rând, Andrei este colegul meu și suntem doar amici. Cât despre Fabian, m-am speriat auzind că este la Terapie Intensivă, mi-a trecut prin cap că are nevoie de ajutor, iar eu cunosc mulți medici de aici.

– Fabian Pavel are o familie. Frate, cumnată, mamă. Să nu mai zic că inconștiența lui era să-mi omoare soția. Chiar nu merită nicio milă. De te-ai pune o clipă în locul meu, ai înțelege. În schimb, nu te interesează decât să flirtezi în stânga și în dreapta.

– Pe bune? Asta crezi tu despre mine? Știi ceva, Emanuel Toma? Să nu mă mai cauți! Se vede că vrei să scapi de mine ca să trăiești fericit cu Alina. Eu nu am fost decât un refugiu, o manta de vreme rea pentru tine!

În timpul discuției aprinse cu Ilinca, Alina se apropie de Manu, șchiopătând. El nu o vede, așa că reușește să audă o bună parte din cearta celor doi.

– Ia te uită! Asta e doctorița porno?

– Alina, ce cauți aici? Te rog să te duci cu băieții afară.

– O să mă duc. Nu înainte să-i zic vreo două amantei tale. Să se învețe minte să mai fure bărbații altora! Ah, de nu eram atât de accidentată, ștergeam cu părul ei toate scările spitalului!

– Alina, gata!!! îi strigă soțul ei, enervat la culme.

– Și... iubitul tău e bine, dragă? o întreabă Ilinca ironic. Sau tu ești singura care are dreptul să înșele, să jignească și să umilească oamenii?

– Târfă tupeistă! Numai să-mi revin și o să te distrug! Piticanie!

– Te aștept, Alina! Crede-mă că nu știi cu cine te pui, îi răspunde rivala ei, pe un ton la fel de agresiv.

– Vă rog să vă calmați amândouă, le spune Emanuel, ridicând vocea cât să le acopere și împingându-le pe fiecare ușor cu mâinile să le îndepărteze una de cealaltă.

Tony, care venise după fratele lui întârziat la spital, vede scena și i se pare hilară postura în care se află acum Emanuel. Din soț înșelat ajunsese peste noapte bărbatul irezistibil pe care două femei superbe erau gata să se bată. *„Cred că i se va face curând dor de prima postură, căci la personalitatea lui permisivă și insuficient de impunătoare, cele două dame vor ajunge inevitabil să i se urce în cap la propriu și să-l streseze atât de tare, până ce sărmanul se va epuiza fizic și psihic, de nu-i va mai trebui femeie mult timp de acum înainte."*

Capitolul 32

– Cum ai putut să mă dezamăgești în felul ăsta? Așa te-am crescut eu? Ce fraieră am fost! Așteptam să-ți întemeiezi propria ta familie, iar tu te-ai băgat în căsnicia altcuiva! îi strigă Malvina cu un aer afectat, gesticulând teatral cu mâinile în aer.

– Lasă-l, mamă, nu-l mai certa! Nu vezi că se simte rău? De abia și-a mai revenit, am fost la un pas de a-l pierde, iar tu îl superi chiar acum? îi ia apărarea Gabriel, în timp ce-i așază perna sub cap grijuliu.

– Uită-te la tine cum ai ajuns! Cum să te cuplezi cu soția acelui interlop? Sunt convinsă că ți-au tăiat frânele. Voi merge la poliție. M-am săturat ca băieții ăștia din clanul Salamandra, cu figurile lor de gangsteri sicilieni, să vă hărțuiască pe amândoi!

– Mamă, te asigur că nu mi-a tăiat nimeni frânele. Conduceam cu viteză, asfaltul era ud, apoi m-am certat cu iubita mea și am pierdut controlul volanului, îi spune Fabian, complet lipsit de vlagă.

– Iubita ta??? Gabi, te rog, scumpul meu băiat, fă ceva! Mă iau palpitațiile. Și așa am probleme cu inima. Tontul ăsta tocmai a fentat moartea și tot nu s-a lecuit. Încă nu a renunțat la ușuratica aceea!

– Te rog să nu o jignești! Altfel, cer să fii evacuată din salon. Te comporți ca o disperată. Dar pe Gabi nu-l vezi? E băgat cu Mafia până peste cap. Primul lucru pe care l-am auzit când am deschis ochii a fost că i-a tras un pumn în meclă lui Tony Salamandra. Deci, e un război în toată regula între ei. Evident, orice ar face fratele meu e corect.

– Ce? Acum te legi de situația mea? Ce ți-am făcut eu, frate? Te-am vegheat încă de când te-a adus ambulanța aici și am tremurat în fiecare moment pentru sănătatea ta.

– Ai dispărut, cretinule! Ți-ai abandonat nevasta și copilul o lună și jumătate. Tu singur ai împins-o pe Clara în brațele lui Antonio Toma!

– Ajunge! Lasă-l în pace pe fratele tău, e destul de amărât. A trecut prin lucruri mult mai îngrozitoare decât tine. M-ai făcut mândră până la un punct, Fabi. Ai mers la facultate, ai muncit și m-ai ajutat financiar, erai bucuria mea. Dar nu mai pot avea încredere în tine. Să nu-mi mai vorbești, până ce nu te desparți de acea femeie, îl condiționează Malvina pe un ton ridicat, în timp ce își dă cochet părul într-o parte, atunci când un medic de vârsta ei pătrunde în salon. După aceea, se ridică fără să-și ia rămas bun de la fiul său mai mic și iese împreună cu Gabriel din încăpere, lăsându-l pe medic să-l consulte pe rănit.

– Nu fi așa de radicală, te rog, îi spune Gabriel încet. E și el îndrăgostit. Nu poate să...

– Tu... ai știut de idila asta rușinoasă?? îl întreabă femeia cu un aer de reproș.

– Nu, habar nu am avut. Îți dai seama că n-aș fi susținut niciodată așa ceva.

– Ce să mai discutăm! Alina Toma este aidoma Clarei. Nici nu știu care dintre ele este mai rea și mai imorală. Ce am făcut să merit asemenea nurori? V-am crescut cât de bine am putut. Cu mari eforturi și sacrificii. Am... Am luat viețile a zeci de bebeluși pentru ca voi să puteți trăi, Gabriel, îi spune ea cu ochii în lacrimi. Pentru că tatăl vostru pleca și se întorcea când avea el chef, lăsându-mă fără nicio sursă de venit. Și voi așa mă răsplătiți?

– Mamă... Tu nu ai făcut rău la vremea respectivă. Avorturile erau ilegale în România acelor ani, iar multe femei nu-și permiteau să aducă pe lume copii. Toți erau prunci nedoriți, rezultate ale unor relații interzise sau ale unor abuzuri, care ar fi dus o viață mizerabilă, aruncați în cine știe ce orfelinate deplorabile. Tu ai ajutat femeile să renunțe la sarcină fără să-și riște viața. În cel mai rău caz, ai ucis niște embrioni, nu bebeluși. Și nu porți tu aceste păcate, ci părinții lor.

– Nu e adevărat. Acei embrioni aveau suflete. Iar eu sunt o ucigașă. Acum Dumnezeu mă pedepsește aspru. Vreau să ai grijă de tine, puiule! Te rog să nu te mai confrunți cu criminalul acela de Tony Salamandra! Dacă soția ta îl dorește, nu te încăpățâna să lupți! Dragoste cu sila nu se poate. Oricât de tare te-ar durea inima, las-o să plece! Te voi ajuta eu cu creșterea fetiței.

– Exagerezi! Clara mă iubește pe mine. Tony a făcut o fixație pentru ea. Sărmana nu se poate apăra singură. Ce ai vrea să fac? Sunt bărbat, nu sunt glugă de coceni!

– Auzi tu, „sărmana"! Știi ceva? Nu te mai suport nici pe tine! Pe cât ești de frumos, pe atât ești de prost! Dă-te la o parte! Mă duc să o iau pe Sonia de la grădiniță, rămâne la mine în noaptea asta. Să nu mai vii după ea!

– Mamă, tocmai m-ai făcut „prost"? Cere-ți scuze!

– În niciun caz! Eu cred în ceea ce afirm și nu-mi cer scuze niciodată de la copiii mei. Asta să vă fie clar amândurora, protestează Malvina, cocoțată pe tocuri *stiletto*, în fața salonului lui Fabian, și se îndreaptă țanțoșă către autoturismul ei parcat în apropierea spitalului.

Capitolul 33

Nu. Nu o să se lase învins atât de ușor de Tony Salamandra. O să-l bată cu propria lui armă. Seducția.

Și ce știa Malvina despre dragoste și seducție? Mai nimic. Văduvă de aproape 18 ani, încă îl venera pe răposatul lui tată. Îi aranjase un adevărat altar în apartamentul unde Gabriel și fratele lui crescuseră. În dormitorul pe care-l împărțise cu Dacian Pavel timp de 13 ani, ținea și acum candele aprinse în fața numeroaselor lui fotografii. Ce bărbat de vârsta a doua, întreg la minte, ar accepta să intre cu ea pe teritoriul soțului ei mort și să se relaxeze în acel pat, sub privirile sfidătoare ale aceluia care îi zămislise odinioară pe el și pe Fabian? Nici Dracu', se gândește ironic Gabriel, în timp ce își privește în oglindă tatuajul recent realizat la salon, întruchipând un dragon în miniatură, care scoate flăcări pe nas, precum unul dintre cei trei dragoni ai lui Daenerys Targaryen din *Game of Thrones*. Un simbol a ceea ce avea să fie el de acum înainte – un luptător.

Și dacă Malvina nu e deloc abilitată să ofere sfaturi în chestiuni amoroase, nu are nici cea mai mică intenție să se lase influențat de ea. Să o facă Fabian dacă vrea! El are de gând să continue cu planul lui meticulos de a-și recuceri soția. Tocmai își cumpărase un parfum. Era un pic altfel față de cel pe care îl purta anterior, o aromă cu note mediteraneene de lux. Îl costase toți banii din portofel. Ciudat era că mai simțise acel iz puternic masculin pe undeva. Probabil prin cazinourile pe unde își făcea veacul cu câteva luni în urmă, cot la cot cu bogătașii României. Sigur că memoria lui olfactivă nu era foarte precisă. Poate doar în cazul femeilor. Dar nu își propusese vreodată să memoreze parfumurile sau hainele altor bărbați. Așa că... Ce mai conta? Aroma i se potrivea la perfecție și avea de gând să o atragă pe Clara, mai ales acum, că fiica lor nu era acasă. Recent ieșit de la duș, proaspăt tatuat și parfumat, rămâne îmbrăcat doar în blugi și la bustul gol, iar când o aude apropiindu-se de camera lui, începe să geamă ca și când o durere fulgerătoare i-ar fi săgetat tot trupul.

Clara intră panicată în dormitorul din care se mutase recent după cearta lor, fără să mai bată la ușă. El o privește seducător și respiră adânc, de parcă l-ar durea în piept.

– Gabriel, ai pățit ceva? Ce te doare?

– Inima... Simt aici o apăsare puternică. Nu mai pot să respir.

– Unde? Aici? îl întreabă ea, punându-i mâna pe piept. Ce e cu tatuajul ăsta? Azi ți l-ai făcut?

– Da, a fost întâmplător. Toți băieții de la muncă s-au tatuat. Aproape că m-au obligat și pe mine, mi l-au făcut cadou. Nu-ți place?

– Ba da. Ești foarte... sexy!

O clipă, când își revine din sperietură observând că și el se simțea mai bine, Clara simte în aer același parfum scump italian. Aroma lui Tony era acum aroma lui Gabriel. Nu... E doar o iluzie a ei. Dintre atâtea parfumuri câte există pe lume, cum să îl folosească amândoi pe același? Se îndreaptă către noptieră și îi sare în ochi sticluța nouă, de abia desigilată. Da, este exact același. Pesemne că o făcuse expres. Și tatuajul, atitudinea agresivă, tot. Soțul ei începe să se transforme într-un Tony Salamandra. Îl vede ridicându-se din pat și clătinându-se ca și când ar avea amețeli. Îi sare în ajutor. Îl găsește atât de senzual! Bolnav și senzual. Ba nu, mai degrabă bolnav de senzual. Îl cuprinde în brațe. El începe să o sărute și o așază pe pat. Brusc, îi dispare tot răul.

Când realizează că fusese trasă pe sfoară și că bărbatul ei este destul de sănătos încât să-i deschidă porțile raiului erotic, Clara e deja prinsă în mrejele trucurilor lui amoroase, ale celor mai excitante jocuri. Pentru o secundă ar fi vrut să se desprindă de corpul lui atrăgător, dar nu mai este chip să evadeze din strânsoarea supremei satisfacții. Face exact ceea ce își promisese sieși, în atâtea nopți dramatice în care-l așteptase singură la fereastră, că nu avea să mai facă. Devine din nou femeia lui. Iar păcatul pe care-l comite nu e nici împotriva legii, nici împotriva firii sau a lui Dumnezeu, ci împotriva propriei sale inimi.

După extazul de moment al corpului său, care găsise în sfârșit desfătarea după atâtea săptămâni de abstinență, Clara începe să se simtă vinovată, fiindcă fusese atât de slabă încât să-i cedeze iar bărbatului despre care ea credea că fugise cu puțin timp în urmă cu o altă femeie. Vrea să-și scoată cât mai repede ADN-ul lui din piele și pleacă direct spre cabina de duș. Gabriel o privește nelămurit, neștiind dacă se simte bine sau rău. La rândul lui, se îmbracă și este pe cale să iasă din cameră, când telefonul soției lui se pune pe sunat. Tony. Răspunde din impuls. Ce bine! Acum are ocazia să-i dea lovitura de grație arogantului care credea că nicio femeie de pe planetă nu i-ar rezista vreodată!

– Salut, Tony! Ce faci? Nu ai somn la ora asta?

– Tu? Vreau să vorbesc cu Clara. Dă-mi-o!

– Ce să fac? Scuze, nu te-am auzit. Vrei să ți-o dau pe soția mea? Nici gând, Tony, nu ți-o voi da niciodată! Acum este la duș. Tocmai ne-am simțit bine împreună. Relația noastră este mai solidă decât înainte. Ce vrei de la noi?

– Eu de la tine nu vreau nimic, Gabriel. Ah, ba da. Vreau ceva. Chiar mă gândeam cât de bine e să fii prost. Se spune că oamenii proști sunt cei mai fericiți. Așa că vreau să te rog frumos de tot să-mi dai și mie rețeta asta. A prostiei. Cum reușești? Adică... e o tactică, ceva? Sau așa te-ai născut tu?

– Crede-mă, deții deja secretul suprem, ești maestru în arta prostiei! Atât de tare te-ai supărat? Îmi pare chiar rău de tine, Antonio! Ești singur cuc. Degeaba ai speriat tot Estul, Vestul, cele două Americi și Asia. Nu ai pe nimeni să-ți încălzească patul, nici măcar o păpușă gonflabilă.

– O să am în curând o femeie adevărată, nu te preocupa! Îți mulțumesc pentru empatie. Chiar azi m-am văzut cu nevastă-ta. Am luat împreună prânzul, ne-am plimbat prin *mall*, i-am luat câteva țoale. Tu pe ce bani să-i iei? Nu ai nici după ce să bei apă. Ești vai de capul tău!

– Ai dreptate. Eu nu mi-am clădit un imperiu pe sângele altora. Și cu ce te-ai ales scoțând-o în oraș? În final, tot în patul meu a venit. Dar e ca la ambalajele alea cu premii din copilăria noastră. Cum scria pe ele când pierdeai? „Mai încearcă!", îi zice el, într-un hohot de râs.

– M-am ales cu săruturile franțuzești și cu atenția ei, imbecilule! Și fii convins că am să mai încerc. O să-ți stau în cale în fiecare clipă a vieții tale! O să regreți ziua în care te-ai născut!

– Mi-a plăcut conversația noastră cordială, Tony. Trebuie să închid. Clara este aproape să se întoarcă și nu vreau să o cruț de niciun minut de plăcere...

Tony închide mobilul și-l aruncă furios pe parchetul din camera sa. Inițial, era binedispus. Tocmai luase cina împreună cu toată familia. Tatăl său și mai multe rude trecuseră pe la reședința familiei Toma să-l felicite pe Emanuel pentru eliberare. Laurențiu Toma ciocnise un pahar cu el și pare că-l iertase pentru toate erorile din trecut. Doar Alina stătuse ca o bufniță pe ouă toată seara, încercând să le strice cheful tuturor, de ciudă că amanta lui Manu o înfruntase și o amenințase la spital. Tocmai pe ea, cea care deținea controlul absolut și îi trata pe oameni ca pe supușii ei, meniți să-i facă poftele la tot pasul și să nu-i iasă din cuvânt. Lui Tony îi plăcuse de Ilinca de cum o cunoscuse și abia aștepta ziua în care avea s-o păruiască zdravăn pe Alina și să o dea pentru totdeauna afară din inima fratelui său. Și când credea că toate lucrurile merg spre bine în familia, în afacerile și în povestea lui de dragoste cu Clara Pavel, câteva vorbe veninoase ale soțului ei îi întorseseră lumea cu susul în jos. *„Nu-i nimic, Gabriel! Stai să vezi ce o să-ți fac eu ție mâine! Ți-ai luat-o în cap de tot! Te-am lăsat să mă lovești și să mă înjosești, iar acum ai ajuns să te crezi egalul lui Tony Salamandra? Nu, dobitocule! Îți voi da în curând o lecție dură, să nu uiți cine ești tu, și cine sunt eu!"*, își spune el în gând, încruntându-se și adunându-și de pe podea sărmanul telefon spart în bucăți, care nu avea chiar nicio vină...

Capitolul 34

În acea noapte, Rebecca se simțea din nou singură. Până la un punct, îi ținuse companie intimă unul dintre bodyguarzii săi, un rus care omorâse la comanda ei zeci de inamici. Era un asasin desăvârșit și un amant acceptabil, nu strălucit. Dar nici după trei ani de locuit în Napoli nu vorbea bine italiana. Ce să discute ea cu o brută ca el? Mai nimic... Desigur, era în continuare atrasă de străini. Bizareria cea mai mare din viața ei era că, de peste 10 ani, visa un anumit bărbat. Indiferent dacă era într-o relație cu Antonio Toma, cu soțul ei Joao sau cu oricare alt bărbat, în visele ei apărea mereu același tip. Un brunet cu ochii verzi, blânzi, cu trăsături fine, frumos prin excelență. Avea impresia că nu era italian, deși nu-i spusese niciodată ceva în vis. De ani de zile, mai puțin în perioada căsniciei sale cu modelul brazilian, încercase să-l caute, privind mii de fotografii cu bărbați care aveau cam aceleași trăsături. Fără succes, însă. Din ce țară să fi fost? Ce nume să fi purtat? De i-ar putea visa numele de botez...

Bunica ei, o calabreză vorbăreață și superstițioasă, o învățase să creadă în destin. Și spunea că probabil băiatul pe care îl visa nepoata ei, îi era predestinat. Predestinat? Dumnezeule, trecuseră 30 de ani din viață și omul ăsta nu-i mai apare odată în cale! Oare când are să-l cunoască? Când va fi în baston?

O altă variantă pe care i-o sugerase astrologul ei personal era aceea că bărbatul nici nu exista în realitate, fiind, de fapt, karma ei, sufletul ei pereche dintr-o viață anterioară. Sufletul ei pereche nu fusese oare Joao? Nu, evident că nu! Altfel, destinul i-ar fi permis să-l ucidă cu sânge rece? Întrebări care tăiau aerul ca un fierăstrău invizibil, fără niciun răspuns clar. Închide ochii și el îi apare din nou... De data asta, pe jumătate dezbrăcat. Are pătrățele pe abdomen și e puțin bronzat. Îi observă pe piept un tatuaj cu un dragon. Rămâne siderată în vis. Se trezește ca și când ar fi fost străbătută de un fior rece. Dragonul! Simbolul clanului rival Castaldo! Aparent, bărbatul era în Italia și lucra pentru Mafie. Îl va găsi! Buimăcită și încă în stare de veghe, Rebecca Di Maio apucă un pahar de apă și îl bea pe tot dintr-o singură înghițitură. Acum are detaliul care-i trebuia. Dar cum să facă? Cum să treacă pe teritoriul clanului Castaldo să caute un bărbat pe care nu știe nici cum îl cheamă, nici măcar dacă este real?

A doua zi, își ia inima în dinți și îl caută pe Giuliano, liderul organizației mafiote înființate de familia napoletană Castaldo. Giuliano îl ura intens pe Tony Salamandra, cel care-i asasinase tatăl, pe Davide, în urmă cu peste 12 ani. Îi jurase răzbunare, deși Tony nu făcuse altceva decât să-l pedepsească pe criminalul mamei lui. Giuliano este un bărbat înalt, de 120 de kilograme, un adevărat colos de care toți mafioții din sudul Italiei se tem. Nu o agreează pe Rebecca, pentru că este prietena și asociata familiei Arizzi, dar nici nu o urăște ca pe frații Toma.

– Giuliano, îmi pare rău că te deranjez. Am o mare problemă. Parcă aveai un pact de neagresiune cu familia mea. Clanul Di Maio te-a lăsat în pace demult.

– Bineînțeles, Rebecca. Noi nu mai avem nimic cu tine și cu familia ta. Ce s-a întâmplat? De ce îmi vii aici cu o armată de oameni?

– Nu te lamenta! Încă nu este război. Depinde de tine dacă va fi sau nu.

– Ha ha! Asta da farsă! Am ajuns să mă bată o femeie la mine acasă? Spune-mi ce vrei, Rebecca di Maio! N-am timp de smiorcăielile tale!

– Uite ce e, Giuliano. Am avut o aventură de-o noapte cu un băiat care avea tatuajul-simbol al clanului Castaldo pe piept. Nu cred că e mare mahăr la voi aici, ci probabil un simplu executant. Ideea este că mi-a furat niște bani și niște bijuterii, iar acum vreau să mi-l predai.

– Ohoo! Bine ți-a făcut băiatul! Tu nu ești o femeie măritată? Ce cauți în pat cu oamenii mei?

– Nu mai sunt demult măritată. Am divorțat, pentru cultura ta generală. Și revin la problemă. E treaba mea cu cine am de-a face. Vreau să mi-i arăți pe toți oamenii tăi, să-l pot recunoaște. Este brunet cu ochii verzi, atletic, are pătrățele pe abdomen și cred că nu e italian.

– Crezi? Așa bine simulează accentul nostru, rânjește Giuliano, în timp ce se apucă să mănânce lacom un platou mare de paste.

– Exact. Simulează, chiar dacă eu știu că e străin. Deci, mi-i aduci aici pe cei care se încadrează în descrierea asta?

– Ești incredibilă, Rebecca! Evident că nu.

– Giuliano, vrei să mă aliez cu băieții Patriziei Arizzi ca să-ți luăm toată Scampia?

– De abia am încetat confruntările. Ce îți veni acum? Pentru un bărbat faci tot scandalul ăsta? Ai toată Campania la picioarele tale!

– Dar eu îl vreau pe el! Pe hoț! Ca să-l pedepsesc!

– Bine. Fie... Boscchi, ai auzit descrierea doamnei, da? Să vină toți cei care sunt cu aceste semnalmente!

Șapte bărbați sunt aliniați semi-dezbrăcați în fața fostei iubite a lui Antonio Toma. Se uită la fiecare cu atenție. O cuprinde deznădejdea când realizează că niciunul dintre ei nu este acela pe care-l visează în nopțile cu lună plină, de peste un deceniu.

– Giuliano... Ești sigur că nu mai este nimeni altcineva? Nu îl identific printre aceștia.

– Mai am un om. Adică... Abia s-a alăturat clanului nostru de la distanță. Este din București, România. Deocamdată, este doar spionul nostru. Totuși, se descurcă bine. Comunicăm cu el numai în engleză.

– Ai o fotografie cu el? Cum se numește?

– Da. Uită-te! Și acesta este numele lui, îi zice el, după ce scrie pe o foaie, ca să nu fie auzit de cineva. El este?

– Da, chiar el! L-am găsit! Bravo, Giuliano! Ai toate barurile din Scampia din partea mea! Însă, doar pentru o lună poți încasa numai tu taxele de protecție! Apoi, mi le iau înapoi. Cu o condiție: să-mi dai și adresa lui.

– Mulțumesc, frumoaso! Sigur. Dacă se poate să nu-l omori, ar fi perfect.

– Nu îl voi omorî. Dă-mi acordul tău să-l scot din clanul Castaldo!

– Rebecca... Cum să plece din clan cu toate informațiile pe care le deține?

– De cât timp a fost racolat?

– De câteva zile.

– Atunci? Ce putea să afle în câteva zile? În plus, să depună jurământul trebuia să vină la Napoli. A venit până acum?

– Nu, nu încă. Apropo... Dar tu unde te-ai culcat cu el, având în vedere că nu a trecut încă prin orașul nostru?

– Pe Lună! Fix acolo. Ia nu mă mai stresa cu atâtea întrebări! Eliberează-l acum din funcție! Băiatul ăsta va lucra pentru mine.

– Eu îl eliberez, dar mai trebuie 50 000 de euro, pe lângă taxele pe o lună din Scampia. În fișa lui scrie că nu intenționează să părăsească România.

– Ce-ți mai place să profiți de disperarea oamenilor! Îți fac transferul bancar, doar lasă-mi-l mie! Trebuie să plec. La revedere!

Capitolul 35

Stătuse încă o noapte singură. Majoritatea timpului îl petrecea în pat, căci era o adevărată tortură să se ridice cu o mână frântă și cu un picior la fel de frânt. Chiar și așa, avea grijă să se aranjeze, ajutată de Lăcrămioara, menajera care o înlocuise pe Tina după ce Tony o concediase. La început, nervoasă, țipase de câteva ori la ea. Apoi, văzând comportamentul ostil al cumnatului și al socrului ei față de ea, încetase să mai vorbească cu cineva din acea casă. Mai nou, se chinuia să facă totul fără Lăcrămioara, pe care o auzise recent bârfind-o cu Tony. Relația cu soțul ei era tot mai rece. De abia o sărutase de câteva ori de plecare de când fusese eliberat din penitenciar. Cu excepția primei nopți, în celelalte, fusese absent. De partea cealaltă, Fabian de abia îi răspundea la mesaje, supărat, probabil, pentru că ea nu-l vizitase niciodată. Cum să iasă din casă pentru a-și vedea amantul rănit în accident când toată armata de gangsteri aduși de Laurențiu Toma la vilă era cu ochii pe ea? Ar fi riscat să-l pună în pericol și pe Fabian. Din nou. Și își dorea din suflet ca el să fie bine.

La nivel emoțional, era distrusă. Trecuse prin multe necazuri până la 24 de ani și nu mai avea în viață nicio rudă. De-a lungul existenței sale tumultuoase, o încercaseră pe rând tot felul de stări. Mulți o batjocoriseră până să se mărite cu Emanuel Salamandra și să ajungă ulterior să-i controleze pe toți. Cu o singură situație nu avusese niciodată de-a face. Infidelitatea din partea lui Manu. Alina considera că o aventură de-o noapte a bărbatului ei nu era cu adevărat o infidelitate. Știa că în cei doi ani și jumătate de căsnicie, Tony îi adusese în pat cel puțin vreo trei femei, profitoare ale stării lui de ebrietate de la câteva petreceri. Dar ea nu pusese la suflet acele nopți. La rândul ei, sub influența băuturilor alcoolice, îl confundase o singură dată cu un taximetrist care o aducea acasă după o sindrofie la care cântase Eva Lăpuș. Apoi, îl cunoscuse pe Fabian, cel care-i dăduse total lumea peste cap. Și în prezent, nu se schimbase nimic. Îi iubea pe amândoi la fel, însă intuiția ei nu o înșela. Manu era îndrăgostit de altă femeie. Aceea pe care ea o numea „piticanie", deși nu era cu mult mai scundă față de ea. Ironia sorții este că, de când o cunoscuse pe Ilinca, Alina era chinuită de un gând care nu-i dădea pace. O știa de undeva. Mâinile acelea ale ei cu o brățară albastră luată de undeva de la o mănăstire. O avea demult. Recunoștea și ochii aceia verzi. Avea ceva forță, nu glumă. Îi rupsese câteva coaste în timpul resuscitării. Oare ea își amintea? La câte vieți salvează doctorii într-o viață...Totuși, ea era foarte tânără...

Era în mijlocul lunii iulie a anului 2009 când Alina venise din nou la mare după foarte mulți ani. Avea deja 18 ani și o poftă incredibilă de viață. Teribilistă, voia să depășească geamandura înotând. Până într-o zi, când marea era mai agitată decât de obicei, și nu mai reușise să se întoarcă la timp înainte ca mai multe valuri să o scufunde. Când salvamarii o aduseseră la mal, deja se înecase. Toți o crezuseră moartă. Mai puțin ea, Ilinca. Sau poate o fată care semăna foarte mult cu ea și o fi având o brățărică asemănătoare. O resuscitase înainte ca ambulanța să ajungă pe plaja de la Corbu, salvându-i viața. Pe vemea aceea, ea era doar o tânără studentă în anul II la Medicină. Până să se dezmeticească Alina și să-i poată mulțumi pentru că îi salvase viața, eroina plecase deja. Și de atunci nu o mai văzuse niciodată... Până în urmă cu aproape o săptămână. „Doctorița porno", „piticania", „târfa tupeistă"... Nu, respira datorită ei. Avea să meargă și să-și ceară scuze. Dacă Emanuel vrea să o părăsească pentru Ilinca, nu are decât. E de vină el, nu ea.

Încearcă să se îmbrace cu o rochie albastră mulată pe corp. Dar nu reușește să-și închidă fermoarul de la spate. Se întoarce și se smucește. Fără succes, însă. Deodată, simte o mână care-i trage fermoarul cu putere. Fusese atât de îngândurată, încât nici nu-l auzise intrând în dormitor! Era atât de frumos! Deși prima sa reacție este să-i dea o palmă, fiindcă își petrece nopțile departe de ea, se răzgândește când îl vede surâzând inocent, de parcă ar fi fost un copil a cărei unică greșeală fusese furtul unei acadele.

– Te strânge rochia, Alina?

– Da... de la ghipsul ăsta. Sau crezi că m-am îngrășat?

– Nu, ești foarte frumoasă și nu te-ai îngrășat deloc. Azi-noapte am avut niște treburi de rezolvat cu un transport de arme. Tony s-a lăsat pe tânjală de când m-am întors. Nu se dă jos din pat decât să alerge după Clara Pavel.

– Ce penibil e fratele tău! Iubitule, el și cu Laurențiu mă tot ironizează. Își bat joc de mine în fiecare moment în care tu nu ești acasă. Plâng în fiecare zi aici, abandonată. Nu am pe nimeni. Chiar crezi că sunt atât de rea, încât să merit asta?

– Nu, iubito, nu ești rea deloc. Voi vorbi eu cu ei. Până atunci, pentru orice ai nevoie, apelează la Lăcrămioara! Da?

– Nu, e o viperă. Tony o plătește să îi dea informații despre mine, au format o alianță împotriva mea.

– Alina, exagerezi! Nici tu nu ești fără pată. Tata te aprecia până să afle... Hai să fim rezonabili! Alt bărbat în locul meu te-ar fi lăsat demult, pe când eu sunt încă aici. Ce vrei să fac? Să-i condamn că nu te mai suportă după ce m-ai trădat?

– Manu, eu nu mai rezist în casa asta. Sunt istovită. Nu îmi doresc să mă cert cu tine. Când vrei să plec de aici, voi pleca.

Dacă tu crezi că între noi nu mai este nimic... îi spune ea, în timp ce un val de lacrimi sărate îi spală obrajii.

– Nu cred asta. Te rog să nu mai plângi. Uite, sunt aici. Vom găsi o soluție. Bine?

La parterul vilei, Antonio și tatăl lui, recent împăcați, fumează, servesc un coniac bun, râd și își șterg pistoalele de praf. Au pe masă o adevărată colecție de arme de toate mărimile și tipurile. Manu coboară scările nervos, în viteză, și se răstește la ei:

-V-aș ruga pe amândoi să nu o mai atacați pe Alina! Așa cum eu nu mă bag în problemele voastre, nici voi să nu îndrăzniți să vă mai amestecați în căsnicia mea!

– Aoleu, ce amenințător ai fost, îi spune fratele său mai mare, zâmbind ironic.

– Uite ce zic, Emanuel! Atâta timp cât ușuratica aia stă la mine în casă, trebuie să mă respecte! Altfel, o iau cu tot cu patul în care zace bolnavă după amant și o dau afară în stradă, îi dă replica tatăl său, acid și hotărât.

– Incredibil! Tocmai tu vorbești despre asta? Câte amante ai avut la viața ta, tată? Te-a alungat vreodată mama? Ai uitat cine ai fost în tinerețe? Sau cine ești și acum?

– Nu fi obraznic cu mine că te calc în picioare, îl amenință Laurențiu, ridicându-se cu tot cu armă de pe scaun și îndreptându-se țintă către el.

– Tată, gata! Lasă-l în pace! De abia s-a întors și e confuz, intervine Antonio, trăgându-l ușor de umeri înapoi. Nu știe dacă o vrea pe Alina, pe Ilinca, sau pe amândouă. E cu nervii în piuneze, iar vrăjitoarea de nevastă-sa îl montează împotriva noastră. Aș zice să iei un Xanax și să te calmezi, frate! Ești cam trist pentru un bărbat care are două femei…

– Dobitocule! îi strigă Manu fratelui său și iese val-vârtej din casă.

Laurențiu Toma și fiul său mai mare se uită unul la celălalt nedumeriți. Nu era ceva neobișnuit ca tatăl să-i vorbească mezinului său pe un ton agresiv. Dacă față de Tony avea un anumit respect și încă din copilărie îl menajase cât putuse până să ajungă la acel conflict uriaș de anul trecut, față de Emanuel nu simțea la fel. Îl găsea slab, influențabil, și era decepționat de lipsa lui de cruzime în interacțiunea cu dușmanii clanurilor Arizzi și Salamandra. Mereu îl iubise și îl apreciase mai mult pe Antonio. De aceea, nu avea de gând să accepte vreodată ca mezinul familiei să preia șefia clanurilor sale sau să-l sfideze pe el, ca tată.

– Tată, tocmai l-ai amenințat pe Manu cu arma?

– Așa, și care-i problema? V-ați obișnuit să faceți ce vreți voi în casa asta? Eu l-am făcut, eu îl omor! urlă el înfierbântat, reiterând expresia favorită a multor părinți români căreia Patrizia Arizzi nu-i găsise niciodată echivalentul în limba italiană. Valabil și pentru tine, Tony, îi strigă el celui care-l privea îngrozit de peste masă, cu un pistol-mitralieră în mână și un trabuc între buze.

Capitolul 36

Trecuseră trei zile de la conversația telefonică pe care o avusese cu Gabi Pavel. Încercase să se tempereze puțin, fiindcă orice gest necugetat i-ar fi putut periclita relația cu femeia iubită. Continuase să-i scrie, îi trimisese câteva poze cu el pe rețelele de socializare, dar schimbase strategia. Nu mai voia să vină după ea de fiecare dată. Își spusese că ar trebui să-i dea timp pentru ca și ei să i se facă dor de el. Doar gândul că ea dormea în pat cu bărbatul acela atrăgător îl făcea pe Antonio să-și iasă din minți. De ce nu-l părăsea odată? Dacă vicleanul ei soț îi spusese despre comă? Poate se împăcaseră realmente și acum trăiau ca o familie, iar Clara îi ascundea adevărul de teamă? Nu, ăsta chiar ar fi un coșmar! Se urcă în bolidul său de lux și pleacă să-l strângă cu ușa pe Gabriel. La propriu sau la figurat, o să vadă la fața locului.

Parchează pe o străduță paralelă cu blocul unde locuiește Clara, precaut ca rivalul său, care stă pe balcon, să nu-l vadă. De sus, parcă se uită expres după cineva care este în fața blocului. La ora aceea, precis el este singur, recent întors dintr-o tură de noapte de la barul unde lucra, iar soția lui e la serviciu. Privește atent copiii care se joacă gălăgioși, alergând printre clădiri. Îi sare în ochi o fetiță brunețică, îmbrăcată într-o geacă de primăvară maro, într-o fustiță verde, cu ștrămpișori groși, negri, imprimați cu modele de fluturi. Este Sonia. Se întoarce și îl vede la volan. Se holbează la el câteva secunde, apoi trece strada neatentă, profitând de faptul că tatăl ei plecase pentru scurt timp de la balcon. Se duce la Tony.

– Fluturaș! De ce traversezi fără să te asiguri?! o ceartă el și o ia în mașină.

– Am greșit. Sunt și eu mică, spune ea spășită. Mă iei cu tine? Nu vreau la grădi azi. Ar trebui să merg într-o oră, căci din nou întârzie doamna educatoare. Și eu nu am chef.

– Vrei să vii cu mine într-o aventură? La parcul de distracții, apoi la *mall* să-ți iau jucării, să păpăm *burger* din acela bun și înghețată de vanilie cu căpșuni?

– Daaa! Vreau, îi spune ea, luându-l în brațe și sărutându-l pe obraz. Tony e cel mai tare!

– Hai să plecăm, declară el energic, pornind mașina repede și fugind de la fața locului ca un infractor, cu fiica rivalului său. Tony nu o făcuse voit, dar cea mică îi oferise un prilej de răzbunare care nici măcar nu-i trecuse prin minte. Ce palpitații o să-l încerce pe încrezutul de Gabriel când nu își va mai găsi copilul! Totuși, dacă se speria Clara? Avea de gând să o sune și să-i spună că fiica ei era la el, în siguranță, rugându-o totodată să-i ascundă adevărul soțului ei. Merita o lecție dură după ce eșuase în misiunea lui de a-și supraveghea fetița.

– Bine, Tony, însă nu ținem farsa asta toată ziua! Gabriel o să se agite și o să întoarcă tot orașul cu fundul în sus să o găsească! Tu nu îl cunoști. O să vin mai târziu să o recuperez, să evităm o altă ciocnire violentă între voi doi.

– Așa facem. Nu te preocupa! Sonia e pe mâini bune. Vrei să vorbești cu mami, fluturaș?

– Daaa! Mami, îmi dai voie să lipsesc azi de la grădi? Tony e aici, am eu grijă de el.

– Bine, Sonia. Dar te rog să fii cuminte! Să-l asculți pe Tony, da?

– Da, dacă și el mă ascultă pe mine.

– Nu fi răsfățată! Dacă nu-l asculți, îi spun să te aducă înapoi repede și treci direct la lecții.

– Bine. Sunt cuminte, atunci. Mulțumesc, mami!

Clara surâde ștrengărește din magazinul unde lucrează ca vânzătoare. Gabriel merita o sperietură zdravănă, pentru că își părăsise fetița în trecut, iar acum o scăpase de sub supraveghere. Dacă în locul lui Tony altcineva ar fi răpit-o pe Sonia? Peste câteva minute, bărbatul ei o sună. Îl aude gâfâind panicat de la capătul celălalt al firului.

– Clara, sunt disperat, iubito! Am pierdut-o pe Sonia! În dimineața asta se juca în fața blocului. Urma să o pregătesc pentru grădiniță. Am plecat două minute să-i prepar un sandwich și a dispărut. Ce mă fac?

– Poftim?! Ai pierdut fata? Ești un ratat! Încă o dată îmi demonstrezi asta! Nu mă interesează cum faci! Găsește-o!

După câteva ore în care fuseseră în parcul de distracții și la *mall*, iar Sonia se simțise în al nouălea cer, în timp ce bietul ei tată o căuta disperat, liderul clanului Salamandra primește un telefon de la Laurențiu, care-l roagă să vină acasă pentru a rezolva o problemă a uneia dintre companiile legale prin care familia Toma spăla banii câștigați din traficul de arme.

– Stai aici, Sonia! Bine? O să vin repede să te iau. Ocupă-te puțin de ea, Lăcrămioara!

– Sigur că da, don Antonio. Vrei să bei suc, drăguță? o întreabă ea duios.

În spatele casei, Manu făcea exerciții de tragere cu arma împreună cu oamenii săi. Pentru el, era și o cale de a se mai descărca după toate tensiunile la care fusese supus de familia sa. Cât merge Lăcrămioara după suc și prăjituri, Sonia, rămasă iarăși singură, aude pocnituri și pleacă în acea direcție, curioasă ca orice copil de vârsta ei. Ajunge în perimetrul tragerilor și se sperie, punându-și mânuțele la urechi. Emanuel o observă de la distanță și aleargă repede să o scoată din zona periculoasă.

– Hei! Ce cauți tu aici? Pe unde ai intrat?

– Bună! Eu sunt Sonia. Pe tine cum te cheamă? Aaa... tu ești Emanuel, nu-i așa?

– De unde știi tu numele meu, păpușică? Brusc, bărbatul își dă seama unde văzuse acea fetiță frumoasă și fragilă ca un ghiocel. În fotografiile de pe Facebook ale lui Fabian Pavel, pe care le analizase în detaliu din închisoare, înecat de aburii geloziei. Trebuie să fie nepoțica lui, cea pe care săriseră salamandrele „plantate" de Danky în vestiarul sălii de sport.

– Pentru că știu eu. Am văzut poze cu tine și cu prietena ta Alina, cea cu părul galben. Am venit cu Tony, ne-am distrat frumos amândoi. Acum câteva minute a plecat și m-a lăsat aici singurică.

– Tony! Trebuia să-mi dau seama. Alina este soția mea. Însă acum e bolnăvioară și stă în pat. O cunoști? Vrei să te duc la ea?

– Nu, eu vreau să stau cu tine, îi spune ea îmbufnată. Dar dacă e soția ta, unde este copilul vostru?

– Nu avem copil, păpușică!

– De ce nu aveți? Nici mami cu tati nu aveau, dar m-au comandat unei berze. Au sunat-o și i-au spus că vor un bebeluș. Și ea m-a adus pe mine, care atunci eram bebeluș. Acum sunt mare. Cred că mami mai are numărul berzei. Vrei să o sune să-ți aducă și ție unul?

– Nu, scumpo, îi spune Emanuel râzând. Ești atât de drăgălașă! Tatăl tău știe că ești aici?

– Mami știe, cred că și tati. Tu ce faci aici? Ai un pistol de jucărie?

– Nu, e un pistol adevărat. Copiii trebuie să stea departe de el.

– Mă iei în spate? Am obosit să merg. Fabi mă ia mereu în spate. Și el e prieten cu Alina, dar ea e rea. I-a dat cu palma. El e foarte bun și o iubește mult. Se pupă pe gurițe, i-am văzut eu.

– Doamne sfinte! Te iau, cum să nu? Ar trebui să te angajeze SRI-ul. Ești tare sinceră.

– Mami m-a învățat să nu mint. De ce? Am vorbit urâțel?

– Nu, deloc, ai spus doar adevărul. Îl iubești mult pe unchiul tău?

– Da, e inimioara mea. Tati și mami mă mai ceartă uneori, bunica țipă la mine dacă nu stau cuminte. Cu el pot face orice năzbâtie. Nu mă ceartă niciodată și nici nu e supărăcios. Îmi face o mâncărică foaaarte bună.

– Ce drăguț! Și cu toate astea, e rău. Știai că e un băiat rău? Că m-a făcut să sufăr?

– Nu! îl contrazice ea, încruntându-se. Fabi nu e rău deloc. Nu vreau să mai suferi! Pot să fiu eu prietena ta! Îmi placi mai mult decât Victoraș și Patric. Tu ești mai mare.

– Aaaa… ai și tu doi prieteni? Unde, la grădiniță?

– Da, normal.

– Nu pot să cred cât ești de simpatică! Părinții tăi sunt foarte norocoși să te aibă! Bine, accept să fiu prietenul tău. Vrei să papi prăjituri?

– Daaa! Vreau!

Manu prinde repede drag de ea și o ia în spate să o ducă în casă. Brusc, afară aude gălăgie. Un bărbat se certa cu bodyguarzii, dorind să intre în curte, fără nicio șansă de izbândă. Emanuel se apropie de poartă cu Sonia în cârcă și îl vede pe Gabriel Pavel, care era la un pas să-l ia la bătaie pe solidul Geo.

– Vreau să vorbesc cu Tony Salamandra! Sunt convins că mi-a răpit copilul! Unde e? Să vină acum!

– Gabriel! îl strigă Manu, șocat de imaginea din fața lui. Calmează-te! Fiica ta e aici. Tocmai am făcut cunoștință.

– Iubita mea, fluturașul meu scump, o alintă Gabriel și o preia de la fratele mai mic al dușmanului său cu brațele larg deschise, strângând-o atât de tare, de parcă cineva ar fi vrut să i-o smulgă de la piept. Hai să mergem acasă!

– Tati, mă strângi prea tare! Uite, Emanuel este prietenul meu, iar Tony trebuie să vină să-mi dea jucăriile. Nu vreau să plecăm!

– Poftim?! Ce jucării? Tony a luat-o din fața blocului? Cu ce drept îmi luați voi mie fata?! se rățoiește el la Emanuel, care îl privește uimit. Să nu o mai atingeți niciodată, infractori nenorociți ce sunteți!

– Eu nu i-am făcut niciun rău fiicei tale, Gabriel Pavel! Nu mai urla în halul ăsta! Când vine frate-meu, ceartă-te cu el! Eu nu am nicio vină. Ați luat-o razna cu toții? protestează Manu revoltat și pleacă în casă nervos, fără să-și ia rămas bun de la micuța care începuse deja să plângă după el.

– Gata, nu mai plânge! Ești cu tati. Nu o să las pe nimeni să te rănească, puiul meu scump, îi zice el, luând-o în brațe până la mașină.

– Tati, de ce faci așa? Tony a fost bun cu mine, mi-a luat jucării, mi-a dat *hamburger* și înghețată, când tu nu-mi dai niciodată. Ai pitici pe creier?

– Ce ai zis? o întreabă el consternat, în timp ce încearcă să-i pună centura pe bancheta din spate. De ce îmi vorbești așa? Te-a învățat Tony să-mi vorbești în felul ăsta?

– Nu... Am auzit la grădi copiii. De ce ești supărat?

– Să nu mai vorbești niciodată așa cu mine! Ai priceput? o întreabă el cu un aer autoritar, aproape agresiv, pe care fetița nu-l recunoștea la tatăl ei. Am trecut prin toate chinurile iadului astăzi din cauza ta! Nici că îți mai permit vreodată să te joci în fața blocului! Cum să pleci fără să mă anunți? Ești fetiță mare!

– Dar mami a știut de mine! Ea m-a lăsat să plec cu Tony!

– Ce? A știut? A știut și și-a bătut joc de mine împreună cu amantul ei?

– Tati, ce înseamnă „amant"?

– Mai taci odată! Semeni numai cu maică-ta la fazele astea! se răstește el la micuță.

– Tati, eu te iubesc cel mai mult pe tine! strigă Sonia cu sinceritatea ei de copil și începe să plângă înfundat, în timp ce Gabriel oprește pe dreapta, la scurt timp după ce plecase de pe loc, și vine în spate să o ia în brațe și să o mângâie.

– Îmi pare rău că am țipat la tine, fluturaș! Și tati te iubește cel mai mult din lume!

Gabriel simte că plesnește de furie. O lasă pe Sonia la mama lui pentru a purta o discuție cu ingrata lui soție. Nu ar fi vrut ca micuța să asiste la o nouă ceartă dintre el și mama ei. În acel moment, simte că i-ar fi dat vreo câteva palme, chiar dacă nu o lovise niciodată, nici măcar cu un deget, și era împotriva bărbaților care agresau femeile. Totuși, comportamentul ei era strigător la cer. Sărise calul complotând cu Salamandra împotriva lui. Era prea mult. Iar fapta ei fusese de o cruzime rar întâlnită. Pe Tony îl înțelegea mai ușor, nu avea copii să cunoască acel instinct patern, în plus, era dușmanul lui de moarte. Dar ea? Ce fel de soție și de mamă ar fi comis o asemenea atrocitate?

– Bună! Ai găsit fetița? Spune-mi că ai găsit-o, îl presează ea pe un ton prefăcut.

– Nu te mai recunosc, Clara! Ești bolnavă! Dă-te la o parte din fața mea, până ce nu-mi pierd de tot controlul! Am aflat ce ai făcut. Sonia era în casa amantului tău. A luat-o cu acordul tău. Am recuperat-o după ce m-am dat de ceasul morții toată ziua. Ți-ai bătut joc de mine ca de ultimul fraier!

– Așa îți trebuie, deoarece nu ești capabil să ai grijă de fetița ta! Dacă o lua un pedofil din fața blocului? Tu unde erai? De ce ai scăpat-o din ochi?

– Am plecat două minute să-i fac mâncare pentru grădiniță și să-i pregătesc hainele. Am stat tot timpul cu ochii pe ea.

– Daaa! Sunt sigură de asta! Trebuia să o iei sus atunci când te-ai apucat de treabă și să o ții lângă tine. Nu ți-e destul că ai abandonat-o timp de o lună și jumătate? Acum te vaiți că te ocupi de ea?

– Te-ai aliat cu mafiotul tău să-mi distrugeți viața? Fiica mea este totul pentru mine, aș fi în stare de orice pentru ea. Și nu am părăsit-o niciodată.

– Mafiot ești tu, Gabi! Și mai ai câteva „calități" în plus. Ești un mincinos, un profitor și un ipocrit! Nu te mai victimiza atât! Mă bucur mult că ți-am dat o lecție împreună cu Antonio! Meritai asta și mai mult de atât!

Furios, Gabriel o apucă de bărbie și o strânge tare, punând-o la zid. E pe cale să o lovească, dar se oprește la timp. Ce era în capul lui? De parcă o forță necurată ar fi pus stăpânire pe el. Ochii ei mari îl privesc îngroziți. Asta mai lipsea! Să o bată! În rest, ea considera că el le făcuse pe toate. Impulsivă, în dorința ei de răzbunare, pune mâna pe telefon și îl sună pe Antonio Toma chiar în fața lui.

-Tony, vin la tine, dragule! Așteaptă-mă!

Gabriel, care se prăbușise pe podea cu mâinile în cap, regretându-și imediat gestul, ridică privirea către ea și îi spune cu vocea tremurândă:

– Când am ajuns în halul ăsta, Clara? Noi doi, care ne-am iubit ca niște nebuni? Te las să pleci. Așa este mai bine pentru amândoi...

– Stai acolo unde ești! Să nu te mai apropii de mine! Te urăsc!

Capitolul 37

Insula Capri la jumătatea lunii mai. O bijuterie terestră scăldată de razele galbene ale soarelui ce răsfață cu mai multă căldură Coasta Amalfitană decât restul lumii. E plină de flori și de turiști care vorbesc în toate limbile Pământului.

Clara și Antonio se așază la o terasă cu vedere la mare. Comandă amândoi paste cu fructe de mare și vin alb, italienesc. Se privesc în ochi prelung, de parcă s-ar pătrunde unul pe celălalt cu patos. O intersectare de energii erotice descărcate doar la nivel vizual. Tony nu-și poate ține mâinile departe de ea. Așa că o atinge senzual pe genunchi, pe sub masă, delectându-se în așteptarea deliciosului fel de mâncare.

– Mi-e foame de tine, iubita mea! Simt că te-am așteptat o viață! Îți place că suntem aici?

– Sunt fericită, Tony. În sfârșit, simt o ușurare, mai ales atunci când te privesc în ochi. Știi că arată la fel ca marea asta care se uită iscoditor la noi?

– Chiar așa? Nu m-am gândit până acum. Nici că ochii mei au culoarea Mării Tireniene, nici că ea este iscoditoare. Mi se pare mai degrabă că marea ne place. O simt cum ne ține pumnii, cum ne împinge unul în brațele celuilalt.

Părul ei e prins ușor în adierea brizei. Lung și voluminos, deranjează un oleandru roz, atingându-l din zbor, căci este plasat chiar în spatele ei. La un moment dat, o șuviță i se înțepenește între frunzele lui aspre și verzi, de parcă frumoasa plantă și-ar fi înfipt unghiile în părul Clarei. Amândoi încep să râdă, văzând cum părul ei ondulat se agățase între frunzele oleandrului. Se întâlnesc la jumătatea mesei încleștați într-un sărut franțuzesc la mare căutare pe insulele italiene. Numai chelnerul îi face să se desprindă unul de celălalt când le aduce comanda. Le zâmbește politicos. Nu poate să se abțină și îi felicită pe amândoi pentru că formează un cuplu atât de frumos.

– Să nu te mire! Prin partea asta a locului oamenii sunt foarte expresivi și vorbăreți.

– Nu, nu mă miră. Îmi place că sunt astfel. Sunt atât de... potriviți cu locul, declară ea entuziasmată, după ce savurează o gură din vinul luxuriant pe care-l comandase partenerul ei.

– Ești atât de fină! Te-ai născut pentru a avea o viață precum cea pe care ți-o voi oferi eu. Și crede-mă, o să-ți pun toată lumea la picioare! Am vrut să încep cu locul acesta pentru că este special pentru mine. Aici m-am născut în urmă cu 30 de ani, pe 10 august 1985, pe un vapor care se îndrepta spre Capri. Mama nu a stat locului nici în acea vară și au apucat-o durerile facerii pe vas, în timp ce număra banii pe care-i produseseră ea și tata în acea zi. Banii aceia nu erau ilegali. Închiriau vapoare și bărci. La începutul relației lor, au stat departe de afacerile Mafiei. Apoi, pe când aveam numai doi ani, tata s-a asociat cu bunicul meu, Matteo Arizzi, în contrabanda cu arme.

– Doamne, iubitule! Dar cine a ajutat-o să te aducă pe lume? Erau doar ei doi?

– Da. La acea oră, erau numai ei doi și marinarul. M-am născut relativ repede, după o oră și ceva. Tata era să mă omoare din prima. În loc să-mi taie cordonul ombilical, mi l-a încolăcit după gât și era să mă sufoc. Tot mama a fost cea care m-a salvat la timp.

– Vai de mine! Cred că s-a emoționat prea tare când a văzut ce băiețel frumos are!

– Da, cred că mult prea tare! Dar atunci eram urât, nu ca acum, glumește el, închizând ștrengărește dintr-un ochi.

– Ah, eu m-am născut într-un spital din Timișoara. Cu un an înainte de Revoluție, cu o săptămână înainte de Crăciun. Era zăpada până la genunchi și un frig de crăpau pietrele. Căldură nu prea era, ca în România acelor din urmă zile ale Comunismului. Sărăcăcioase, gri, lipsite de noimă. Mama mă învelea cu trei pături, iar tata râdea, zicând că arătam ca o sărmăluță de orez în foi de viță. Apoi, când aveam doar un an de viață, în ziua în care a murit Nicolae Ceaușescu, soră-mea, de trei ani, a vrut să-l imite pe tata care sărea în sus de bucurie, după ce scăpase de un glonț ce-i trecuse pe la ureche, în timp ce protesta în centru. A sărit și ea de pe canapea direct pe covorul pe care mă jucam cu o păpușă de petece, stând în fund, deoarece nu plecasem încă în picioare. S-a rostogolit peste mine și mi-a spart capul. Bieții mei părinți alergau pe la spitale în Ajunul Crăciunului, într-o Timișoară decimată ca după război, în care cadavrele protestatarilor de abia fuseseră ridicate de pe străzi, lăsând încă urme de sânge înghețat pe trotuare. În spital era un adevărat haos, îmi povestea tata. Eu nu-mi amintesc nimic, din fericire. M-au bandajat și m-au trimis acasă, iar soră-mea a fost pusă pe coji de nuci cu tălpile goale timp de o oră, chiar în noaptea de Crăciun.

– Pe coji de nucă? Sărăcuța! La trei ani? Părinții români din acea generație sunt ceva de speriat. Au drept de viață și de moarte asupra ta! Cum țipa tata: „Eu te-am făcut, eu te omor", zice el glumind și imitându-l pe Laurențiu Toma.

Clara și Tony râd dezlănțuiți, privind împreună apa cristalină a mării ce înconjoară protectoare stâncile din dreptul insulei. De fapt, acele stânci, ca niște santinele de forme și dimensiuni variate, le zâmbesc acum din depărtare, bucuroase că o să nășească o altă pereche de îndrăgostiți care se țin în brațe, uitându-se la ele cu nesaț.

Pleacă de la restaurant și se țin de mână pe străduțele în care grupuri întregi de turiști se înghesuie să facă poze. Cotesc pe o stradă mai ferită și se opresc în fața unui stand unde se vinde *granita*. Se așază la o coadă formată din trei oameni, iar Clara este influențată de Tony să o aleagă pe cea cu aromă de pepene roșu. La un moment dat, se uită în spate și văd un bărbat tânăr, frumos, brunet, cu ochii verzi și cu un aer de inocență întârziată, care tocmai decisese că avea și el poftă de o *granita*. Clara îl privește cu respirația tăiată și cu gura întredeschisă. El o ia ca pe un flirt și îi surâde senzual, enervându-l pe Tony, care îi aruncă o privire furtunoasă.

– Frumos băiatul, nu iubito? îi ridică el mingea la fileu mai în glumă, mai în serios.

– Da... Dar nu... Nu am vrut să flirtez cu el, Tony! Să nu crezi asta! Doar m-am uitat atent pentru că...

– Seamănă cu el. Am înțeles, nu te neliniști. Eu mi-am dat seama. Numai că el a luat-o în serios. Italienii sunt maeștri ai flirtului. Nu se jenează să flirteze în public și cu femeile care sunt ținute de mână de alți bărbați.

– Ce-i drept, în România, oamenii sunt mai rezervați cu chestia asta. Nu îndrăznesc atât.

– În România l-aș fi bătut dacă te privea așa în fața mea. Aici, însă, este o altă cultură. Paradoxal, deși sunt mai geloși și mai pasionali, italienii sunt reținuți și civilizați, mai ales în public, oferindu-le mai multă libertate partenerelor.

– Și tu cum ești, iubire? Ca românii sau ca italienii?

– Sunt o corcitură. Am trăsături din ambele popoare. Dar sunt gelos, dacă asta vrei să știi. Rău. Nu e ceva voluntar. Simt ca un fel de curent care-mi străbate tot corpul până la gât, simțindu-mă amenințat de un alt mascul.

– Tony, eu te fac să simți asta?

– Nu, Clara. Acum nu. Doar până să-l părăsești. Bine că nu a durat prea mult. Altfel, mi-aș fi pierdut mințile și mă internau la Spitalul 9.

– Și tu acum! Mai e puțin și vom putea să ne oficializăm relația. Oamenii nu ne vor mai privi ca pe niște amanți. Oricum, toți știu că ne-am despărțit și că el s-a mutat la maică-sa acum o lună.

– Când se pronunță divorțul?

– În două săptămâni, dacă nu se întâmplă ceva excepțional. A trecut o lună și pare că a acceptat situația. E mai bine așa, decât să ajungem să ne omorâm între noi.

– Bine că se termină coșmarul ăsta și vom fi fericiți împreună! Abia aștept să ne cununăm! Te iubesc, Clara! Vreau să mor în brațele tale cam peste 50 de ani. Ba nu, 60.

– Și să ajungem la 90 de ani ca niște fosile? Nu, merci! Vreau să fiu mereu frumoasă pentru tine.

Se urcă în mașină și pleacă spre Anacapri. Orașul de sus, din prelungirea Insulei Capri, un petec de pământ binecuvântat, loc al desfătărilor împăraților romani din Antichitate. Augustus și Tiberius organizau aici petreceri de pomină în vilele lor somptuoase, adevărate orgii despre care se dusese zvonul până dincolo de granițele extinse ale Imperiului Roman. Din Villa San Michele, Clara și Tony își lipesc chipurile unul de celălalt, alcătuind un soi de inimioară. Fac un *selfie*, imortalizând pe fundalul fotografiei o bucată dintr-o colonadă albă, o mică porțiune a parcului verde înconjurat de flori multicolore și azuriul mării care se termină în zarea de o nuanță puțin mai deschisă de albastru. Ea își lasă capul pe umărul lui visătoare. El îi sărută buzele arse de soare. Afară sunt peste 30 de grade, chiar dacă vara încă nu se instalase oficial pe acele meleaguri adorate de zei...

După ce zăbovesc împreună prin orășelul nou pentru iubita lui, Antonio Toma o conduce la o vilă superbă cu vedere la mare. Trec de gardurile solide ca niște castre romane și au parte de o priveliște sublimă. Înconjurată de azalee, de măslini și de lămâi, dar și de o piscină imensă, vila seamănă mai mult cu un palat medieval construit de una dintre marile familii nobile din sudul Italiei. Bărbați în costume înarmați până în dinți o păzesc, iar servitoare îmbrăcate în uniforme albastre țin în mâini platouri cu bunătăți de tot felul și pahare din cele mai fine băuturi. Să fie tot deranjul acela doar pentru ei doi? Clara crede inițial că nimerise la petrecerea unor mafioți stilați din regiune. Intră în vilă și primul lucru care-i sare în ochi este tabloul *Sărutul lui Iuda* de Caravaggio. Rămâne fascinată, întrucât era pasionată de artă și auzise că acel tablou fusese furat cu mulți ani în urmă dintr-un muzeu din Ucraina.

– Wow! Este original, nu-i așa?

– Da! Tot ce vezi în vila asta cu pretenții de palat este original. De la mobilierul semnat de cei mai celebri *designeri* ai lumii până la tablouri sau la bijuterii. Vila asta a fost recondiționată în 1937 de către străbunicul meu, Corrado Arizzi. Iar pictura aceasta a lui Caravaggio, *Sărutul lui Iuda,* l-a obsedat dintotdeauna. Trădat de cel mai bun prieten și arestat la 37 de ani pentru ceea ce s-ar numi acum crimă organizată, a fost eliberat 20 de ani mai târziu. Când a ieșit din închisoare, a organizat o spargere la muzeul în care era ținută această piesă unică. Oamenii lui au furat-o și i-au adus-o. Dar toți vizitatorii casei cred că este o reproducere foarte reușită a picturii reale.

Noroc că poliția nu a infiltrat vreun evaluator de artă aici să ne dea de gol.

– Ce tradiție extraordinară are familia ta, iubitule! Deci era pasionat de *Sărutul lui Iuda* pentru că, la fel ca Mântuitorul nostru Iisus, și el a fost trădat de un prieten?

– Cam așa ceva. Dar, din câte mi-a povestit mama, în spatele acelei trădări prin care Corrado a fost condamnat la închisoare, ar fi stat și o trădare în dragoste.

– Cum așa? Cine pe cine a trădat în dragoste?

– Corrado era un bărbat foarte chipeș, în salon e un portret al său pe pânză realizat de un pictor francez, cu vreo trei ani înainte de arestarea sa. Dintotdeauna străbunicul a iubit arta. Și se pare că s-ar fi îndrăgostit de soția prietenului și asociatului său, Tiziano Tortora, pe nume Rafaella. Ar fi început o poveste de iubire zbuciumată, în urma căreia Rafaella și-a pierdut viața, ucisă chiar de soțul ei, iar amantul ei și-a pierdut libertatea.

– În situația aceasta cine este Iuda și cine este Mântuitorul? În cazul în care străbunicul tău ar fi trădat primul?

– Nu știu, iubito. Dar pot să spun că la masă cu integranții acestui triunghi amoros formidabil Corrado Arizzi – Rafaella Tortora – Tiziano Tortora a stat însuși Benito Mussolini. „Il Duce" a venit la o cină însoțit de frumoasa lui metresă, Clara Petacci, tiza ta.

– Pe bune? Aici? Tot în această casă?

– Da. Și nu mă mândresc neapărat cu asta. Fascismul a fost o ciumă, o pată enormă de sânge pe istoria Italiei. Cu toate acestea, străbunicul și bunicul erau de altă părere. Uite acum, o altă Clara se va așeza la aceeași masă de legendă.

– Din câte știu eu, acea Clara era și ea măritată. Nu?

– Petacci? Da, deși l-a iubit mai mult pe „psihopatul" de Mussolini.

– Vai, ce rău ești! îi strigă ea, prefăcându-se revoltată și izbucnește în râs, la gândul că soțul ei era cel care îi atribuise de mai multe ori acea însușire lui Tony Salamandra.

Încă soțul ei... Gabriel. Cel al cărui prenume nu-l mai putea rosti sub nicio formă. Clipește un moment și își amintește de el a doua oară în acea zi epică. De data aceasta cu un strop de compasiune, alăturându-i imaginea de cea a Soniei, în timp ce mâna lui Antonio îi mângâie sânii. Știe că dacă își dorește un viitor strălucit, trebuie să pună cruce trecutului. În pofida faptului că inima ei mai pulsează uneori pentru acele secvențe din trecut care i-au marcat viața în feluri unice și irepetabile...

Capitolul 38

Iar îl vede pregătindu-se să iasă din apartamentul ei. Nu că ar fi ceva anormal ca o femeie să-l vadă plecând dimineața pe bărbatul cu care și-a petrecut noaptea. Dacă bărbatul merge la serviciu sau duce copiii cuplului la școală. Dacă bărbatul este normal, simplu, în rând cu lumea. Dar dacă bărbatul este Manu Salamandra, datele problemei se schimbă substanțial. Este bine că își lăsase la ea în apartament haine de schimb, nimic de zis. Dar de peste o lună de la eliberarea sa din penitenciarul Rahova, Ilinca se simte dusă cu vorba de un domn căsătorit, care nu vrea nici în ruptul capului să divorțeze. În acel bloc din Piața Victoriei, mai este cineva care primise direct în plex decizia lui Emanuel și a Alinei de a nu renunța la mariajul lor. Fabian. Și în timp ce Ilinca îl vede pe iubitul ei clandestin de vreo trei ori pe săptămână, vecinul ei a rupt orice fel de legătură cu rivala ei. Se îmbracă lejer și pregătește o cafea doar pentru ea. El face parte dintr-o categorie de oameni mai specială și rară: aceia care nu beau cafea și reușesc să fie energici de dimineața până seara fără niciun alt stimulent. Manu își trage sacoul pe el și o întreabă:

– Tu nu te pregătești pentru serviciu, Ilinca?

– Nu, ți-am zis că azi sunt în concediu. Îl eliberează pe tata. Avocatul angajat de tine a reușit să-i demonstreze nevinovăția. Va da și statul în judecată. El nu vrea, dar eu am insistat. Oricum, nicio compensație materială nu va fi suficientă să-i răscumpere cei 15 ani de detenție. Îți mulțumesc pentru tot ce ai făcut să-l scoți de acolo!

– Sunt fericit că l-am putut ajuta. Damian e un om deosebit, prea bun pentru lumea în care trăim. Cine mă pupă și pe mine pentru succesul acesta? se alintă el, în timp ce scrie grăbit un mesaj pe WhatsApp.

– Nu te pup deloc. Cui îi scrii la ora asta?

– Ești geloasă? Îi scriu tatei. De la întoarcerea lui acasă, mă exploatează cu sarcinile. Nu mai știu ce să fac și unde să merg mai înainte, de când m-a numit director la una dintre firmele sale.

– Nu sunt geloasă, Manu! Situația asta devine din ce în ce mai încordată.

– Te cred și eu că devine, mi-ai promis ceva ce nu faci. Probabil îți place să fii constant hărțuită sau complimentată de condamnații de la Rahova.

– Te referi la transferul meu? Crezi că poți să-mi dirijezi viața? Măcar de ai fi soțul meu, aș mai înțelege. Dar în momentul ăsta, sunt liberă să fac ce vreau și să-mi urmez singură calea.

– Ilinca, ai intrat acolo să-ți susții tatăl. După aceea, m-ai avut pe mine, care te-am protejat de orice rău. Între timp, eu am fost eliberat, iar tatăl tău nu mai are de azi nicio treabă cu pușcăria aia. Ce te reține acolo? Sau mai bine zis, cine?

– Exact ceea ce te reține și pe tine lângă soția ta. Comoditatea, iubitule!

– Ești de neînțeles, zău așa! Fă ce vrei! Să nu zici ulterior că ai avut de suferit!

– De fapt, cel mai mult am de suferit din cauza ta. Și eu, și ea. Alina m-a căutat ieri la închisoare. Și-a cerut scuze pentru că m-a jignit și mi-a spus că este profund decepționată de comportamentul tău, că nu te mai recunoaște. Te joci cu amândouă.

– Poftim? Alina nu și-a cerut niciodată în viața ei iertare de la cineva. Iar tu ai fi ultima persoană din lume față de care s-ar disculpa. E ceva cusut cu ață albă. Are ea vreo strategie să ne separe.

– Emanuel! Nu are nicio strategie. În urmă cu șapte ani, au scos o fată din mare mai mult moartă pe plaja de la Corbu. Se înecase, iar ambulanța nu reușea să ajungă. Am resuscitat-o eu. Aveam 20 de ani și eram studentă în anul II la Medicină. Fata aceea era Alina. Ea trăiește acum datorită mie, adică a „urâtei" care încearcă să-i fure bărbatul.

– Sunteți ceva de speriat! Nu am văzut așa ceva în viața mea! Acum sunteți prietene? Ați făcut o coaliție împotriva mea, nu-i așa?

– Exagerezi! Tu ești cel care se joacă cu sentimentele noastre. Nu sunt prietenă cu soția ta și nu voi fi niciodată. Însă dacă nu iei mai repede o hotărâre, te părăsesc. M-ai auzit? Nu vreau să mai fiu amanta ta! Să-ți intre bine în căpșorul acela frumos, îi strigă ea, încercând să mai atenueze puțin din efectul acelor amenințări.

– Ești nedreaptă, Ilinca! Profiți că te iubesc atât de mult, să mă condiționezi. Stai calmă, eu nu cedez șantajului tău. Să nu crezi că mă fac preș în fața ta! Dă-te la o parte! Plec. Mi-ai stricat ziua de la prima oră!

– Mă bucur! Asta meriți! Nici eu nu sunt marioneta ta! Caută-mă când faci o alegere! Până atunci, să nu mă mai deranjezi, întărește frumoasa doctoriță, în ai cărei ochi verzi scapără scântei de mânie.

– Ești o închipuită! îi reproșează el supărat și trântește ușa, după care aleargă pe scări către mașina care-l așteaptă afară.

Fabian tocmai realizează că își uitase cheile de la autoturism acasă și se întoarce în grabă să le recupereze. Ca de obicei, urcă pe scări, nefiind un fan al liftului. Dar pe la etajul al doilea, se trezește față în față cu Manu Salamandra. Vizibil nervos, bărbatul îi aruncă o privire deloc prietenoasă. Fabian, la rândul său, îl privește sfidător și arogant. Trec unul pe lângă celălalt umăr la umăr, atingându-se reciproc cu coatele, ca și când nu ar fi avut amândoi loc pe aceeași scară. Nu-și adresează însă niciun cuvânt, iar în timp ce Emanuel coboară, Fabian urcă. Fratele lui Gabriel Pavel își dă seama de unde vine inamicul său și se întristează instantaneu. Carevasăzică, el se chinuia singur de dorul Alinei, care face tot posibilul să-și salveze căsnicia și să nu mai calce pe bec, pe când soțul ei își pierde nopțile la Ilinca Haralambie, nederanjat de nimeni. Îi trece prin cap să pună mâna pe mobil și să o contacteze chiar în acel moment pe Alina să-l pârască pe Emanuel. Nu, e sub demnitatea lui să facă așa ceva! Mai bine i-ar fi tras un pumn în față decât să acționeze așa. Lucrurile de acest fel nu se fac între bărbați. Este un cod de reguli nescrise ale masculinității pe care nu are de gând să-l încalce. Și oricum, dacă soția îi permite să o înjosească în acea manieră, este fix problema ei. Dacă l-ar fi iubit pe el, nu ar mai fi rămas în relație cu unul ca Manu Salamandra. În schimb, atașamentul ei față de el se rupsese de la accidentul care aproape îi omorâse pe amândoi. Acel accident cumplit, la baza căruia stătuse tot o discuție despre Emanuel, nu îi ucisese pe ei, însă reușise să le ucidă iubirea. Cel puțin, iubirea ei, fiindcă a lui era tot acolo, intactă, nestrămutată...

Capitolul 39

– Au! Nu mă mai lovi, te rooog! Fie-ți milă! strigă ca din gură de șarpe Giuliano Castaldo căzut la picioarele Rebeccăi Di Maio, care-l lovește cu pantofii ei cu tocuri ascuțite în toate părțile corpului, după ce fusese capturat de oamenii ei și legat în lanțuri.

– Japiță! Ai făcut mișto de mine?! Mi-ai dat un nume fals și o adresă inexistentă! Albert Pop nu există! Am cutreierat Bucureștiul în lung și-n lat o întreagă săptămână să-l găsesc! Nu pleci de aici viu, până ce nu-mi dai datele lui reale! Și, să mă asigur că nu mă vei mai păcăli iar, vei rămâne prizonier până când îl voi găsi.

– Lasă-mă în pace, nebuno! Nu-mi dau oamenii pe mâna ta! De află surorile mele ce mi-ai făcut, vor veni după tine și te vor ucide!

– A, da? Se poate și ca surorile tale grăsane să vină după mine. Dar ce crezi? O să le bat și pe ele la fel ca pe tine! Nu mi-e frică de nimeni din neamul vostru de pămpălăi, Castaldo! îi strigă ea, și-l lovește cu pumnii în față, după ce-l apucă violent de părul creț.

Pe Giuliano Castaldo îl trecuseră toate apele. Cât de înalt atât de lat, este întins tot fără puteri la picioarele pasionalei calabreze. Nimeni nu-l bătuse vreodată atât de crunt. Și nu bănuise nicicând că Rebecca s-ar comporta ca o dezaxată, pentru că nu reușea să găsească un bărbat care-i apăruse în vis, gândea el, sub efectul unor substanțe interzise. Un străin, pe deasupra. I se părea neverosimil ca o femeie, o doamnă din

Mafie, așa cum era ea, să facă un scandal monstru și să riște un război între clanuri pentru un lucru atât de nesemnificativ.

– Serghei, adu-mi te rog cleștele acela! Îi voi smulge toate unghiile de la mâini, una câte una.

– Nu! Rebecca... *Piccola* Rebecca... *Bellissima*! Te rog din inimă! Îl sun! Uite, acum îl sun și îl întreb unde este. Vrei să-l auzi?

– Cum îl cheamă, tâmpitule? țipă ea la Giuliano, fluturându-i cleștele pe deasupra capului. În sfârșit, deschide gura terifiat și pronunță numele pe care frumoasa șefă de clan îl aștepta de peste un deceniu.

– Nu puteai să-mi zici de la bun început? Chiar trebuia să recurg la astfel de gesturi... extreme? Suntem oameni în toată firea, Giuliano.

– Te avertizez, Rebecca! Bărbatul acela nu va colabora niciodată cu familia Arizzi! A venit la noi tocmai ca să se răzbune.

– Serios? Lasă, mă descurc eu cu el. Așa de rău este? Pare inocent și dulce.

– Pare, dar nu e! În ultima lună a plănuit mai multe strategii prin care să-i înfunde pe frații Toma-Arizzi. E tare pornit împotriva lor. Or, tu nu le ești prietenă?

– Nu te interesează pe tine! Voi găsi o cale. Este un rival al clanului Salamandra din București, nu-i așa?

– Da, nu știu mai multe. Însă, pare a fi o chestiune personală. De asemenea, știu că e novice în lumea noastră. L-am trimis să se antreneze cu un maestru în arte marțiale, fiindcă nici măcar nu știa să se apere.

– Așa îmi place de tine când vorbești, Giuliano! Îmi pare rău că te-am bătut. Nu mai vreau să ne războim. Uite cum facem. Îți aduc două fete frumoase, pe cele mai sexy din bordelul pe care-l patronez din umbră. În mod normal, costă foarte mult. Eu ți le fac cadou să mă ierți, bine?

– Excelent! De abia aștept. Dar nu azi, mai lasă-mă câteva zile să-mi revin din bătaia asta.

– Te las cât vrei tu, dragule! Dă-mi un semn când vrei să ți le trimit! Dezlegați-l, băieți!

Fericită pentru că avea totul despre bărbatul din vis, despre acela pe care-l credea predestinatul ei, Rebecca Di Maio adoarme din nou cu gândul la el. Are un prenume foarte frumos. Nu este tipic românesc, poate fi ușor adaptat în limba italiană. Străbătută de fiorii iubirii platonice deocamdată, se trezește în miezul nopții și se conectează pe Facebook pentru a-i căuta profilul. Are poze cu el singur și cu un copil care-i seamănă. E tată! Super! Asta arată că este apt să conceapă un prunc sănătos, într-o lume în care tot mai mulți bărbați se confruntă cu probleme de infertilitate. Iar ea are nevoie de un moștenitor ca de aer!

Pesemne că nu mai este împreună cu mama copilului, de vreme ce nu are nicio poză cu ea pe contul său de Facebook. Sau poate are, însă Rebecca nu reușește să le vadă, pentru că nu sunt prieteni. Ar vrea să-i ceară prietenia virtuală. Așa ar putea obține mai multe informații despre *jobul* lui de zi cu zi, despre starea lui civilă. Își dă seama că nu este bogat, fiindcă hainele și accesoriile lui nu par a fi scumpe. Nici destinațiile în care călătorise nu erau cine știe ce. Călătorise numai în România în ultima vreme.

Se uită la acele poze de profil de sute de ori. Le rotește, le mărește, le salvează în laptopul ei. Setează una dintre ele, cu el la bustul gol pe malul mării, ca fotografie de fundal. Cuvântul „frumos" este insuficient să-l poată descrie. Perfect. Superb. Minunat. Angelic și demonic simultan. Este mai frumos și decât

Joao. Un singur bărbat ar fi putut să concureze cu el de la egal la egal. Tony Arizzi. Dar asta ar fi fost în trecut. Coincidență, amândoi veneau din aceeași țară. Ah, Rebecca trebuie să-și comande un ghid de conversație româno-italian, cu toate că amândoi vorbeau engleza la perfecție. La cât de mult l-a căutat ea, nu crede că l-ar înșela vreodată. În schimb, oare el ar trăda-o pe ea? O fi tipul de bărbat vânător, trișor? Ce femeie nu l-ar vrea? Dacă are deja pe alta? Dacă o va respinge? Atunci, îl va sechestra! Și va fi al ei cu forța. Poate o va iubi și el într-o zi. Iar dacă nu, Marea Tireniană, complicea ei cea mai tăcută, încă este imensă și adâncă...

Capitolul 40

Se gândește iar la Poker. La verdele închis al mesei de la cazinou. Era o nuanță înrudită cu aceea a ochilor lui. Ca și când ar fi fost născut să stea prin cazinouri. Născut să învingă, orice ar fi, pe oricine l-ar înfrunta pe câmpul de bătălie al jokerilor. Căci el stăpânea magia cărților ca pe o artă pentru care fusese înzestrat.

Îi e dor de adrenalină, de fiorii partidelor de Poker ce-i pătrunseseră în oase ca niște gloanțe oarbe. Îi lipsește viciul care-l transforma într-un alt bărbat. Ar juca iar. Clara l-a părăsit. Cine avea să-i mai ceară socoteală? Ar putea să intre din nou în jocul care-i acapara creierul asemeni unui drog. Dependența... De ași, de popi, de dame, de valeți, de decari, de chinta royală care-i venea la mână mai mereu, atrasă cumva de energia lui specială.

Stupid! Și în acea seară de ce nu nimerise combinația câștigătoare? De ce mizase pe cărțile greșite? De ce se lăsase învins de Tony Salamandra? Îl intimidase pistolul lui de pe masa de Poker? Picăturile de Whisky ce se prelingeau din paharul lui direct pe revolver? Imposibil! Gabriel era obișnuit cu armele, cu gangsterii, cu misterul, cu adrenalina, cu lupta pentru bani, pentru glorie, pentru supremație... Îi plăcea acea lume a violenței și a jocurilor de noroc, iar instinctul lui de conservare nu fusese niciodată prea dezvoltat. Sentimentul de frică i se activa și i se amplifica doar când era vorba despre ființele dragi din sufletul lui. Sonia, Clara, Malvina și Fabian. În rest, nimic nu mai conta. Rivalul lui îi cunoștea punctele slabe. Și profitase de ele ca un veritabil mafiot italian.

Roata norocului se învârte halucinant de rapid. 5, 6, 7, 8 și 9 de inimă neagră. E chinta de culoare pe care o formase inutil în acea noapte blestemată. Și acum i se învârte cuțitul în rană când își amintește de chinta royală formată de Antonio. E aproape sigur că el trișase ca să obțină exact piesa de care avea nevoie disperată. Chiar la ultima mână, prinsese o damă de inimă roșie cu care își completase chinta, reușind să-i năruie toate visurile lui Gabriel și să plece victorios de la cazinou. Inimile lui negre picaseră ca popicele în fața damei lui Tony. Ce ironie a sorții! Acum, că reconstituie cu atenția unui detectiv lanțul evenimentelor care-i dăduseră existența peste cap, înțelege că modul în care se aliniaseră combinațiile de Poker în mâinile sale și ale rivalului său fusese, de fapt, un semn providențial. Destinul îi dăduse lui numere mici de inimă neagră și lui Salamandra i-o oferise pe Clara. Frumoasa damă de inimă roșie îndrăgostită. Cea care frânsese inima neagră a lui Gabriel în mii de bucăți imposibil de lipit la loc...

„Știi care-i partea bună cu inimile frânte? Că nu se pot frânge decât o singură dată, restul sunt zgârieturi." Că bine zicea Pascal Bruckner! Odată ce ți-a fost frântă inima din dragoste, nimic nu va mai fi ca înainte și nicio suferință nu te va mai putea atinge la același nivel. Inima lui era zdrobită. De parcă o haită de hiene ar fi călcat peste ea, în goana lor spre libertate. De fapt, nu erau decât două hiene în haită. Tony și Clara. Își clădiseră fericirea pe nefericirea lui. Oamenii vorbeau pe la colțuri, își dădeau coate când îl vedeau. „Sărmanul! L-a lăsat pentru altul!" auzea din toate direcțiile, șoapte care-i puneau la pământ orgoliul, făcându-l să se simtă mic în fața oamenilor, abandonat ca o frunză în vânt...

Știa... Știa că va veni o zi când avea s-o piardă. Știa că ea fusese un dar prea mare de la divinitate, pe care el nu-l prețuise așa cum s-ar fi cuvenit. Știa că o femeie ca ea nu are un singur bărbat toată viața, indiferent cât de decentă și de credincioasă ar fi. Dintre armatele de bărbați care o asaltaseră trebuia să se găsească unul singur suficient de puternic încât să i-o răpească. Și acela fusese în cele din urmă Tony Salamandra. Dacă ar fi jucat cinstit și ar fi cucerit-o pe drept, Gabriel nu l-ar fi detestat atât de tare. Din contră, i-ar fi purtat un respect nemărginit, dincolo de gelozia firească față de el. Dar le destrămase relația într-un mod parșiv și îi luase soția printr-o minciună, pe care Gabriel fusese forțat să o susțină sub amenințarea vieții fratelui său. Jucase murdar, trișase și îi despărțise pe părinții unei fetițe de șase anișori, care plângea văzând că ei nu mai locuiau împreună. Șocant este că făcuse totul fără cel mai mic regret, de parcă întreg Universul i-ar fi datorat-o lui Tony pe Clara. De parcă dragostea lui obsesivă ar fi valorat în fața lui Dumnezeu mai mult decât suferința unui copilaș, care nu se mai putea bucura concomitent de afecțiunea ambilor părinți și de armonie în familie! De parcă ar fi fost îndreptățit să-i ia locul lui în patul femeii iubite...

Și dacă cea care-i rămăsese pentru încă puțin timp soție ar fi aflat adevărul? Cum ar fi reacționat Clara să știe că el nu plecase niciodată cu altă femeie, ci „dansase" cu moartea timp de o lună, după ce omul de încredere al lui Salamandra îl împușcase? Probabil l-ar fi părăsit pe Tony și l-ar fi urât din toți rărunchii. Apoi, s-ar fi întors la el și ar fi fost mai fericiți ca niciodată alături de fetița lor. Părea atât de simplu! Să spunem că ar fi fost dispus să riște viața lui Fabi. Avea toate dovezile să demonstreze că stătuse în comă în toată perioada în care ea îl crezuse fugit cu Camelia Savin. Dar cum ar mai putea trăi cu o femeie care a iubit pe altul, fie și printr-o escrocherie pe care acesta o regizase? Nu, în mod cert, dragul lui frate nu merita să moară pentru ca el să recupereze o femeie a cărei iubire fusese întinată. Întinată și compromisă.

O adusese pe Sonia în apartamentul unde trăise timp de nouă ani cu Clara. În absența ei, plecată în Italia cu Tony, se întorsese acolo să aibă grijă de fiica lui. Intră în fostul lui dormitor cu teamă, de parcă ar fi putut să-l aștepte acolo o surpriză neplăcută. De fapt, este rece și gol. Gol ca și când toate emoțiile captate între acei pereți ar fi dispărut peste noapte. Dragostea, pasiunea, certurile, jocurile, bucuriile, tristețile cuplului Clara-Gabriel, toate fuseseră spulberate în ziua în care celălalt bărbat se culcase în acel pat. La câteva zile după ce el se mutase la Malvina, Clara îl adusese pe noul ei iubit în casa lui. Ca să-i dea lovitura de grație, căci considera că nu-l umilise îndeajuns până atunci, liderul clanului Salamandra îi trimisese o fotografie cu el dezbrăcat la bustul gol în oglinda din camera lor matrimonială. Sub poză îi scrisese: „Am câștigat! Clara e a mea! În curând, toate lucrurile tale vor fi ale mele! Ți-o voi lua și pe Sonia!". Își amintește cum cutreierase în acea noapte pe străzile întunecoase de la periferia capitalei ca o stafie care nu înțelegea că murise. Căci nu mai vedea și nu mai auzea nimic. Când ajunsese în zori în casa mamei sale, și ea îl ironizase pentru că suferea „ca prostul", în loc să-și vadă în continuare de viață.

Deschide dressingul ei, îi atinge emoționat rochițele, îi adulmecă parfumul. Îi e dor de ea atât de tare, încât închide ochii și și-o imaginează dansând într-una dintre rochii, ca în acea noapte de Revelion în care ei rămăseseră singuri acasă, pentru că nu avuseseră bani de o petrecere. Și se distraseră împreună până dimineață. Trecuseră în noul an fiind amândoi o ființă... Cât de îndepărtată i se părea acum acea noapte magică! Marea lui iubire, femeia lui... A lui. *„Trezește-te,*

Gabriel! Ai pierdut! Ai pierdut războiul cu Antonio Toma și ai pierdut-o pe Clara. NU MAI ESTE FEMEIA TA. Nu vei mai iubi niciodată pe nimeni. Nu vei mai observa niciodată Amurgul cu aceeași privire de bărbat îndrăgostit, romantic și avid după Răsăritul de a doua zi, când de abia așteptai să te trezești lângă ea..."

Lacrimile îi cad șiroaie pe obraji. Se ține cu mâinile de mânerele sertarelor ca de niște lanțuri care-l imobilizează și alunecă în genunchi. E trecut de miezul nopții. Bine că fiica lui doarme ca un îngeraș în camera ei și nu-l poate vedea în acea stare. Deodată, îi sună telefonul. Se grăbește să răspundă când observă cine este apelantul.

– Fabian, s-a întâmplat ceva?

– Nu, frate, dar nu am somn. Mă gândeam că e sâmbătă noaptea și am văzut că ești activ pe Facebook, deci nu dormi. Vrei să mergem să bem ceva?

– De ce mă iei pe mine? Ai destui prieteni de vârsta ta. Eu sunt... Nu sunt în starea necesară...

– De vârsta mea? Bine, tataie! Deci tu ai depășit vârsta de distracție, să înțeleg. Nu fi fraier! Hai să bem ceva! Nici eu nu sar în sus de fericire. Poate mai agățăm vreo gagicuță. Ce zici?

– Doamne ferește! Să agăți tu dacă vrei! Nu-mi stă capul la așa ceva, Sonia doarme singură. Nu pot să plec și să o las.

– Bine, atunci. Vin eu la tine. Ești în apartamentul Clarei?

– Da, în apartamentul meu și al Clarei, îl corectează el.

– Pentru cât timp? Nu ați căzut de acord să-l treci pe numele ei?

– Ba da. Imi zici ce vrei să bei?

– Bere, vin, whisky, de toate. Comă alcoolică scrie pe noi în noaptea asta!

Gabriel își primește fratele cu brațele deschise. Reușește să zâmbească după zile întregi în care nu mai putuse să o facă. Veselia, glumele, atitudinea lui, toate sunt menite să-l scoată din acea dispoziție.

– Sper că nu te-am întrerupt din ceva important. M-am tot gândit la tine zilele astea. Mama mi-a zis că ai locuit aici cu Sonia de când Clara a plecat în vacanță cu nemernicul ăla.

– Da, e adevărat. Îmi dai un pic telefonul tău? Vreau să văd ceva, să verific o aplicație care nu-mi mai merge.

– Da, uite-l! Mă duc să torn eu în pahare. Oricum, cunosc fiecare cotlon și obiect din casa asta.

– Te rog să te servești cu tot ce vrei, îi spune el, urmărindu-l în timp ce pleacă din living către bucătărie. Apoi, intră pe contul de Facebook al lui Fabian, conectat automat, și se uită direct pe profilul soției lui, care-l blocase și îl ștersese din lista ei de prieteni. Desigur, pe Fabian încă îl păstra ca prieten. Trece repede prin ultimele postări. Fotografii cu Tony din Insula Capri. Arată ca un cuplu de la Hollywood. Deci, se afișează împreună ca o pereche normală, iar la starea ei civilă scria „divorțată". Amantul ei fusese primul care dăduse „Ador" noului său status. Enervat la culme, lui Gabi îi venea să-i lase un comentariu veninos și să-i scrie: „Încă nu ai divorțat, proasto! Încă ai un soț, altul decât psihopatul cu care faci parada modei pe Coasta Amalfitană!". Imediat, realizează că este pe profilul fratelui său și ar fi fost deplasat să facă un asemenea comentariu în numele lui. Captivat de imaginile postate de Clara, nici nu-l mai aude venind cu paharele și cu sticla de băutură.

– Ce faci, Gabi? Zău că mă superi! De ce îți faci chestia asta? De ce te autotorturezi? Dacă știam că de asta îmi vrei mobilul, nici că ți-l mai dădeam. Am vrut să te scot din depresie, nu să te afund mai rău în amărăciune.

– E cu el. Cu el peste tot. Îl adoră. Nici nu a avut răbdare să se pronunțe divorțul! Îți dai seama că eu pentru ea nu mai exist? Că mă urăște?

– Nu te urăște, frate! Doar că ticălosul acela a atras-o cu banii lui și cu lumea „glamuroasă" în care a introdus-o. Eu ce să mai zic? Alina nu mai vrea să audă de mine după ce s-a întors Manu din închisoare. M-a ignorat total. Am simțit că mor de o mie de ori în ultima lună. M-am auto-încurajat și am înviat la loc. Ce aș putea să fac? Nu vezi și tu? Frații Salamandra sunt niște rivali mult prea puternici pentru noi. Antonio ți-a luat-o pe Clara, iar Emanuel mi-a luat-o pe Alina.

– Ești culmea tupeului, frate! îi zice Gabriel făcând haz de necaz, după ce gustase mai multe înghițituri de whisky. Cum să ți-o ia dacă a fost dinainte a lui? Tu ai încercat să i-o furi, Alina e nevasta lui Emanuel Toma.

– Merci că m-ai făcut atent! Chiar aveam nevoie să-mi repeți încă o dată. La fel ca tine, și el are o amantă. Știai? E încurcat cu Ilinca Haralambie, vecina mea medic de la etajul 4.

– La fel ca mine? Și eu ce amantă am, Fabi?

– Pe Camelia Savin, fufa cu care ai dispărut o lună și jumate. Nu înțeleg de ce nu te mai vezi cu ea. Femeia e frumoasă și are o grămadă de bani, din câte am auzit.

– Fabian, nu am fost plecat cu Camelia! Nu am avut niciodată o altă femeie de când sunt însurat. Totul a fost o minciună pusă la cale de Tony Salamandra. În realitate, în noaptea în care m-am dus la vila familiei Toma ca să o recuperez pe Clara după ce o jucasem la poker, l-am atacat pe Tony. Bodyguardul lui m-a împușcat și m-a aruncat în Lacul Morii. M-au găsit niște oameni, am fost dus la spital și am căzut în comă. Mama a știut mereu de mine. Când mi-am revenit, m-am întors acasă. Dar nu am putut să mă apăr și să-i spun adevărul soției mele, căci riscam să te pierd pe tine. Nenorocitul m-a amenințat că te asasinează. Mai departe, s-a întâmplat accidentul și m-a avertizat că de spun ceva, te deconectează de la aparate.

– Poftim?! Adică... Tony a mințit pe toată lumea? Iar tu ai fost în comă la spital, pe când noi toți credeam că ești în Brazilia cu amanta?

– Exact. Numai așa a fost posibil ca Tony să o seducă pe Clara și să o răpească de lângă mine. Și-au construit relația pe o înșelătorie colosală.

– Banditul! Ucigaș nenorocit! O să-i sparg fața! O să-l distrug! Cum a putut? Cum ți-a făcut atâta rău? Nu trebuia să cedezi! Nu poate el să mă omoare pe mine, și nici imbecilul ăla de frate-su! țipă Fabian mâniat, ridicându-se de pe canapea amenințător, ca și când ar fi vrut să plece chiar atunci să-l caute pe șeful clanului Salamandra.

– Ssst! Calmează-te! Nu mai țipa, să nu te audă Sonia! Am digerat deja tot. Lasă-i să-și trăiască în pace povestea lor de dragoste! Totul se plătește în viață.

– Îi distrug! Mi-a ajuns! Mafioți sălbatici, lipsiți de scrupule și de suflet! Eu suport orice, sunt puternic. Dar tu? Te-au terminat de tot, ești atât de amărât… Ai fost în comă. Și eu de ce dracu' nu am știut? Mama de ce mi-a ascuns? Nu a avut încredere în mine? Credea că te-aș fi pus în pericol? Aș face orice pentru tine! Ce a fost în capul tău să mă minți în continuare?

– Îmi pare rău… Acum știi tot. Te rog să nu te mai agiți! Stai departe de clanul Salamandra! Eu pregătesc ceva, nu voi lăsa lucrurile așa. Într-o zi, mă voi răzbuna. Dar nu acum. Să nu creadă Clara că am luat-o razna din cauza ei. Și nici Alina să nu creadă că faci scandal pentru că ea l-a ales pe Emanuel. Hai să fim demni până la capăt!

– Dacă tu mureai... Îi ciuruiam cu gloanțe. Crede-mă, pot fi mai crud decât ei!

– Cred că ai băut mai mult decât mine. Hai să te culci! Liniștește-te, noi nu ne vom lăsa niciodată doborâți. Chiar dacă ei au bani, putere și faimă, noi le suntem superiori în privința curajului, a demnității și a onoarei.

– Și a frumuseții! Tu ești mult mai frumos decât tontul ăla gelat de Tony Salamandra, iar trogloditul de Manu Salamandra nu ajunge la înălțimea mea nici cu scara!

– Frate, ești subiectiv și beat. Hai să mergem la somn!

Capitolul 41

În acea zi cu soare, cu toții se treziseră fericiți. Mai era foarte puțin până ce vara avea să se ivească și la orizontul casei lor. Până și Alina era binedispusă și energică. De două zile scăpase de ghips și, în sfârșit, simțea că avea și ea, la fel ca toată lumea, două mâini și două picioare. În seara precedentă, se iubise cu soțul ei așa cum o făceau la începutul relației lor, ca și când Fabian și Ilinca ar fi fost doar niște vise urâte în viețile lor. Fusese tolerantă și față de cumnatul ei, care se întorsese din vacanță de noaptea trecută. El o dusese pe Clara la ea acasă. Până la pronunțarea divorțului, ea nu voia nici în ruptul capului să se mute la vila din Corbeanca.

De îndrăgostit ce era, Tony ratase și masa de prânz. E adevărat că Alina gătise, dar nu era un motiv pentru care fratele lui Manu să refuze mâncarea. Se lăsase absorbit de treburi în biroul său, în încercarea de a se pune la curent cu ultimele noutăți din companiile aflate în proprietatea familiei Toma.

Era atât de frumoasă acea zi, încât nimeni nu s-ar fi gândit că la sfârșitul ei, cineva va avea nevoie de îngrijiri medicale, alegându-se în plus și cu inima frântă. Poate doar o singură persoană revoltată pe frații Toma ar fi conspirat cu propria sa conștiință să le facă rău și să-i stârnească unul împotriva celuilalt.

Se îmbracă și el cu ce are mai bun. *Casual*, nu elegant, doar nu merge să se însoare. Nu e ca și când ar avea cu cine. Poartă *jeanși* albaștri și cămașă albastră. Își pune cei mai moderni ochelari de soare, originali, dar nu exagerat de scumpi. Vrea să pară bărbatul fatal în fața lor. Se uită la propriii săi ochi reflectați în oglindă, de parcă și-ar fi aruncat rapid o privire de ansamblu către suflet. Văpăile acelea din ochii lui sunt cam diabolice. *„Nu-i nimic! Un mic diavol pe teritoriul altor diavoli mai mari. Mergi înainte și nu te lăsa, Fabian! Nenorocitul care și-a bătut joc de fratele tău și celălalt gangster care a rămas cu femeia pe care tu o iubești trebuie să plătească pentru ce au făcut! Tu deții niște secrete care îi vor da complet peste cap!"* Mai numără o dată banii din geantă înainte să plece. Sunt toți cei 100 000 euro. Ce bine că nu i-a cheltuit! Ce bine că a fost prevăzător și că poate reveni asupra deciziei proaste pe care o luase în urmă cu două luni!

– Domnule Toma, iertați-mă că vă deranjez. Vreau să vin la dumneavoastră să discutăm în legătură cu Alina.

– Opaaa! Ce surpriză! Fabian Pavel? Credeam că mi-ai luat banii și m-ai escrocat! Dar simțeam pe undeva că n-ai tu sânge în instalație să-mi faci tocmai mie așa ceva!

– Normal că nu am, domnule. Vin la dumneavoastră chiar acum. Aveți timp?

– Am! Pentru tine, am tot timpul din lume, Fabian! Vezi cum treci de Manu. Ar fi bine să nu te vadă. Dacă îți spune ceva, te prefaci că nu l-ai auzit. Da?

– Cu siguranță! Nu vă faceți griji!

Își ia în haină și pistolul. De când cu legăturile sale și ale fratelui său cu Mafia, Fabian își obținuse permisul de port-armă și își cumpărase un revolver. Nu se știe când ar fi avut nevoie să se apere. Probabil, astăzi este ziua aceea. Deși, care ar fi șansele ca Tony Salamandra să se aștepte la un atac din partea lui tocmai acum? Spre zero. Așa că... O să-l atace el primul după ce îi va da cu banii aceia murdari în cap. Pavel nu a visat nicio secundă până unde ar merge răutatea acelui bărbat. Așa cum Gabriel renunțase la adevărul care i-ar fi salvat căsnicia pentru viața lui, la rândul său, Fabian ar fi gata să renunțe la libertate, dacă i s-ar ivi oportunitatea să pună capăt vieții blestematului de Antonio Toma!

În livingul vilei din Corbeanca, Manu și Alina savurează căpșuni cu ciocolată dintr-un bol în formă de inimioară. Este o altă surpriză culinară pe care ea i-a făcut-o în acea zi, în tentativa de a-l recuceri.

– E doar ora 15:00 și eu nu mă mai pot opri din mâncat, iubito! Ce ai cu mine? Vrei să mă îngrași?

– Nu, vreau să îți fac toate poftele! Ai zis că vrei căpșuni cu ciocolată și asta ți-am pregătit! A fost bună tocănița de la prânz?

– Cea mai bună! Stai, ai ciocolată pe buze, îi spune el, și o sărută în acel loc.

Chiar în timpul momentului tandru dintre Alina și Emanuel, Fabian intră pe ușă ținând pe un umăr geanta cu banii pe care-i încasase utilizând cecul lui Tony. Soția lui Emanuel îl vede prima, fiind poziționată cu fața către intrare. Se face palidă, de parcă l-ar fi văzut pe Satana. Observându-i reacția, bărbatul ei se întoarce cu fața către Fabian și îl privește consternat.

– Ăsta ce caută aici? Cine l-a lăsat să intre?

– „Ăsta" are un nume și se numește Fabian Pavel, îi spune el cu un aer autoritar. Fratele tău m-a chemat, de vreme ce avem împreună o combinație.

– Aveți o combinație? Ce ai în geanta aia? îl iscodește el, ridicându-se de la masa? Mă lași să văd?

– Nici gând, îi zice Fabian categoric, trăgându-se cu un pas înapoi.

– De ce te ascunzi? Nu-mi spune că Tony ți-a cerut să-ți omori fratele și să-i aduci capul într-o geantă ca să se convingă de moartea lui!

– Uite că nu ești deloc prost, Manu! Ești chiar aproape de adevăr! îi spune el pe un ton prefăcut, ca și când ar fi fost deconspirat.

– Doamne Sfinte! exclamă soțul Alinei șocat.

– Manu, nu-l lua în seamă, te ia peste picior. Lasă-l să meargă la Tony! Așa este cumnatul meu, face afaceri cu toți dubioșii.

– Acum sunt dubios pentru tine, Alina? o întreabă musafirul cu vizibilă dezamăgire pe chip.

– Să nu te adresezi soției mele! Ai înțeles? ridică Manu tonul vocii, apropiindu-se amenințător de rivalul său.

Din capul scării, apare Tony, care auzise zarvă din biroul său, după ce observase mașina lui Fabian Pavel pe fereastră.

– Te invit la mine, Fabian! Ce mai aștepți?

În living, Alina și Emanuel se privesc în ochi mirați de acea întâlnire dintre liderul clanului Salamandra și fratele mai mic al dușmanului său de moarte. Este clar că pun ceva rău la cale. Nu se anunță nimic bun din alianța unor bărbați aidoma celor doi. După câteva minute în care își terminase de savurat delicioasa gustare împreună cu partenera sa, lui Manu Salamandra îi trece brusc prin minte o idee fulgerătoare. Dacă ticălosul de Fabian este trimis de Gabriel să-l atace pe Tony? Dacă în acea geantă are o armă? În mod normal, bodyguarzii ar fi trebuit să-l percheziționeze la poartă, dar poate nu o făcuseră ca la carte. Se șterge în grabă pe mâini de ciocolată și urcă treptele în fugă. Intră mai întâi în camera sa pentru a se înarma, apoi se duce repede către încăperea unde Tony și Fabian conversează. Când pătrunde în birou, are parte de o imagine demnă de *thrillerele* hollywoodiene. Fratele său stă cu mâinile sus, aproape îngropat în hârtii de 50, 100 și 200 de euro, în timp ce oaspetele ține un pistol îndreptat către capul său.

– Nenorocitule! Lasă-l în pace, țipă Manu disperat, scoțând de la piept un pistol. Fă un pas și îți zbor creierii!

– Te omor, Tony Salamandra! Ți-ai bătut joc de familia mea! Ai distrus relația dintre Clara și Gabriel pentru un capriciu! Ai vrut să-mi ucizi fratele! Emanuel, tu nu te băga! De abia aștept să-ți trag și ție un glonț în țeasta aia goală!

– Numai să încerci și ai să vezi ce te așteaptă! Ți-ai pierdut mințile, idiotule? Te gândești că dacă ne împuști nu mai ieși viu de aici? Ce rezolvi? Frate-tu o să sufere mai mult știind că ți-ai pierdut viața când încercai să-l răzbuni! îi strigă Emanuel, încercând să-l influențeze să arunce arma și ținând în continuare pistolul său îndreptat către inima lui.

– Știi ce a făcut scumpul tău frățior pe care-l aperi cu atâta înverșunare? Hai să-ți spun eu. Mi-a oferit acești bani, 100 000 de euro, ca să o cuceresc pe Alina și să te despart de ea. Văzând că nu reușeam să-mi duc sarcina la bun sfârșit, că voi vă tot împăcați după fiecare ceartă, a luat taurul de coarne și s-a dat chiar el la nevastă-ta. A încercat să o seducă în sala de sport din casa asta, în timp ce tu erai în arest. Alina mi-a povestit tot, cum a fost hărțuită și aproape violată de Tony.

– Ce?! Am făcut eu așa ceva? Te-ai lovit la cap, cretinule? E tocmai invers. Alina s-a dat la mine, în timp ce făceam sport. M-a dezbrăcat de tricou și a sărit pe mine.

– Incredibil! Deci tu... Trădător nenorocit! Omul ăsta are dreptate! Ai încercat să-mi violezi soția! declară Emanuel scârbit de cele auzite, și mută arma din direcția lui Fabian către cea a lui Antonio, care se trezește deodată amenințat cu moartea din două părți.

Văzând că reușise să aprindă focul geloziei și semănase îndoiala între cei doi frați, Fabian își ia revolverul și pleacă, lăsându-i să-și scoată ochii unul celuilalt. Acela fusese scopul pentru care venise acolo. Și, bineînțeles, faptul că îl speriase de moarte pe Tony era un bonus. Însă nu era în stare să-l omoare, mai ales că un gest necugetat de-al lui i-ar fi pus în pericol toată familia. Și nu ar fi riscat niciodată viețile mamei, a fratelui și a nepoatei sale.

Jos, în fața vilei, Alina soarbe dintr-o cafea, profund îngândurată. El încearcă să o evite elegant și să treacă mai departe. Îi face rău să o vadă iar uitându-se cu reproș în ochii lui.

– Ia stai! Ce combinații ai tu cu ticălosul de cumnatu-meu? Sunteți pe același calapod?

– Poate suntem, care-i problema ta? Ce drept ai tu să mă tragi la răspundere? M-ai folosit ca pe o cârpă, apoi m-ai aruncat.

– Nu am făcut asta, Fabian. Eu chiar te-am iubit, îi spune ea, apucându-l cu palma de încheietura mâinii.

– Dă-mi drumul! Ești o păpușă frumoasă, delicată, dar rea și fără suflet!

– Îmi pare rău, dragule! De-ai ști cât mă doare inima de dorul tău... îi șoptește ea cu ochii plini de lacrimi.

Dar el îi respinge mâna, îi întoarce spatele și merge înainte. Tot ce își dorește acum este ca frații Toma să se războiască între ei până la ultima picătură de sânge. Întrevederea lui cu cea pe care încă o mai iubește nu fusese deloc inclusă în plan. Iar acum e complet derutat văzând-o că plânge în urma lui. *„Înfrânează-ți pornirile, Fabian! Nu te iubește. Lacrimile-i sunt mai false decât genele. Ea îl vrea pe Manu!"*, încearcă el să se încurajeze pe sine.

În biroul lui Tony, scandalul tocmai se dezlănțuise și părea să înghită totul în jur, exact ca un uragan ce devastează o regiune întreagă în doar câteva secunde.

– Ai uneltit cu amantul Alinei împotriva mea? Ce fel de frate ești tu? Ești o caricatură de frate! Nu meriți să porți numele familiilor Arizzi și Toma!

– Ș tu? Tu meriți, Manu? Te-a făcut o parașută să-ți pierzi mințile și să te ridici împotriva sângelui tău?

– Parașută? Te-ai culcat cu ea? Recunoaște, nemernicule! Fii bărbat măcar acum, dacă până acum ai fost doar un papă-lapte!

– Eu? Uită-te la tine cât ești de penibil! Nu, nu m-am culcat cu ea, pentru că nu am vrut. Eu sunt cel care a refuzat-o, ea e cea care a sărit pe mine. Aparent, nici tu, nici intrigantul acela care i-a fost amant nu ați fost în stare să-i dați ce își dorea! Și ce să vezi? A venit la mine. M-a sărutat, m-a dezbrăcat...

– Hai afară! În momentul ăsta! Vreau să-ți zdrobesc toate oasele, Tony Salamandra! Promit că nu scapi întreg din confruntarea asta! Cum ai putut să mă trădezi cu atâta josnicie? Mi-am luat vina ta asupra mea să te scap de închisoare și am mers eu în infern să te poți bucura tu de libertate! Și tu ce ai făcut? Mi-ai sedus nevasta? îi strigă Emanuel, aruncând nervos cu un pahar în perete.

– Deci nu mă crezi pe mine? Bine, hai afară! Nu vreau să-mi distrug biroul să-ți arăt care îți este locul, prostănacule! Imediat, o să te fac să-ți înghiți toate cuvintele! Și o să te bat până ce o să-ți ceri iertare în genunchi!

– Mai bine mor decât să fac asta! Vino după mine!

Cei doi frați, aflați la apogeul furiei, coboară în viteză treptele, trec pe lângă Alina, care îi privește uluită fără să înțeleagă ce se întâmplă, și se duc pe câmpul din spatele casei. Nu înainte ca Tony să cheme toți bodyguarzii, comandându-le să asiste de pe margine la lupta lor fără să intervină. Își aruncă de pe ei tricourile și se privesc în ochi cu o ură care, dacă s-ar fi materializat, ar fi pârjolit tot câmpul și domeniul familiei în câteva clipe.

Încep să se lovească de parcă ar fi doi gladiatori în arenă, doi, dintre care numai unul poate supraviețui. Emanuel trimite prima lovitură cu piciorul către coasta fratelui său, dar după fiecare lovitură a lui, încasează alte două la schimb. Pumnii și picioarele parcă le zboară cu o viteză ireală în toate direcțiile. Până la un punct, Manu îi face față lui Tony și îi aplică o serie de lovituri dureroase. Timp de două minute, sunt aproape egali, ca într-un meci de K1 strâns, între doi luptători de aceeași valoare. În continuare, când lupta devine tot mai aprigă, fratele mai mic se dezechilibrează și, primind vreo patru pumni consecutivi în față și un picior în ficat, se prăbușește la pământ cu răsuflarea tăiată. Atunci, Tony, total ieșit din minți, pune piciorul peste mâna pe care fratele său o dusese instinctiv la inimă. Îl apasă tare și îi spune triumfător:

– Cât de idiot ești, Manu! Nu te-ai schimbat deloc! Ai rămas același copil neghiob care urla cu orele, pentru că îl lăsam fără suzetă! Ziua în care tu o să mă pui pe mine la pământ nu va veni niciodată! Să-ți intre bine în capul ăsta plin de figuri! Și acum ai face bine să-mi pupi picioarele și să-mi mulțumești că te las în viață după câți nervi mi-ai făcut azi!

De pe margine, Alina plânge, căci nici nu mai are glas să strige. Țipase atât de tare, implorându-l pe Tony să nu-i mai lovească soțul, că își pierduse și vocea. Se desprinde din strânsura lui Geo, care o imobilizase în timpul bătăii pentru a fi sigur că nu va interveni. Se duce și îl ia în brațe pe Emanuel, mângâindu-i părul.

– Iubirea mea, de ce ai făcut asta? De ce i-ai acceptat provocarea? Știi că e un monstru! Ți-am zis de atâtea ori!

– Da, oi fi eu un monstru, dar scandalul ăsta l-ai provocat tu, Alinuța! Povestește-i, te rog, soțiorului tău, cum ai încercat să faci dragoste cu mine!

– Poftim? Te întreci cu gluma, Tony! Minți! Tu ești cel care m-a hărțuit! De abia am scăpat de tine! îl înfruntă ea încrezătoare, disimulând în continuare.

– Bine. Să vedem dacă și camerele de filmat din sală sunt de acord cu versiunea ta. De ce te uiți atât de surprinsă, cumnățică? Nu știai că avem cameră ascunsă în sala de sport? Dinu, te rog să mă ajuți cu niște imagini de pe la jumătatea lui martie.

Între timp, Manu se ridică cu greu de jos și este ajutat să meargă în dormitorul lui de către doi bodyguarzi. Bărbații îl întind pe pat și cheamă un medic să-i panseze rănile. Văzându-l așa, Ilinca l-ar fi tratat cu atâta dragoste, se gândește el, în timp ce își șterge cu un prosop sângele de pe față. Că Tony era un sălbatic și un dezaxat nu se îndoia. Știa de la început că va pierde în fața lui fără drept de apel. Se mai bătuseră de două ori corp la corp, în trecut, ca să-și rezolve niște diferende. Mereu Tony învinsese, însă niciodată nu-l rănise atât de rău. Emanuel nu mai are nevoie de nicio probă filmată să înțeleagă adevărul. Reacția extrem de violentă a fratelui său spune totul. Este nevinovat. Alina fusese cea care îi făcuse avansuri, iar el i le respinsese, tocmai pentru a nu-și trăda fratele. Numai un Tony Salamandra pus la zid pentru o faptă pe care nu o comisese și nedreptățit în fața altor persoane putea să fie atât de agresiv.

Se lasă pe spate și se uită la tavan doar cu un ochi. Pe celălalt i-l închiseseră pumnii adversarului său cu care împărțea același sânge. Hemoragia nazală i se oprește, dar pulsul continuă să galopeze într-un ritm de Formula 1. După câteva minute de relativă pace interioară, tăcerea este spartă în mii de cioburi, când Tony intră pe ușă la fel de nervos ca în timpul confruntării, cu o tabletă în mâini. *„Doamne, o să mi-o arunce în cap!"* se gândește Emanuel terifiat și se ridică repede, deși se simte ca și când un camion ar fi trecut peste el.

– Uită-te aici, dobitocule! Poate mai vezi ceva după corecția pe care ți-am aplicat-o! Și să nu mai pui în viața ta la îndoială un cuvânt de-al meu! Asta dacă vrei să mai fii fratele lui Antonio Toma! Ai înțeles?

Manu ia tableta sfios și privește o imagine înfiorătoare, care-i înfige o sabie în sufletul deja rănit, despincându-l în două. Alina e cea care se oferă pe tavă lui Antonio în sala de sport. Mai întâi își atinge senzual sânii de trupul lui atletic, apoi îi dă jos tricoul și îl sărută lacom. E drept că și el se lasă dezbrăcat și sărutat de ea, dar tot el este cel care pune capăt acelui preludiu pasional.

– Ia-o de aici! Nu vreau să mai văd nimic!

– Dacă nu-ți ceri iertare pentru că m-ai acuzat pe nedrept, te bat iar. Și de data asta, fără nicio milă. Nu ca mai înainte.

– Multă milă ai avut față de mine! De ce să-mi cer iertare? Te-a sărutat cumva fără permisiunea ta? Sau nu tu ai sedus-o pe ea? Uită-te, numai să vezi în ce hal arătai! Ud ca și cum ai fi ieșit din piscină, cu corpul ăla al tău de revistă, cu ochii ăia albaștri ai tăi, plini de dorință...

– Acum îi găsești scuze? Ochii mei sunt la fel ca ai tăi, tembelule! Și nu am nimic în plus față de tine. Mă refer la aspectul fizic. În rest, ca bărbat, nu valorezi nimic în fața mea. Știi de ce ar trebui să mă bucur eu că ești atât de prost? Pentru că mulți frați din Mafie sunt dârzi, puternici, adevărați conspiraționiști care se luptă ca niște lei pentru a le răpi supremația fraților mai mari. Tu, în schimb, ești un nimic. Un nimic care nu are nimic al lui. Nu te uita urât la mine! Sunt singurul care are curajul să-ți spună în față niște lucruri, să te trezească la realitate. Te-ai însurat cu o târfă! Și știi ce e strigător la cer? Că l-ai crezut pe amantul ei, apoi ai crezut-o pe ea, în timp ce te-ai răsculat împotriva mea! Cine eram eu pentru tine, cretinule? Eram ceea ce sunt pentru Gabriel Pavel? Sau eram sânge din sângele tău, oropsitule? De câte ori te-am ținut în brațe când erai mic să nu-ți mai fie frică, atunci când părinții noștri erau prinși în conflictele dintre clanuri? De câte ori nu te-am ocrotit, lovind pe toată lumea să te apăr? De câte ori nu te-am hrănit cu mâinile mele, fiindcă erai un bebeluș neajutorat care nu știa să mănânce singur? Când a murit mama, cine te-a luat să dormi cu el în pat să nu mai plângi și să nu mai ai coșmaruri? Spune-mi, ingratule! Te-am condamnat vreodată că ai trimis-o în mormânt pe mama noastră? Nu, asta a făcut Laurențiu! Eu, nu! De nu te lăsai prins de Davide Castaldo ca un bleg și un molatec, poate că mama ar fi fost în viață și acum! Ce pretenții să am de la un copil de 12 ani, când tu nici acum nu te-ai maturizat suficient cât să-ți crezi familia înaintea străinilor?

Manu lasă privirea în jos și se controlează intens să nu izbucnească în lacrimi. Apoi, urlă cât îl țin plămânii.

– Îmi pare rău, Tony! Iartă-mă că nu am avut încredere în cuvintele tale! Dar crede-mă că toată mascarada asta nu te face un om mai bun! Dacă așa arată dragostea unui frate, prefer să mă lipsesc de ea!

– Atunci lipsește-te! Crezi că ai fi supraviețuit la Rahova fără mine? Asta crezi? Eu te-am supravegheat din umbră în fiecare clipă, Manu. Eu ți-am salvat onoarea pedepsindu-i pe toți cei care te-au lovit.

– Stai liniștit! Nu m-a lovit nimeni mai tare decât tine! Nici la propriu, nici la figurat!

– Nu te mai văicări ca o fetiță! Nu tu ai început? Hai, dă-mi mâna! Unde dă fratele tău crește!

Capitolul 42

În noaptea în care ea s-a întors acasă, el stătea pe balcon și fuma o țigară în aerul cald al primăverii care se sfârșea. Din câte știa de la Fabian, care păstra legătura cu Clara, trebuia să ajungă a doua zi pe la prânz. Ar fi plecat în zori, să evite o întâlnire incomodă între ei doi. O pusese la somn pe Sonia devreme în acea seară. Era tare fericită în ultimele zile pentru că, în sufletul ei inocent de copil, era încredințată că tăticul ei avea să rămână pentru totdeauna cu ea și cu mama ei. Să fie o familie la fel ca înainte.

Acum, e pe cale să-și aprindă o nouă țigară, când aude cum cineva introduce cheia în ușă. Acul ceasului indică ora 1:00. Numai o singură persoană mai avea cheia de la casă. Aceeași care avea și cheia de la inima lui. Clara, frumoasa rătăcită în palatele luxoase ale Mafiei și între așternuturile senzualului lider al clanului Salamandra.

Continuă să asculte, cu inima bătându-i tot mai tare, cum târăște după ea un troller greoi și cum se descalță de pantofii cu toc cui care au zgâriat nemiloși gresia din holul de la intrare. Oare fratele lui îl dezinformase intenționat? Sau fusese cu capul în nori, ca de obicei, și înțelesese greșit ora întoarcerii Clarei? Poate se referise la 1 noaptea, iar el pricepuse 1 ziua. Ce jenant! Ce avea să facă acum? Cea care încă îi era soție avea să rămână cu impresia că intenționat era treaz la acea oră și încă prezent în apartamentul din care se presupunea că se mutase definitiv.

Clara observase că Gabriel era în casă. De jos, sesizase că luminile erau aprinse în living și în balcon. Până să-i vadă mașina parcată în fața blocului, sperase că Fabian era cel care avea în acea seară grijă de Sonia. Era ceea ce îi spusese și lui Tony, să-l asigure că nu avea să mai dea ochii prea repede cu actualul ei soț. Și după ce o condusese acasă și o sărutase de noapte bună, noul ei partener plecase către casa lui liniștit.

Gabriel continuă să fumeze întors cu spatele. Dar ea se apropie de el tot mai mult, până ce îi pune mâna pe umăr.

– Ce faci aici? Nu ai de gând să mă saluți?

-Nu! Fabian mi-a spus că vii mâine pe la prânz. O să plec chiar acum, declară el în continuare întors cu spatele la ea.

– Gabi... Credeam că putem să rămânem prieteni, așa cum au făcut atâtea cupluri divorțate. Întoarce-te și uită-te la mine!

– Ți-am spus că plec. Și să-ți intre bine în cap, Clara! Noi doi nu vom fi niciodată prieteni, îi spune el răspicat, de data asta privind-o în ochi.

– De ce ești ranchiunos? Tu... Nu mă mai iubeai demult. Sunt sigură de asta. Deci nu e o dramă mondială că mi-am făcut o altă relație. A noastră era praf.

– Ești sigură că nu te mai iubeam? Bine, Clara. Îți doresc toată fericirea din lume cu Tony Salamandra! Totuși, vreau să-ți fie limpede un lucru. Când te va părăsi, la mine nu te vei mai întoarce! Nu sunt fraierul națiunii. Ai înțeles?

– Am înțeles, Gabi! Nu-ți face griji! La tine nu mă mai întorc nici de ai fi ultimul din lume! Cât de invidios ești pe fericirea mea! Ce i-ai făcut Cameliei Savin de ai pierdut-o? Era cloșca cu puii de aur pentru tine. Ai jucat-o și pe ea la poker?

– Ești lipsită de orice fel de bun simț! Ne vedem în două zile la divorț. De abia aștept să scap de tine!

– Să-ți dau o veste, scumpule! De mine, nu vei scăpa doar cu actul de divorț în buzunar. Fiica noastră are numai șase ani și noi doi trebuie să o creștem împreună. Sau separat, dar tot va trebui să ne vedem să discutăm referitor la viitorul ei.

– Putem discuta și prin intermediari, Clara. Chiar nu-mi face plăcere să te văd de fiecare dată. În plus, psihologul mi-a recomandat să stau cât mai departe de tine.

– Psihologul? Tu ai fost la psiholog? Să mă uiți pe mine?

– Nu mai contează ce fac eu. Vreau să plec chiar acum. Lasă-mă!

– În toiul nopții? Chiar nu mai poți aștepta până mâine? Știu că dormi în camera fetiței.

– Nu, chiar nu mai pot suporta să dorm sub același acoperiș cu tine, fie doar și pentru o noapte, afirmă el, în timp ce se schimbă cu haine de stradă chiar în fața ei. La revedere!

Clara îl urmărește până ce ajunge în fața ușii și pune mâna pe clanță. El se întoarce brusc, aruncându-i o ultimă privire. Ochii de culoarea frunzelor de orhidee sunt invadați de un regret adânc. Apoi, deschide în sfârșit acea ușă și o închide la loc într-o secundă, cu brutalitate. Face acea mișcare pentru ultima dată într-o căsnicie care durase mai mult de nouă ani.

Clara nu se așteptase ca el să se uite în urmă. Era evident că îi părea rău. Dacă ajunsese la psiholog tocmai el, care-i ironizase mereu pe psihologi, spunând că terapiile lor nu dădeau niciun randament, probabil că situația era mai gravă decât estimase ea la începutul relației cu Tony. Îl văzuse vreodată plângând de când erau împreună? Nu, până în noaptea în care o jucase și o pierduse pe ea la cărți. Îl cunoștea ca fiind un bărbat foarte puternic, uneori chiar insensibil și indolent. Cu greu îl clintea ceva, iar când se emoționa, nu o făcea chiar până la lacrimi. Doar repeta un gest cu degetele lui jucăușe pe care arareori nu le mișca energic. Ce-i drept, Gabriel fusese dintotdeauna exagerat de controlat. Nu-și arăta cu una, cu două trăirile și nu se exterioriza niciodată întru totul. Era blând și afectuos, da. Dar Clara nu mai credea că el o iubea cu aceeași intensitate ca la început. Altfel, de ce ar fi părăsit-o să plece într-o călătorie cu altă femeie? Să spunem că oferirea ei altui bărbat fusese un act disperat prin care el dorise să salveze casa în care locuia cu familia lui. Nevasta lui poate i-ar fi iertat acel derapaj într-o zi. Dar infidelitatea? Sincer, simțea că i-ar fi iertat-o și pe aceea, dacă nu ar fi fost la mijloc atracția ei fatală pentru Tony. Într-o lume fără Tony, mariajul ei ar mai fi șchiopătat câțiva ani într-un picior, până să intre de tot în moarte cerebrală. Se simțise atât de bine cu el în Insula Capri! Atât de descătușată, de provocatoare, de specială! Iar acum, simțea o greutate care i se lăsase pe suflet, văzându-l pe Gabriel atât de trist. Ah, de nu ar mai fi fost atât de empatică! Ce a fost, a fost, soțul ei greșise mai mult și mai flagrant în relația lor, de ce să-și facă tot ea *mea culpa*? Avea dreptul la fericire mai mult decât el și nu voia să se mai lase prinsă în tăvălugul remușcărilor.

Capitolul 43

Cum se numește ziua în care ia sfârșit în mod oficial o relație? Ziua eliberării? A arestării trecutului și închiderii acestuia într-o temniță? Mulți susțin sus și tare că, pentru a trăi un prezent minunat, trebuie lăsat în urmă trecutul. Dar ce te faci atunci când trecutul a fost mai bun, mai generos, mai bogat în emoții și în daruri decât prezentul fad, banal ca sunetul ploii pe un pervaz? Gândurile lui Gabriel în timp ce șterge tejgheaua barului unde servește clienții în prima lui seară de burlac nu sunt prea optimiste. Îi dăduse divorțul și îi permisese un trai tihnit cu Antonio Toma. Ce altă cale putea urma? Păi, ar fi avut câteva alternative de reacție un pic mai distractive și mai „piperate" decât cea pe care o alesese el.

De exemplu, alternativa „kamikaze". Să arunce în aer tot clanul Salamandra și apoi, să dea vina pe un clan rival. Tony, mort. Clara, în continuare soția lui. Toți oamenii clanului, morți de asemenea. El? Curat ca lacrima și fericit.

O altă variantă ar fi fost cea a adevărului. I-ar fi spus soției lui că nu a fugit niciodată cu Camelia, ci că a stat în comă, la spital, ascuns de teama clanului Salamandra. Tony, posibil ucis de Clara. Oamenii clanului, bătuți de Clara. El? Smotocit, iubit, tratat regește de nevasta lui, care urma să-și pună toată viața cenușă în cap, pentru că s-a uitat la un bărbat urât și mincinos precum Tony. Mă rog, doar mincinos...

Alternativa „săracul Gabriel, victima societății" i-ar fi stat al naibii de rău. La extreme, tot era bună și i-ar fi ținut relația în viață, cuplată la aparate. S-ar fi victimizat plângându-se în fața tuturor cât rău i-a făcut Tony amenințându-l, atacându-l și răpindu-i femeia de lângă el. Tony, făcut de râs în fața tuturor. Clara ar fi rămas cu el din milă. El? Compătimit de toți, cu mândria făcută ferfeniță, dar cu posibilitatea de a-și crește fetița alături de mama ei.

Aberante alternative! Este evident că a ales cea mai bună opțiune. I-a lăsat să facă ce vor. S-a dat la o parte ca un bărbat rezonabil. A pierdut familia pe care o avea și iubirea ei. „Nimic ce nu poate fi compensat cu o băutură bună", își spune el în gând, zâmbind amar. „Sau cu un desert dulce de-ți muști limba odată cu ultima bucățică". Mai are puțin și termină acea tură epuizantă. Se miră și el cum de rezistă să stea în picioare de la 19 la 5 dimineața, de ani de zile, la cheremul atâtor beizadele, bețivi, derbedei, pițipoance, interlopi, cupluri excentrice, cu toții închipuiți și puși pe hartă sau pe ironii de prost gust în a doua parte a nopții, când se îneacă deja în alcool. Doar barul care se transformă în club după 10 noaptea poartă sugestiv numele de *Dangerous Illusion* (*Iluzie Periculoasă*).

Deși colegii îi propuseseră să celebreze divorțul și să rămână peste program pentru a bea câteva pahare cu ei, el îi refuzase politicos. E frânt de oboseală și are o stare care nu poate fi descrisă în cuvinte. Se simte de parcă și-ar fi pierdut ceva. Nu, nu cheile de la apartamentul pentru care făcuse atâtea sacrificii, nici pe Clara. Ea oricum se pierduse din noaptea în care se dăruise pentru prima dată lui Antonio Toma. Altceva... Scopul său în viață. Brusc, are o revelație. El trăise doar pentru Clara și pentru viața pe care o avusese cu ea. Trăise la un moment dat și pentru Poker, dar scăpase în sfârșit de crunta dependență. Actualmente, pentru ce mai trăiește? Pentru Sonia, e suficient. De acum încolo, va trăi numai pentru ca fiica lui să aibă un tată. Înainte să părăsească localul după terminarea turei, numără bacșișul pe care-l câștigase. O sută de lei în plus. Nu e mult, însă e mulțumit că a doua zi o să treacă pe la magazinul cu jucării să-i cumpere o păpușă mare și frumoasă. Asta o să facă zilnic cu bacșișul. Să-i cumpere Soniei o mică surpriză, sau chiar să o scoată în oraș. Nu o să-i permită lui Salamandra să-i fure momentele cele mai drăgăstoase cu ea. Dacă Tony e străfulgerat de un solemn și înflăcărat instinct patern, nu are decât să-și facă și el un copil. Bineînțeles, nu va fi unul la fel de frumos și de reușit ca Sonia, dar măcar să-și mai stingă setea de răsfățat copiii altora.

Gabriel iese în stradă. Afară plouă. O ploaie repezită de vară, cu tunete și fulgere. Nu are la el nici umbrelă. Merge repede, aproape alergând până în parcare, când își dă seama că doi malaci sunt în spatele lui. Este urmărit. Probabil de mahării lui Tony. Ce or mai vrea acum de la el? Cedase teritoriul masculului Alfa și plecase înfrânt. Chiar și așa, se pare că masculul Alfa tot nemulțumit este, căutând să-l alunge și de pe acea pătrățică unde încearcă și el să supraviețuiască fără să deranjeze pe nimeni. Ajunge la mașină și este pe aproape să deschidă portiera, când cineva îi pune un sac în cap și îl ia efectiv pe sus. Până aici i-a fost! Rivalul lui așteptase divorțul și imediat își pusese oamenii să-l execute. Îl băgaseră într-o limuzină, pe bancheta din spate. În continuare, are capul acoperit și nu vede nimic. Sigur că este Tony. Acționase identic și în ziua externării sale din spital, când îl transportase în hala aceea și îl chinuise. Se roagă în gând și îi cere lui Dumnezeu să-l ierte și să-l primească în Rai dacă ar fi să moară în acea dimineață, căci soarele a început a răsări, între timp.

– Serghei, l-ați găsit? Stau aici ca pe ghimpi.

– Da, *signora,* l-am prins când ieșea de la barul unde lucrează și l-am capturat. E pe canapeaua din sufragerie, legat de mâini și de picioare, cu un sac în cap.

– Proștilor! Cum ați putut? Ce v-am zis eu să faceți și ce ați făcut voi, neghiobilor? Trebuia doar să-l imobilizați. Sau vă temeați că o să vă spargă fețele alea turtite?

– *Signora* Rebecca... Ne pare foarte rău. Așa am înțeles noi. La Napoli, așa facem răpirile. Le facem bine și corect. V-am dezamăgit noi vreodată?

– Asta nu este o răpire, tâmpiților! Vreau să-l dezlegați, să-i oferiți de mâncare și să vă cereți iertare pentru că v-ați comportat așa. Acum!!! După ce termină de mâncat, să mă chemați!

Gabriel se simte înfometat. Rămâne surprins să vadă că gangsterii care-l sechestraseră îi aduc pizza. Își cer scuze într-o engleză stricată, unul dintre ei are accent italian, celălalt vorbește ca un rus. Oare se răzgândise Tony? Ce joc făcea de data asta? Dacă i-o cere pe Sonia să o adopte el? Nu, nu o să i-o dea nici împușcat, doar pe ea o mai are.

După ce termină de mâncat, se ridică de pe canapea și încearcă să deschidă ușa sufrageriei unde îl țin. Ciudații nu încuiaseră. Poate îi permit să plece, pur și simplu. Dar când se apropie de ușă, aceasta se deschide și în prag apare o femeie superbă. Șatenă, cu ochii mari și verzi, îmbrăcată într-o rochie neagră, mulată, cu bretele, poartă în picioare pantofi *stiletto* de la un brand italian renumit. Pare străină. Se uită la el cu admirație, ar putea spune chiar cu dragoste, de-ar fi să exagereze puțin și să se laude. Tot Tony o trimisese, fără îndoială. O fi vreun cod în Mafie. Rivalul în dragoste al mafiotului e omorât de o gagică, probabil mutilat sau castrat, iar tipa trebuie obligatoriu să semene cu femeia pentru care victima a îndrăznit să-l înfrunte pe mafiot. Bingo!

– *Ciao, amore mio*, îi spune ea cu un surâs atât de cald, de parcă ar fi cuprins în el toată vara care abia poposise în Europa. În sfârșit, te-am găsit. Te-am căutat toată viața mea. Și ești chiar mai frumos decât în fotografii. Ești a opta minune a lumii, Gabriel! Nu-mi vine să cred că ești aici!

Face și mișto de el! Cum să nu! Face parte din scenariul regizat de Tony să râdă de el din nou. Femeia aceea ispititoare ca o panteră pentru vânătorii de blănuri rare îi spune lui că este frumos și că l-a găsit după ce l-a căutat o viață. Ce mai teatru de stradă!

– Nu vorbești cu mine? Înțelegi ce spun? Mi-au zis că vorbești perfect engleza, îi spune ea, luându-l de mână și mângâindu-i fața. Ah, ce aiurită sunt și eu! Am uitat ce era mai important, să mă prezint. Eu mă numesc Rebecca Di Maio. Sunt italiancă, originară din Reggio Calabria. Am 30 de ani și sunt aici special pentru tine.

– Ești superbă, Rebecca! Dar nu pot intra în jocul tău. Te-a trimis Tony să-mi faci rău! Știu asta!

– Poftim? Tony Arizzi? Mă faci să râd. Am auzit de aventura lui cu soția ta. Te asigur că e o coincidență. Nu știu cum s-a întâmplat...

– Fosta mea soție. Azi. Adică, ieri. Ieri s-a pronunțat divorțul. Și tu ce vrei de la mine, Rebecca? Nu am nimic de oferit, sunt „vai de capul meu", ca să-l citez pe Tony.

– Nu, să nu te mai aud spunând asta! Știu că va suna puțin bizar ceea ce-ți voi povesti, dar sunt convinsă că tu ești sufletul meu pereche. Te visez de peste 10 ani, chiar dacă ai fost căsătorit cu altă femeie, și eu am fost măritată cu un alt tip. Uneori, trebuie să treci prin mai multe relații eșuate să-ți găsești predestinatul. Antonio Toma a fost logodnicul meu în urmă cu șapte ani. În prezent, suntem amici și asociați. Am clădit împreună un adevărat imperiu la Napoli și în Calabria. Avem afaceri chiar și aici, la București și la Constanța.

– Rebecca, iartă-mă, e un pic cam mult pentru mine. Toată chestia asta cu visele, cu sufletele pereche, cu căutatul, a culminat cu faptul că ești fosta iubită și asociata lui Antonio Toma. Am auzit de tine. Cine dracu' nu a auzit de Rebecca Di Maio, regina Mafiei din Vest? Dar tu, să vii acum să-mi spui că ești îndrăgostită de un sărăntoc ca mine, pe care nu l-ai văzut decât în niște amărâte de poze...

Femeia nu mai așteaptă ca el să termine fraza și îi sărută buzele. Cu o mână îi atinge urechile, iar cu cealaltă gâtul. Vrea să-i simtă pielea, fină, moale, delicată la atingere, cu o textură specific bărbătească, căci el debordează de virilitate. Gabi îi acceptă sărutul și chiar îl prelungește.

– Ești senzațional, *amore mio*! Știam eu că nu am bătut atâta drum degeaba până în România! Nu-mi vine să cred că o femeie de pe planeta asta te-a părăsit tocmai pe tine! Eu sunt chiar recunoscătoare cerului pentru asta și voi lua divorțul tău atât de recent ca pe un semn divin. Am sosit în viața ta exact la momentul potrivit.

– Sau poate nu. Nu sunt pregătit pentru o nouă relație. E prea devreme, mă simt epuizat. Nu mi-o lua în nume de rău! O femeie ca tine poate avea orice bărbat. Eu sunt inferior și am mai făcut o dată greșeala să mă îndrăgostesc de o tipă mult prea bună pentru mine. Vezi și tu bine ce s-a întâmplat cu fosta. A ales pe altul, în cele din urmă.

– Așadar, mă refuzi? Nu vrei nici măcar să ne cunoaștem?

– Tot mai cred că ești o capcană. Lucrurile despre care vorbești tu nu pot fi reale, se întâmplă numai în filme. De mă placi măcar pe sfert din cât ai declarat, te rog să-mi dai drumul. Nu pot fi iubitul unei femei care lucrează pentru

Salamandra și care, colac peste pupăză, i-a mai fost și logodnică.

– Știi ce mă enervează la voi, băieții din România? Că sunteți încuiați, nu sunteți vizionari și judecați femeile după trecutul lor. Eu sunt fericirea ta, Gabriel. Însă, dacă îi dai cu piciorul azi, nu te vei mai întâlni niciodată cu ea. În viață nu câștigi nimic fără să riști. Da, e posibil să fiu o capcană și să lucrez cu Tony să te distrug. Și dacă este adevărat că te-am căutat toată viața și că suntem predestinați să fim împreună? Vei putea trăi mai departe cu regretul că m-ai alungat?

– Ești convingătoare, Rebecca! Nu vrei să o luăm și noi încetul cu încetul ca oamenii normali? Adică, să ne cunoaștem mai întâi ca prieteni?

– Ba vreau, însă de încerci să dispari după ce vei pleca de aici, te voi găsi din nou și-n gaură de șarpe și te voi închide într-o cameră singur până la adânci bătrâneți!

– Îți dai seama că m-am speriat deja? îi zice el, tachinând-o și o sărută iar.

– Îmi dau seama că dacă până acum eram îndrăgostită de o iluzie, acum iubesc un bărbat real. Frumos, curajos, seducător, inteligent, răbdător. Și sunt fericită, Gabriel. Voi fi și mai fericită în ziua în care voi deveni soția ta.

– Când îi spui asta unuia care a divorțat de o zi, îl cam bagi în sperieți, scumpo! Sunt convins că tu îți permiți și ești chiar în largul tău când sperii bărbații. Îmi imaginez că în Italia toți tremură în fața ta. Eu, în schimb, nu mă înclin și nu tremur în fața nimănui.

– Am auzit, cunosc totul despre tine, Gabriel Pavel. Știu că ai și un frate care se iubește cu soția lui Manu Salamandra. Cum, Doamne iartă-mă, ați reușit să faceți *swing*-ul acesta magistral?

– Care *swing*? La ce te referi?

– Clara era măritată cu tine, dar s-a amorezat de Tony. Alina era măritată cu Manu, dar s-a amorezat de fratele tău, Fabian. Patru bărbați perfecți se luptă pentru două femei care nu știu ce vor de la viață. Nu e de-a dreptul hilar?

– Nu, Emanuel are și el o amantă. O doctoriță foarte frumoasă, Ilinca. Ai uitat să menționezi.

– Bine, bine, dar chiar și în ecuația asta, cineva tot rămâne singur. Și acela ești tu. Tu, cel mai bun dintre toți.

– Cel mai sărac și mai umilit dintre toți, vrei să spui. Nu am nimic de oferit.

– Asta era în trecut. Eu îți voi pune pe cap o coroană. Dacă eu sunt Regina Mafiei din Vest, tu vei fi regele meu și vom stăpâni împreună un regat de câteva miliarde de euro. Vom fi de neoprit împreună și nu am nicio condiție. Vreau doar să-ți scoți tatuajul ăsta odios al clanului Castaldo de pe trupul tău sexy. Apoi, să mă iubești ca nimeni altul, să mă iubești cu tot ce e al tău.

– Să zicem că accept. Însă, ce vei face cu celebra armată de gangsteri din serviciul tău, despre care se zvonește că îi aduci pe rând în dormitorul tău?

– Văd că ești informat despre mine, nu glumă! Îi dau afară. În momentul în care îmi vei cere asta, îi voi concedia pe toți și voi angaja alții mult mai urâți.

– Rebecca, nu trebuie să-i dai afară, îi zice el surâzând. Ar fi bine doar să nu-i mai aduci în patul tău.

– Îmi place că ești gelos, iubitule. Dar eu nu sunt Clara. Când voi vrea să mă culc cu altul, o voi face oricum. Sunt Rebecca Di Maio și nu am nevoie de aprobare de la nimeni să mă simt bine. Sexul nu înseamnă nimic, dragostea este totul. Știi care-i diferența dintre tine și ceilalți bărbați? Că tu vei fi UNICUL. SINGURUL. ULTIMUL MEU SOȚ.

Capitolul 44

Se joacă în piscină ca doi copii. Sonia, cea care-i turnase lui o găletușă de apă cu nisip în păr, tocmai plecase la bunica ei. În ultima vreme, toți o răsfățau ca pe propriul copil în acea casă. Oricum s-ar fi udat, doar se bălăcise în piscină o jumătate de zi. Acea latură zglobie a lui nu dispăruse niciodată. Iar cu ea alături, jumătatea lui care-l salvase de fiecare dată când fusese la ananghie, copilul din el se activa imediat. Când ies afară, ea spune că îi este frig și el o acoperă cu un prosop, luând-o protectiv în brațe și atingând-o suav pe burtică.

– Ce zice moștenitorul clanului Salamandra? I-a plăcut și lui să înoate cu mami și cu tati?

– Manu, lasă-mi bebelușul! Dacă e fată? Cum o să te împaci cu ideea? Fata va fi delicată și nu se va ține de „mafioțeli".

– Ilinca, tu ai auzit de Rebecca Di Maio? E mai năvalnică decât mine și decât Tony la un loc! Și este extrem de feminină. Se spune că tatăl ei a plâns două zile și două nopți când s-a născut ea, de supărare că nu a avut un băiat. Mama ei era stearpă și a mers la o clinică din America pentru un tratament revoluționar. Pe vremea aceea, erau abia la început tratamentele de fertilizare. Deci, Rebecca a fost singura și ultima șansă a familiei Di Maio de a se perpetua.

– Fetița mea nu va fi ca ea, nu mă convingi.

– Băiatul. Eu fac numai băieți, îi zice el, luând-o în brațe și sărutându-i mâinile.

– Bună! Ce fac tinerii proaspăt căsătoriți? Se distrează frumos? se aude din apropiere vocea lui Antonio, care vine și el spre piscină cu o mână ținând-o pe Clara de talie și cu cealaltă, un pahar de frappé.

– Bine, uite, ne contraziceam pe tema bebelușului nostru. Ilinca spune că va fi fată, iar eu sunt sigur că va fi băiat.

– Normal că va fi băiat! Frumos și puternic, exact ca unchiul lui.

– Și voi pe când ne faceți o bucurie, Tony? îl întreabă Ilinca, ridicând din sprâncene.

– Noi... deocamdată nu vrem. O avem pe Sonia. E drept că trebuie să o împărțim cu tatăl ei deloc prietenos, dar tot a noastră este. Nu, iubito? se uită el complice către Clara.

– Ba da, iubitule. Sonia este și fiica ta acum. Plus că, lucrurile ar trebui făcute într-o anumită ordine. Mai întâi nunta, apoi copilul. Așa cum ați făcut voi, în ciuda faptului că totul s-a întâmplat foarte repede, și aveai deja patru săptămâni de sarcină la cununie, afirmă ea, adresându-i-se Ilincăi. Tony o privește puțin uimit, încercând să priceapă dacă iubita lui dorea și ea să fie cerută de soție atât de repede.

– Nu neapărat, se poate și invers și e chiar mai palpitant, o contrazice soția lui Emanuel. Adică întâi copilul, și apoi nunta. Noi ne-am căsătorit la doar trei zile după ce s-a pronunțat divorțul lui. Nu suntem chiar nebuni?

– Nebuni de iubire, scumpa mea, îi zice Manu, sărutând-o din nou.

– Apropo de nunți, ați auzit că Rebecca Di Maio s-a căsătorit? întreabă Tony pe toată lumea. În secret, chiar în casa părinților ei din Reggio Calabria. Nimeni nu-l cunoaște pe noul ei soț, dar am auzit că arată foarte bine.

– Cum? Rebecca s-a căsătorit fără să ne invite la nuntă? Și noi nu știm cu cine?! Nu e un lucru prea bun, frate. Femeia aia deține jumătate din imperiul pe care l-am clădit în Italia. Ba mai este asociată cu noi și în unele afaceri de aici, se pronunță Emanuel cu un aer preocupat.

– Da, ce-i drept, soțul calabrezei ar trebui să fie un apropiat al familiei Arizzi. Să fie, așa cum era cândva Joao, aliatul nostru. Deși Joao nu a depus jurământul de intrare în Mafie, declară Tony cu un aer dezamăgit.

– Vai, dragilor, mă sperie lucrurile acestea. De ce vă place vouă să trăiți periculos? Aveți destule firme legale care vă aduc venituri consistente. Mi-ar plăcea ca pe viitor să renunțați la tot ce este nociv, la Mafie... Ai uitat prin ce ai trecut la închisoare, iubitule? protestează Ilinca, pe când Antonio o privește dezaprobator.

– Mi-ar plăcea să nu te implici. Alina îl susținea, ba chiar îl ajuta în unele privințe. Dacă simți că te depășește domeniul ăsta de activitate, las-o baltă! Ești nevasta lui și mama copilului care aparține familiilor Toma-Arizzi și clanului Salamandra. Cu toate astea, sfatul meu e să nu-l influențezi.

– Tony! Te rog să nu o superi pe soția fratelui tău. Este însărcinată și doar și-a exprimat opinia. Și eu sunt în asentimentul ei, dacă vrei să știi, afirmă Clara. Și am spus că pentru buna înțelegere în familie, nu vom mai aduce în discuție următoarele prenume: Alina, Fabian, Gabriel. Bine?

– Gata, iubita mea! Să nu ne enervăm. Mafia e mafie, afacerile sunt afaceri. Iar femeile noastre sunt ceea ce iubim mai mult în această lume, afirmă cu fermitate Antonio, aprinzându-și o pipă.

– Și pe mine nu mă iubește nimeni? Se aude glasul lui Laurențiu Toma, care se alătură bucuros petrecerii de la piscină organizată de copiii săi.

– Ba da, tată! Toată lumea te adoră, îi spune Manu, râzând complice către Tony.

Capitolul 45

O dimineață de august călduroasă, în care soarele e mai lacom decât în toate celelalte zile. Și parcă mușcă prin geamul transparent din părul ei blond, moale ca mătasea. Nici soarele acesta, care se pregătește să pârjolească pământul în cursul unei alte zile fierbinți de vară, nu mai are răbdare să ajungă mai repede pe pielea ei. Asemeni lui, celui care stă pe marginea patului și o privește cu atâta dragoste, de-ai zice că ea este propria lui creație. Ce frumoasă este când doarme! Mai ales că sunt singurele clipe în care tace. Îi privește verigheta de pe deget și o lacrimă de emoție îi încolțește în ochi. E nouă și pe ea e inscripționat un *F*. Se gândește, pus pe șotii, că ar fi fost mai ieftin să o păstreze pe cea de dinainte de divorț. Doar tăia o liniuță din *E* și se transforma în *F*. Bijutierul s-ar fi amuzat puțin, dar nu era o lucrare complicată pentru el. Pe cale de consecință, ar mai fi economisit niște bănuți, mai ales că nu o duceau chiar ca pe roate de când se căsătoriseră. Adică, de două săptămâni, și la doar șapte zile după ce divorțul ei de Emanuel Toma se încheiase. Își amintește de acea noapte de la începutul lui iunie în care ea îi apăruse la ușă îngrozită și cărând un bagaj voluminos, după ce fostul ei bărbat aproape că o târâse afară din viața și din casa lui.

– Fabi, ajută-mă, iubitule! Nu mai am pe nimeni în afară de tine. Tony a făcut un circ mondial. L-a bătut pe Emanuel, apoi l-a convins că eu am vrut să-l înșel...

– Știu, eu am provocat tot dezastrul și nu-mi pare rău de nimic. Sunt curios, însă, de un lucru. Erai atrasă și de Tony?

– Nu, iubire. Cum să fiu atrasă de acel monstru? Doar știi cât îl disprețuiesc! E adevărat că i-am sărit în brațe de disperare. Îmi era teamă să nu mă omoare. Eram singură cu el în casă în fiecare zi, eram la cuțite. Eu intuiam că îi făcuse ceva fratelui tău, pe atunci dispărut. Eram în pericol și a fost o formă de-a mă apăra.

– Alina, te iubesc! Vino aici! Să nu mă mai lași niciodată! Vreau să divorțezi și să te măriți cu mine. Accepți?

– Normal că accept, prostuțule! Chiar dacă tocmai i-ai dat înapoi lui Tony 100 000 de euro și ești sărac lipit pământului. Dar te iubesc... Te-am iubit din prima secundă.

– Materialistă mică! Știam eu că l-ai ales pe Manu pentru bani. Iar de-ai fi ascultat de inima ta, m-ai fi ales pe mine.

Alina nu obținuse nimic în urma divorțului, din cauza separării de bunuri pe care bărbatul ei o instituise mai mult forțat de fratele său înainte de nuntă. Rămăsese doar cu o colecție de bijuterii scumpe cumpărate în cei aproape trei ani de mariaj și cu mașina de ultimă generație pe care o conducea de iarna trecută. Erau bune și acelea pentru început, să-și poată asigura, fie și temporar, stilul de viață cu care era obișnuită. Apoi, nu știa cum se va mai descurca. Dar îl iubea pe Fabian mai mult decât iubea luxul. În fond, ea fusese mereu o fată săracă din Pantelimon. Nu se născuse în vila grandioasă a clanului Salamandra și nici nu crescuse cu caviar și cu fructe de mare în casa mamei sale alcoolice.

Când se răsucește cu fața spre fereastră, razele soarelui, care o pândeau deja de minute bune să scoată capul de sub perne, o asaltează cu lumina lor strălucitoare. Deschide ochii pe jumătate, apoi îl observă pe soțul ei pe marginea patului, privind niște fotografii de-ale ei. Îl ciupește de picior și își încolăcește brațele peste bazinul lui, așa cum stă așezat.

– Heiii! S-a trezit somnoroasa! E 10:35! Ce mi-ați gătit la micul dejun, doamnă Pavel?

– Coadă de pește prăjit, iubitule! De ce? Aveai poftă de altceva?

– Vai de mine! Doar coada? Eu voiam să mănânc tot peștele.

– Am avut bani doar de coadă. Unde mi-e cafeaua? Vrei să bagi viteză?

– Lasă, iubito, aștept să te trezești tu ca o soție exemplară și să pregătești micul dejun. Eu trebuie să plec la serviciu cam în 30 de minute.

– De nu mă servești în mod adecvat, o să-ți mușc urechile! spune ea pe un ton fals amenințător și îl apucă de cap, căpăcindu-l cu palmele ușurel și trăgându-l de urechi. Nu m-am măritat iar ca să-mi fac singură treburile!

– Gata, să trăiți șefa, nu mă mai bateți, vă rog! Mă conformez îndată!

– Bine, dacă ai înțeles, dă-i drumul, și fă ce îți cer! Înainte să mă iei, erai tare drăguț și îmi aduceai micul dejun la pat...

– Toți suntem așa la început, iubirea mea. Nu te-ai prins?

– Escroc sexy! Bandit internațional!

– Simandicoasă autoritară! Frumusețe teroristă!

Se tachinează până ce își încep ziua din nou cu o doză fierbinte din dragostea lor care învinsese toate obstacolele să fie oficializată. Dragostea lor cu aromă de vanilie și de cireșe. Așa mirosea Alina întotdeauna dimineața și seara. Ca o prăjitură pe care Fabian adora să o guste cu și mai multă poftă în fiecare zi. O privește dezinhibată în jocurile ei îmbietoare și nu-i vine să creadă că „Mireasa Mafiei" este acum mireasa lui. Numai a lui. Și scăpaseră de toate amenințările clanului Salamandra. La un moment dat, primește un apel tocmai din Italia.

– Alo, frate, te-am sunat să te anunț să-ți verifici contul! Vei avea o mare supriză!

– Acum mă uit... Ce?? Ce înseamnă asta, Gabi? De la tine sunt banii aceștia? Nici nu știu să-i număr! Un milion de euro? De unde... Sper că n-ai jefuit conturile Mafiei napoletane!

– Nu, Fabian, calmează-te! Banii Rebeccăi sunt și ai mei. I-am spus despre tine că ai neajunsuri și că te-ai căsătorit recent. Ia-o ca pe un dar de nuntă din partea noastră!

Euforic, Fabian o ridică în brațele lui vânjoase pe fragila Alina și își lipește nasul de al ei, jucându-se în părul ei de fericire.

– Ai auzit, iubito? Suntem bogați!!! Fratele meu ne-a trimis un milion de euro! Suntem bogați, sănătoși și fericiți! Viața noastră este o feerie!

După ce închide telefonul, Rebecca îl cuprinde în brațe pe Gabriel, mulțumită că a putut să-i ajute atât fratele, cât și mama. După doar o lună de relație, se căsătoriseră în Italia, în cadrul unei ceremonii discrete, respectând ritualurile tipice Mafiei italiene. Mai ales după ce și el devenise unul de-al lor, depunând jurământul față de clanul Di Maio și față de *Omerta*.

În ultimele două luni, ea acceptase să rămână cu el în România, pentru a fi alături de fiica lui, fără să se afișeze prea mult împreună. Nu doreau încă să dezvăluie adevărul fraților Toma. Viața lor avea să fie, în perspectivă, divizată între Italia și România. Între părinții ei și familia lui compusă din Sonia, Malvina, Fabian și mai nou, Alina. Între afaceri, bani, și dragoste. Între Mafia ei și inocența lui recent pierdută. Iar dacă la început Gabriel o considerase puțin sărită de pe fix cu teoriile ei despre sufletele pereche, ulterior înțelesese că noua lui parteneră avea dreptate. Simțea și el că o îndrăgise în scurt timp. Și de unde era ferm convins că nu avea s-o mai uite vreodată pe Clara, ajunsese să nu se mai gândească la ea cu săptămânile, iar dacă Sonia n-ar fi existat, probabil nici nu ar fi dorit să mai audă de ea vreodată.

Pe o plajă izolată din Tropea, în apropierea unui port unde acostase iahtul Rebeccăi, de curând transferat pe numele lui Gabriel, cei doi îndrăgostiți se lasă pătrunși de fiorii dragostei și își încleștează energic trupurile la lăsarea serii. Amurgul îi veghează romantic și armonios, cu cerul lui mai întâi portocaliu, apoi roz și violet, până ce se face de un albastru închis deasupra mării, în care se oglindește întunericul spart de luna fermecată. Iubirea este ceea ce mai rămâne bun în suflete după toate furtunile vieții. Acolo unde iubirea domnește ca o regină, pământul este mai roditor, apele sunt mai limpezi și mai adânci, iar luna și soarele își dau mâna la zenit.

Cei doi îndrăgostiți privesc acum cerul îmbrățișați și goi, când liniștea lor este zguduită de o imagine și de câteva cuvinte. Dintr-un planor care zboară deasupra mării, apare un mesaj scris cu un roșu ca de sânge peste un carton mare, alb.

„Eppure, l'amore si gioca a Poker e la felicità è breve..."[2]

---

[2] „Totuși, iubirea se joacă la Poker, iar fericirea este scurtă..."